Christoph Hein

HORNS ENDE

Christoph Hein

HORNS ENDE

Roman

Aufbau-Verlag

3. Auflage 1988

Einbandgestaltung Rolf Xago Schröder
Typographie Claudia Schauß
Karl-Marx-Werk, Graphischer Großbetrieb, Pößneck V15/30
Printed in the German Democratic Republic
Lizenznummer 301. 120/47/88
Bestellnummer 613 143 6
01020

ISBN 3-351-00387-0

1. KAPITEL

Erinnere dich.
Ich versuche es.
Du mußt dich erinnern.
Es ist lange her. Jahre sind vergangen.
Du kannst es nicht vergessen haben. Es war gestern.
Ich war so jung.
Du hast es gesehen. Alles hast du gesehen.
Ich war ein Kind.
Es war gestern.
Nein, es sind Jahre vergangen. Sehen Sie mich an, ich habe graue Haare.
Sieh mich an. Nur ein Tag ist vergangen. Du mußt dich erinnern.
Sie haben in der Burg gearbeitet ...
Jaja, in der Burg. Und weiter?
Mein Vater verbot mir, auf die Burg zu gehen. Damals, als es vorbei war.
Weiter! Erinnere dich!

Dr. Spodeck

In jenem Jahr waren die Zigeuner spät gekommen. Ostern war vergangen und der April, und alle hofften schon, sie hätten sich eine andere Stadt ausgesucht. Aber Ende Mai, an einem Donnerstag, standen ihre Wohnwagen wieder auf der Bleicherwiese, mitten in der Stadt. Und auf der Leine, die zwischen den Linden gezogen war, flatterten die langen, schmuddligen Wäschestücke der Zigeuner.

Am Nachmittag erschien der Bürgermeister bei ihnen. Er kam mit Bachofen, seinem Stellvertreter, und einer Sekretärin. Um diese Zeit standen bereits die Schulkinder bei den Zigeunern. Zwei Stunden früher, und der Bürgermeister hätte seinen lächerlichen Auftritt in aller Stille hinter sich bringen können. Aber er war so verblödet, daß ihn diese armseligen Zigeunerweiber vor den Augen der Kinder wie ein nasses Handtuch auswringen und vom Platz schicken konnten. Ich hätte erwartet, daß der alte Zigeuner ihn mit der Hundepeitsche davonjagt. Jedenfalls hätte ich das an seiner Stelle getan. Aber der Alte ließ sich offenbar nicht einmal blicken. Er überließ die Stadtvertretung seinen Weibern, und nicht mit der Nasenspitze kümmerte er sich um den Dreck und Lärm vor seinem Wagen. Instinktiv tat er damit das Richtige. Schließlich suchte man einen Vorwand, um ihn und die ganze Gesellschaft aus der Stadt zu treiben. So blieb es bei etwas Geschrei, dem Lachen der Schulkinder und dem roten, verschwitzten Kalbskopf unseres Bürgermeisters.

Ich hatte ihm ein Jahr zuvor eine Apoplexie vorausgesagt. Er war danach nie mehr in meine Sprechstunde gekommen. Vermutlich ging er zu Ditzen in die Siedlung. Oder er hatte einen Arzt in Wildenberg, den er aufsuchte, wenn er beim Kreis erscheinen mußte. Doch damals hoffte ich, wenn es soweit ist, wenn er sabbernd auf dem Kopfkissen liegt, werden sie mich holen lassen. Ich hoffte, seine Augen werden dann ruhelos mich um Vergebung und Hilfe bitten, und ich werde so glücklich sein, ihm nicht mehr helfen zu können. Ich würde alles tun, was in meiner Macht steht, ihm das Leben zu erhalten. Unermüdlich wollte ich besorgt sein, daß das dürftige Flämmchen seines hilflosen Dahinvegetierens nicht zu früh erlischt und seine endgültigen Leiden vor der Zeit enden. Und ich hätte das vor meinem Gott zu verantworten gewußt, wie ich es dem Priester gebeichtet hätte, der keine Möglichkeit haben sollte, meiner sich endlich befriedigenden Verbitterung die Absolution zu verweigern. Und dabei wußte ich, daß ich keine Zufriedenheit spüren würde und die Kränkungen mich weiter anfüllen, bis sie mich, am Tage meines Todes, oder früher oder später, zerreißen. Denn nicht dieses aufgeblähte, erbärmliche Kalbsgesicht Kruschkatz drückt mir die Seele zu einem Häufchen Hundescheiße zusammen. Es ist diese Stadt, an der ich sterbe. Ich habe sie verabscheut, seit ich hier lebe, seit ich auf der Welt bin. Und ich hasse sie, seitdem mein Vater mir hier eine Praxis kaufte und mir sagte, daß er mich nur für diese Stadt hat ausbilden lassen. Daß er all das viele Geld nur darum für mich ausgab, damit ich dieser Stadt vergelte, was er zeit seines Lebens an ihr gesündigt hat.

Wenn ich heute noch immer hier wohne, obgleich mein Vater lange tot ist und ich die Widerlichkeiten und das klebrige Elend der Armut weit hinter mir gelassen habe und auf und davon gehen könnte, wohin immer ich wollte, so bleibe ich nun einer anderen Vergeltung wegen. Den Auftrag, den mir mein Vater erteilt hat, werde ich ausführen. Ich werde ihn zu Ende bringen, um meiner selbst willen. Um der Demütigungen willen, die mir mein Vater bereitet hat, er soll nicht in Frieden ruhen, und um der Kränkungen willen, die ich von dieser Stadt erfuhr, der Freitische und Mildtätigkeiten, die ich genötigt war, dankend anzunehmen. Damals. Und wenn ich auch dieses verzeihen und vergeben könnte, ich kann es nicht vergessen. Ich kann die Feigheit nicht vergessen, mit der diese Stadt fortwährend neues Unrecht geschehen läßt.

Der Tod eines Mannes wie Horn sollte ausreichen, um diese Stadt wie ein biblisches Gomorrha auszutilgen.

Von den Zigeunern hörte ich durch meine Tochter.

Nach dem Mittagschlaf war ich in die Bibliothek gegangen. Seit ein paar Jahren sitze ich an jedem Nachmittag zwei Stunden in meiner Bibliothek und blättere in den angesammelten Büchern. Ich lese sie nicht mehr, dafür fehlt mir die Geduld. Ich bin es überdrüssig, erfundenen Figuren nachzugehen und den Gesprächen des Papiers zuzuhören, diesen angestrengten, künstlichen Gebärden vorgeblichen Lebens.

Ich gehe in die Bibliothek, um allein zu sein. Um dem ziellosen Fluß meiner Gedanken zu folgen, um Zigaretten zu rauchen und den menschlichen Stimmen zu entgehen. Dem Redeschwall meiner bigotten Frau und dem gezierten Gefasel meiner Tochter, die eine ebenso große Heuchlerin zu werden verspricht; dem geduckten Stimmchen von Christine und den bittenden und unverschämten Forderungen der Patienten. Nur hier, in der Einsamkeit meiner Bibliothek, bleibe ich von diesen Belästigungen verschont und kann meinen planlos umherschweifenden Gedanken lauschen. Ich habe mir diese Bibliotheksstunden vor vier Jahren angewöhnt und werde sie bis zu meinem Lebensende beibehalten. Und falls ich, wie ich es für mich bestimmt habe, an einem freundlichen und unauffälligen Herzversagen sterben werde, oder mich doch mein Überdruß zuvor schwachsinnig macht, ich wünschte, daß diese Veränderungen in meiner Bibliothek erfolgten, in den Stunden nach dem Mittagschlaf, bevor Christine zum Tee ruft und ich mich meiner Frau und der Tochter ausliefern muß. Ich wünschte, was immer mir zustoßen wird, es träfe mich in der Abgeschiedenheit dieses Zimmers an.

Damals ging ich schweigend an den Teetisch. Wir sahen Christine zu, die uns Tee eingoß und Kuchen anbot. Erst als sie sich setzte, erzählte meine Frau, daß die Zigeuner angekommen seien. Johanna, meine Tochter, war bei der Bleicherwiese gewesen und plapperte darüber, was sie mit ihren Schulfreundinnen dort gesehen hatte.

Die Ankunft der Zigeuner war ein jährlich wiederkehrendes Schauspiel. Und so sehr der Anblick der dunkelhäutigen Sippe mit ihren bunten Lumpen und ihrem grauen Kraushaar oder den schwarzen Strähnen die Stadt in ihrer mürben Rechtschaffenheit und dem unveränderbaren, wohlbehüteten Ablauf der Zeit verstörte, sie erlag doch immer erneut der Faszination und der Verärgerung, die dieses weitgereiste Elend ihr an unbegreiflicher Ferne, Fremdheit und unverständlichen, gutturalen Schreien darbot.

Ich war überzeugt, daß zu dieser Stunde in der ganzen Stadt über die Zigeuner gesprochen wurde. Worüber sonst hätte man sich in dieser

Stadt zu unterhalten. Denn Horn lebte Ende Mai noch.

»Es sah aus, als hätte er sich verlaufen«, sagte meine Tochter über den Bürgermeister, »vielleicht hatte er aber auch nur Angst vor den Frauen.«

Sie nahm sich noch ein Stück Kuchen und leckte sich, nachdem sie es gegessen hatte, aufreizend langsam und gründlich ihre Finger ab.

»Unsinn«, unterbrach ich das endlich eingetretene Schweigen, »er kennt keine Angst. Ich habe ihn gründlich untersucht. Er ist nicht einmal zu diesem Gefühl fähig.«

Meine Tochter kicherte gespreizt. Ich fühlte mich elend und verächtlich bei dem Gedanken, so viele Stunden und Tage mit ihr und meiner Frau vertan zu haben und auch in Zukunft unnütz und einfältig zu vergeuden.

Thomas

Ich war mit Paul nach der Schule zur Bleicherwiese gegangen. Wir wollten uns die Zigeuner ansehen. Paul hatte von ihnen erzählt. Er hatte sie bereits am Morgen entdeckt, als er zur Schule ging.

Auf der Bleicherwiese waren schon einige Kinder, vielleicht zwanzig. Sie standen stumm da und starrten zum Lager der Zigeuner hinüber, zu ihren Wagen und den vielen Pferden. Es war ein heißer

Tag, und die Zigeunerfrauen saßen vor den Wohnwagen und wuschen ihre Kleider, große, rechteckige Tücher, die wie verblichene Fahnen auf dem Gras zum Trocknen auslagen. Die Männer ließen sich selten sehen. Manchmal kam einer an die Tür und rief laut und grob einen Namen. Dann ging eine der Frauen hinein, kehrte aber bald wieder zurück.

Den Chef sahen wir erst, als der Bürgermeister erschien, um die Zigeuner von der Bleicherwiese zu jagen. Der Chef war ein sehr dicker Mann. Er war so dick, daß er sich die Schnürsenkel seiner Schuhe nicht selbst binden konnte. Er kam selten aus seinem Wagen heraus. In den vergangenen Jahren war er nie in die Stadt gegangen. Eingekauft haben immer nur die Frauen. Manchmal saß er am Abend zwischen den Wohnwagen und rauchte. Wir konnten dann seinen dicken, nackten Bauch bewundern, der über die rote Schärpe seiner Hose quoll. Und in jedem Jahr, bei jedem seiner Aufenthalte in unserer Stadt, besuchte er Herrn Gohl, den alten Maler von der Burg. Warum er ausgerechnet zu Gohl ging, wußte keiner. Vater sagte nur, da hätten sich die Richtigen gefunden.

Paul sagte, wir sollten die Zigeuner fragen, ob wir nicht für sie arbeiten könnten. Im vergangenen Jahr hatte Paul für den dicken Chef gearbeitet. Er hatte kleine Besorgungen für ihn erledigt. Dafür durfte er mit den Zigeunern zusammen essen und erhielt zum Abschied vier große fremdländische

Münzen geschenkt. Türkische Münzen, sagte Paul. Er meinte, die Zigeuner hätten sie gestohlen, denn sie seien sehr wertvoll. Er zeige sie nur mir, und ich dürfe mit keinem darüber reden. Ich mußte schwören.

Paul und ich standen also vor dem Lager der Zigeuner und warteten, daß der riesige Wanst des Chefs in der Tür erscheinen und wir Gelegenheit haben würden, das Oberhaupt der Sippe um Arbeit zu bitten. Doch nur die Frauen waren zu sehen. Die jungen Frauen, die wild durcheinander schrien und sich bewegten, als würden sie immerzu tanzen, und die mürrisch schweigenden Großmütter, aus deren faltigen braunen Gesichtern Hexenblicke zu uns schossen.

Um drei Uhr erschien der Bürgermeister mit Herrn Bachofen und einer jungen Frau, die draußen in der Siedlung wohnte. Sie gingen zu den Zigeunerinnen und sprachen mit ihnen, aber wir standen zu weit entfernt, um sie zu verstehen. Dann ging eine junge Zigeunerin in einen der Wohnwagen, und der Bürgermeister wandte sich zu uns und sagte, wir sollten verschwinden. Da keins der Kinder sich vom Fleck rührte, rief er nochmals und drohte mit der Faust, kam jedoch nicht zu uns herüber. Ein paar größere Jungen lachten, und so blieb ich gleichfalls stehen. Ich tat, als kümmere ich mich nicht darum, was der Bürgermeister sagte, und hoffte, daß er mich nicht erkannte.

Die junge Zigeunerin trat in die Tür des Wohnwagens und schüttelte den Kopf. Der Bürgermeister ging zu ihr, gab ihr ein Papier und redete auf sie ein, obgleich er wissen mußte, daß die Frau ihn nicht verstand. Keins der Zigeunerweiber beherrschte unsere Sprache, nur der Chef sprach sie ein wenig und konnte uns verstehen. Und die alte Zigeunerin, die Hexe mit dem Schnurrbart. Die Zigeunerin rief fremde Worte, und auch die anderen Zigeunerinnen kreischten auf den Bürgermeister ein. Es war ein toller Spektakel auf der Wiese. Der Bürgermeister brüllte, die Frauen schrien schrill, und die Zigeunerhunde kläfften. Herr Bachofen, der den Bürgermeister begleitete, schwieg und zupfte an seinem Jackett. Dann sah er finster zu uns und wedelte mit der Hand, um uns zu verscheuchen.

Irgendwann erschien der Chef in der Tür. Er trug eine rote Weste über dem nackten Oberkörper und sah lange in den Himmel. Dann spuckte er aus, stieg bedächtig die kleine Treppe herunter, schritt um den Wohnwagen, spuckte nochmals aus und ging wieder hinein. Er tat dies alles, ohne den Bürgermeister eines einzigen Blickes zu würdigen.

»Vielleicht ersticht er ihn«, flüsterte Paul mir ins Ohr, während der dicke Zigeuner um seinen Wohnwagen schritt.

»Wer?« fragte ich.

»Der Zigeuner«, sagte Paul, »die sind mächtig fix mit dem Messer. Mein Vater hat es gesehen.«

»Dann kommt er ins Gefängnis«, erwiderte ich.

»Ach was«, Paul schnaubte verächtlich, »Zigeuner gehen nicht ins Gefängnis. Die sind schnell, die kriegt keiner.«

Ich wurde völlig steif bei dem Gedanken, gleich zu erleben, wie unser Bürgermeister von dem massigen alten Zigeuner aufgeschlitzt würde. Doch der war bereits wieder in seinen Wohnwagen gegangen.

Der Bürgermeister und seine Begleitung kehrten um. Sie mußten sich einen Weg durch die aufgeregten, schreienden Zigeunerinnen bahnen. Als er an uns vorbeikam, sah ich, daß Schweiß auf seiner roten Stirn stand. Die älteren Kinder erzählten, er habe verlangt, daß die Zigeuner ihr Lager vor der Stadt aufschlagen, auf den Flutwiesen. Ich habe es nicht gehört. Ich habe nichts von dem gehört, was er den Zigeunern sagte.

Eine Stunde später standen nur noch Paul und ich vor dem Lager. Die anderen Kinder waren verschwunden, da nichts passierte. Wir waren einige Schritte näher gegangen, hielten aber Abstand zu den Zigeunern, der beiden spitzschnauzigen Hunde wegen, die nun in der Sonne lagen und uns mit ihren aufmerksamen Augen unablässig betrachteten. Wir hofften, daß der Chef nochmals herauskommt und wir ihn bitten können, für ihn zu arbeiten.

Paul hatte ihm im Vorjahr jeden Morgen vor Schulbeginn die Schuhe zugebunden und dafür täglich ein Brot mit einer dicken Scheibe Speck erhalten. Das Speckbrot hatte er in der Pause auf dem Schulhof verkauft, jeder wollte einmal von dem Zigeunerspeck essen. Paul erzählte, der Speck sei von gemästeten Katzen. Die Zigeuner äßen Katzen, um ihre Knochen geschmeidig zu halten. Ich ekelte mich, aber ich kaufte damals auch ein Speckbrot und kaute es auf dem Schulhof würgend hinunter. Mir war danach zwei Tage lang schlecht, weil ich immer daran denken mußte, Katzenspeck gegessen zu haben.

Wir warteten schweigend und beobachteten die Zigeunerinnen. Dann kam Herr Gohl und stellte sich neben uns. Er strich mir über den Kopf und nickte mir zu.

Ich kannte Herrn Gohl vom Museum auf der Burg. Ich war nachmittags oft dort. Herr Horn hatte es mir erlaubt, ich half ihm, die neuen Ausstellungsräume einzurichten. Herr Gohl arbeitete auch dort. Er war Maler und sprach den ganzen Tag nichts. Er war nicht stumm, manchmal sagte er zwei, drei merkwürdige Worte, doch meistens schwieg er. Er wohnte mit seiner Tochter zusammen, die er versorgen mußte. Sie war schwachsinnig. Eigentlich sagten wir, sie ist blöd, aber Vater hatte mir das verboten. Sie sei sehr schwer krank, hatte er gesagt, und ich solle mir keine Gossenausdrücke angewöhnen. Ich hatte Herrn Gohl manchmal geholfen, wenn er in der Burg seine Gemälde auf die weißen Wände übertrug.

Er stand neben uns und sah zu den Zigeunern. Seinen Hut hatte er abgenommen und hielt ihn mit angewinkeltem Arm vor der Brust. Eine der Zigeunerinnen sah ihn. Sie stieß einen hellen Schrei aus. Der Chef erschien in der Tür, erblickte Herrn Gohl und breitete großspurig die Arme aus.

»Kamerad«, brüllte er.

Ich sah, wie Herrn Gohls Augen zu leuchten begannen. Der alte Zigeuner winkte ihn mit einer kurzen, befehlsgewohnten Geste zu sich und schritt dann selbst die wenigen Stufen des Wohnwagens herab. Als sie sich gegenüberstanden, ergriff der Zigeuner mit beiden Händen die Schultern von Herrn Gohl, schüttelte ihn und rief nochmals mit gleicher Herzlichkeit und ebenso dröhnend: »Kamerad.«

Er zog ihn an seine Brust und umarmte ihn. Herr Gohl hielt noch immer den Hut mit angewinkeltem Arm vor sich. Als ihn der massige Zigeuner aus seinen Armen entließ, klopfte er verlegen lächelnd den Filz zurecht. Eine der Zigeunerinnen brachte eine Flasche und Gläser, und der Chef und Herr Gohl tranken stehend einen Schluck des gelblichen Getränks. Dann reichte Herr Gohl dem Zigeuner die Hand. Sie verabschiedeten sich.

Als er an uns vorbeiging, setzte Herr Gohl den braunen, ausgebeulten Filzhut auf. Er wirkte abwesend, verträumt. Der kleine, eingefallene Mund war wie erhellt vom Schimmer eines unerhörten Glücks. Der Zigeuner stand auf der Treppe seines

Wohnwagens und sah ihm nach. Dann ging er hinein. Wir würden ihn nicht mehr sprechen können. Es hatte keinen Sinn, länger auf ihn zu warten. Paul schlug vor, dem alten Maler heimlich nach Hause zu folgen. Ich war damit nicht einverstanden. Ich wollte es nicht, weil ich den Maler gut kannte. Aber da ich nicht wußte, was wir anfangen sollten, liefen wir ihm schließlich hinterher.

Erst zwei Tage später gelang es Paul und mir, den Chef der Zigeuner zu sprechen. Und wir mußten unseren Wunsch zweimal wiederholen, bevor er uns verstand. Seine behaarte Hand strich sanft über den gewaltigen Bauch, als er uns mit zusammengekniffenen Augen ansah und sagte: »Geht zu Frauen. Frauen geben Arbeit jungen Herrn.«

Und mit veränderter, grober Stimme rief er den Frauen etwas in seiner Sprache zu, worauf diese in kreischendes Gelächter ausbrachen und die Oberkörper hin und zurück wiegten. Wir gingen zu ihnen. Mein Gesicht war glutheiß, und ich wäre davongelaufen, hätte ich nicht gefürchtet, die Frauen würden dann noch gellender lachen. Wortlos fragte ich Paul mit einem Blick, was wir tun sollten, doch er starrte nur mit gerötetem Kopf auf die Erde, als sei er festgewachsen und versteinert.

Eins der alten Weiber streichelte mich und kniff mir in die Wange. Ihre Hand war braun und knochig und tat mir weh. Als ich den Kopf hob, sah ich ihre schlechten Zähne, schwarze Zahnstümpfe, und den dichten Bart auf der Oberlippe und am Kinn. Die Alte zeigte uns, was zu tun war. Ich mußte die Ziegen umpflocken, wenn die das Gras abgefressen hatten. Dazu hatte ich ein langes Eisen, an das der Strick der Ziege gebunden war, aus der Erde zu ziehen und mit einem Ziegelstein wieder einzuschlagen. Und während die Ziegen das Gras fraßen, hatte ich aufzupassen, daß sie nicht an die Wäsche gingen und an die großen schwarzen Töpfe der Zigeuner, die in der Sonne standen. Paul saß bei den Zigeunerinnen. Er mußte Eimer und Wasserkannen tragen, wenn es die Frauen verlangten, und nach den Pferden sehen. Aber meistens saß er nur zwischen den Zigeunerinnen und sah ihnen zu.

Beim Sechs-Uhr-Läuten verabschiedeten wir uns. Wir sagten, daß wir morgen wiederkämen, gleich nach der Schule. Die Zigeunerinnen nickten und lachten. Ich wußte nicht, ob sie uns verstanden.

»Wollen wir wirklich wieder hingehen?« fragte ich Paul.

Er nickte.

»Wir haben nichts bekommen«, wandte ich ein.

»Sie sind erst angekommen«, erwiderte Paul, »in ein paar Tagen haben sie genug zusammengestohlen. Dann bezahlen sie uns.«

Gertrude Fischlinger

Ich konnte meinen Sohn nicht anbinden.

Ich wußte, daß er zu den Zigeunern ging. Die Leute erzählten mir, daß er für sie arbeitet. Er und dieser Junge, der damals sein Freund war, der Sohn des Apothekers. Wenn ich mit Paul sprechen wollte, verließ er wortlos das Zimmer. Ich konnte ihn schließlich nicht anbinden. Ich hatte den Laden, und abends mußte ich den Haushalt versorgen. Und mit meinen geschwollenen Beinen konnte ich dem Jungen nicht in der Stadt hinterherlaufen. Es fehlte der Vater.

Paul hatte es sich in dem Jahr angewöhnt, spät nach Hause zu kommen. Nach dem Abendbrot verschwand er und kam erst gegen zehn, elf Uhr zurück. Ich lag im Bett und wartete darauf, daß er die Haustür aufschließt und die Treppe hochkommt. Ich fürchtete, eines Tages würde die Polizei ihn mir bringen. Er war doch erst vierzehn. Wenn er kam, ging er in sein Zimmer, ohne zu mir hereinzuschauen. Aber ich war beruhigt, und auch das Klopfen in meinen Beinen wurde leiser und regelmäßiger.

Ich wußte nicht, was er abends machte, wo er sich herumtrieb. Ich kannte seine Freunde nicht. Nur den Apothekerssohn, der zu dieser Zeit bestimmt längst zu Hause war.

Ich wußte, daß Paul trank. Ich hatte eine leere Flasche in seinem Zimmer gefunden, und ich betete zu Gott, er möge nicht wie sein Vater werden. Es war alles so schlimm, weil er mir nichts erzählte. Ich hatte Herrn Horn gebeten, mit ihm zu sprechen, doch der zuckte nur mit der Schulter und bat mit seinem müden, alles verstehenden Lächeln um Verzeihung. Er würde nicht mit ihm sprechen, nicht darüber. Dabei hatte ich ihm das Zimmer nur in der Hoffnung gegeben, er würde Paul gelegentlich ein Wort sagen. Ich konnte es nicht mehr. Was ich auch sagte, mein Sohn hörte mir nicht zu.

Herr Horn war vier oder fünf Jahre zuvor in die Stadt gekommen. Ich füllte gerade Mehl in Tüten ab, als er meinen Laden betrat. Er blieb mitten im Raum stehen und wartete geduldig darauf, daß ich mich zu ihm wandte. Er betrachtete weder die Regale noch die Glasschränke auf dem Tisch, und ich wußte, er würde nichts kaufen. Also füllte ich weiter das Mehl ein. Ich glaubte, er wollte eine Auskunft haben, doch er fragte nichts, stand ruhig im Laden und sah mir zu. Ich richtete mich auf und klopfte das Mehl von den Händen und der Schürze. Als ich ihn ansah, wußte ich, daß er auch keine Auskunft brauchte. Er war nicht der Mann, der zu den Bootsstegen gehen wollte oder die beste Gaststätte des Ortes suchte. Er hatte eine merkwürdige graue Haut und breite, fast schwarze Augenringe. Ich dachte damals, daß er wohl lange krank gewesen sein müßte. Gelbsucht oder Tbc, vermutete ich.

Er fragte, ob ich Frau Fischlinger sei, und fügte

hinzu, ihn schicke die Sekretärin des Bürgermeisters. Er heiße Horn und suche ein Zimmer zur Untermiete. Dann schwieg er und sah mich ruhig und ausdruckslos an. Ich war überrascht. Ich hatte nie zuvor ein Zimmer vermietet. Seit mein Mann weggegangen war, hatte ich auch nie daran gedacht.

»Ich wohne mit meinem Sohn zusammen«, antwortete ich ihm damals, »er ist zehn Jahre alt. Ich habe ihn spät bekommen.«

»Ich werde Sie nicht stören«, entgegnete er, »alles, was ich benötige, ist ein Bett und eine sehr helle Lampe. Und frühmorgens etwas heißes Wasser.«

Ich betrachtete ihn und überlegte.

»Ich habe schlechte Augen«, fügte er entschuldigend hinzu.

Er bemühte sich auch jetzt nicht, verbindlich oder gar freundlich zu wirken.

»Sie mißverstehen mich«, sagte ich, »ich fürchte nicht, daß Sie uns stören, sondern daß Sie durch meinen Jungen belästigt werden. Er ist nicht gut erzogen. Ich mußte ihn zu oft sich selbst überlassen.«

»Ich habe keine Ansprüche«, erwiderte er.

Und damit und obgleich ich ihm nicht zugesagt hatte, schien für ihn und mich die Angelegenheit geregelt. In der Mittagspause zeigte ich ihm die Wohnung und sein Zimmer und gab ihm die Schlüssel. Am Abend stellte ich das Reformbett auf und trug den Plattenspieler und das Nähschränkchen ins Schlafzimmer. Den Glasschrank ließ ich ihm. Das Mokkageschirr und die Weingläser, die darin standen, brauchte ich einmal im Jahr, und nun, da ich mein Wohnzimmer vermietet hatte, würde ich noch seltener eine Gelegenheit haben, sie zu benutzen.

Herr Horn hatte mir erzählt, daß ihm die Stadt eine Wohnung versprochen habe. Er werde auf der Burg arbeiten, im Museum, und hoffe, nicht länger als ein Jahr bei mir zur Untermiete zu wohnen. Aber das Jahr verging, und er erhielt keine Wohnung, und ein zweites Jahr verging, und schließlich lebte er bis zu seinem überraschenden Tod bei mir.

Er war ein stiller Mieter. Manchmal lauschte ich, um ein Geräusch von ihm zu hören, den Schritt eines Mannes, ein Knarren des alten Ledersessels, ein Gurgeln im Bad. Ich lauschte, um das Gefühl zu verspüren, einen Mann in der Wohnung zu haben. Doch er schien sich geräuschlos zu bewegen. Es gab nicht einmal kleine Wasserspritzer neben der Badewanne, wenn ich nach ihm das Bad betrat. Ich machte ihm Frühstück und Abendbrot, er lehnte es jedoch ab, mit uns in der Küche zu essen. Er wollte uns in keiner Weise zur Last fallen, und seine Zurückhaltung war strikt und ausnahmslos. Wäre er nicht scheu und verletzbar gewesen, sondern schroff und hochmütig, sein Benehmen hätte nicht ablehnender sein können. Selbst in jenem halben Jahr, in dem ich fast glauben durfte, daß ich ihm etwas bedeute, war er mir unendlich fern.

Seinem Wunsch, in meiner Wohnung ein Zimmer zu mieten, hatte ich zugestimmt, weil ich hoffte, seine Anwesenheit würde Paul nötigen, freundlicher mit mir zu sprechen. Ich hoffte, daß Herr Horn als Fremder einen Zugang zu ihm fände, einen Zugang, den ich lange zuvor verloren hatte. Und nicht zuletzt war ich mit seinem Einzug einverstanden, weil ich so lange allein gelebt hatte und endlich wieder einen Mann in meinem Haus haben wollte. Es hätte mich nicht gestört, daß ich ihn selten sah, daß er allein aß, daß er sich nie dazu herabließ, mit mir einen Tee zu trinken und ein kurzes Gespräch zu führen. Alles, was ich für mich wünschte, war ein freundlicher Gruß am Morgen und ein kleines Lächeln, wenn wir uns im Flur der gemeinsamen Wohnung begegneten. Aber bereits nach einer Woche wußte ich, daß ich mehr Herzlichkeit erwarten könnte, hätte ich einen Sack Holz in das Zimmer gestellt.

Er blieb der zufällig in meinen Laden geratene Fremde, der mich unbeteiligt beobachtete, mir aus dem Weg ging und gelassen abwartete, um zu bekommen, was ihm zustand. Er wohnte über vier Jahre bei mir. Nie fiel ein lautes oder böses Wort zwischen uns, aber wann immer ich an ihn dachte, verwünschte ich den Tag, an dem ich ihm die Schlüssel zu meiner Wohnung gegeben hatte. Hinaussetzen konnte ich ihn nicht, dafür gab es keinen

Anlaß. Er war korrekt und höflich zu mir, und ich konnte nicht auch noch von ihm fordern, daß er freundlich zu mir war, da er nicht einmal für sich selbst ein Gran von Zuneigung aufbrachte. Ich hatte ihn um Pauls willen bei mir aufgenommen, aber mein Sohn entfernte sich weiter von mir, und Herr Horn wollte mir keine Hilfe sein. Und ich konnte es nicht von ihm verlangen.

»Ich habe keine Ansprüche«, sagte er, als er das Zimmer mietete, seinen Koffer auspackte und alles, was sich im Zimmer befand, den Tisch, die Bilder, die schweren Ledersessel, widerspruchslos hinnahm; auch in den folgenden Jahren veränderte er kaum etwas daran. Es dauerte nur eine Woche, bis ich begriff, daß er mir mit diesem Satz lediglich hatte mitteilen wollen, daß ich keine Ansprüche an ihn habe.

Kruschkatz

Es ist unsinnig und unwürdig, nach so vielen Jahren ausgerechnet über diesen Mann Horn zu sprechen. Es ist gotteslästerlich. Ich kann es nicht besser bezeichnen als mit diesem altväterlichen Wort.

Ich bezweifle keineswegs, daß sich die Vorgänge jenes Jahres rekonstruieren lassen. Möglicherweise so vollständig, daß die dazugehörenden nichtssagenden Einzelheiten wie abgelegte Büroordner, verstaubt und vergilbt, unsere Träume aufblähen und unser Gedächtnis quälen.

Ich könnte mich jeder Minute erinnern. Ich erwähne das nicht, weil ich mein ungewöhnliches Erinnerungsvermögen hervorheben will. (Eine solche Fähigkeit ist kein beglückendes Geschenk der Natur. Denn es sind zwei sich ausschließende Dinge: gut zu schlafen und sich gut zu erinnern. Auch sind die Vorteile gering. Schließlich ist eine Fähigkeit um so nutzloser, je seltener es dazugehörige Entsprechungen gibt. Was würde es helfen, das Gras tatsächlich wachsen zu hören oder die Drehung der Erde zu verspüren, wenn ich damit jeden nur beunruhigte, mich selbst eingeschlossen. So schweige ich lieber. Diese verblödeten und geschwätzigen Greise, unter denen ich nun zu leben gezwungen bin, verstünden mich ohnehin nicht.)

Ich bezweifle also nicht den äußeren Erfolg, das nahezu vollständige Verzeichnis der Fakten. Vielmehr stelle ich das ganze Unternehmen in Frage. Die Entdeckung, daß es mehrere, zum Teil einander widersprechende Wahrheiten gibt, als endliches Ergebnis solcher Mühe wäre ein niederschmetternder Witz. Noch mehr aber beunruhigt mich der Gedanke, daß die so gefundene Wahrheit, beziehungsweise die verschiedenen, schlüssig, vollständig und widerspruchsfrei hergestellten Bilder keinen Adressaten haben. Das ist vorbei.

Ich bin heute dreiundsiebzig Jahre alt, und wenn ich die Erfahrungen meines Lebens für eine daran uninteressierte Nachwelt in einem Satz formulieren müßte, würde ich sagen: Es gibt keine Geschichte. Geschichte ist hilfreiche Metaphysik, um mit der eigenen Sterblichkeit auszukommen, der schöne Schleier um den leeren Schädel des Todes. Es gibt keine Geschichte, denn soviel wir auch an Bausteinchen um eine vergangene Zeit ansammeln, wir ordnen und beleben diese kleinen Tonscherben und schwärzlichen Fotos allein mit unserem Atem, verfälschen sie durch die Unvernunft unserer dünnen Köpfe und mißverstehen daher gründlich. Der Mensch schuf sich die Götter, um mit der Unerträglichkeit des Todes leben zu können, und er schuf sich die Fiktion der Geschichte, um dem Verlust der Zeit einen Sinn zu geben, der ihm das Sinnlose verstehbar und erträglich macht. Hinter uns die Geschichte und vor uns Gott, das ist das Korsett, das uns den aufrechten Gang erlaubt. Und ich glaube, das Röcheln der Sterbenden ist die aufdämmernde Erkenntnis der Wirklichkeit. Die Toten brauchen kein Korsett.

Ich will mich mit diesen Bemerkungen meinen Erinnerungen nicht entziehen. Ich schicke sie voraus, weil ich meinen Erinnerungen mißtraue, weil ich allen Erinnerungen mißtraue.

Weil ich den Ohren mißtraue, die meinen Erinnerungen zuhören. Die Leute werden nichts verstehen, und ihre Bemühungen, meinen Worten einen verstehbaren Sinn zu geben, werden sie dazu verleiten, meine Geschichte mit ihrem Leben zu beleben. Und statt die Unbegreiflichkeiten auszuhalten und zu akzeptieren, werden sie nichts begreifen.

Ich möchte noch vorausschicken, daß mich diese Gedanken erst jetzt bewegen. Damals war ich zu beschäftigt, um über irgend etwas auf eine andere Art nachzudenken als mit dem erklärten Ziel einer schnellen und klaren Entscheidung. Ich bedauere das nicht, es war erforderlich. Ich bin zudem überzeugt, daß ich damals nicht fähig war, etwas wirklich zu durchdenken. Ich bin der Meinung, daß man mindestens sechzig Jahre gelebt haben muß und von keiner zu qualvollen oder beeinträchtigenden Krankheit gequält sein darf, um über diese Welt einen kleinen, halbwegs vernünftigen Satz sagen zu können.

Bleibt noch hinzuzufügen, daß ich bei den unaufhörlich umherlaufenden Greisen, mit denen ich in einem Haus wohne, nicht beliebt bin. Ich gelte als verschroben und wohl auch als verrückt. Ich gebe diese Erklärung ab, um jedermann freizustellen, meinen weiteren Ausführungen mit tiefstem Mißtrauen zu begegnen. Ich werde mich nicht für die Glaubwürdigkeit meiner Erinnerungen einsetzen. Im Gegenteil. Schließlich erinnere ich mich nur, um etwas von dem zu begreifen, was man anmaßend als mein Leben bezeichnen könnte.

Die Zigeuner kamen am 23. Mai, es war ein Donnerstag. Und am 1. September, einem Sonntag, erhielt ich die Nachricht, daß man Horn gefunden hat. Kinder entdeckten ihn im Wald. Die Polizei sicherte das Gelände und benachrichtigte das Kreisamt. Man schloß in den Untersuchungen anfangs ein Gewaltverbrechen nicht aus. Diese Vermutung war eine formale Notwendigkeit der Behörde, es gab keinen Anlaß dafür, und ich erinnere mich, daß in der Stadt niemals der geringste Zweifel an der Art seines Todes bestand.

Unangebracht war die später erfolgte Verknüpfung dieser zwei Ereignisse, des Todes von Horn und der Anwesenheit der Zigeuner in meiner Stadt. Es wurde zu einer lächerlichen Gewohnheit, nie von dem einen zu sprechen, ohne das andere zu erwähnen. Dabei haben die Tatsachen nichts miteinander zu tun. Es war der letzte Sommer, den die Zigeuner in unserer Stadt verbrachten, und ich denke, die Erleichterung, mit der man das Ausbleiben der Sippe registrierte, und die Verwunderung über den merkwürdigen Mann Horn und seinen empörenden Tod brachten zwei Dinge zusammen, die in keinem Verhältnis standen. Horn starb, weil er für diesen Tod vorgesehen war, und die Zigeuner verließen die Stadt nicht anders als in jedem Herbst zuvor.

Nachdem mir im Mai ihr Erscheinen gemeldet worden war, ging ich wie in allen Jahren, und wie alle meine Vorgänger, zu ihnen, um sie aufzufordern, die Bleicherwiese zu verlassen. Ich bat sie, auf den Flutwiesen vor der Stadt ihr Quartier aufzuschlagen.

Die Bleicherwiese ist Eigentum der Stadt, und nach einem Ratsbeschluß dürfen weder Zelte noch Wohnwagen dort aufgestellt werden. Der Beschluß war zehn Jahre alt. Er wurde in jenem Jahr eingebracht, in dem die Zigeuner zum erstenmal wieder in Guldenberg erschienen waren und sich auf ebendieser Wiese niedergelassen hatten. Dem Beschluß entsprechend, setzte ich die Zigeuner auch in diesem Jahr von dem Verbot in Kenntnis, und ich wußte vorher, daß es ein vergeblicher Gang werden und die Zigeunerfamilie auch in diesem Sommer mitten in unserer Stadt leben würde. Ich war selbst zu ihnen gegangen, obwohl ich den Ratsdiener hätte beauftragen können. Ich war selbst gegangen, weil ich von der Vergeblichkeit überzeugt wár, mir aber nichts vorwerfen lassen wollte.

»Beauftrage die Polizei. Sie wird die Sippschaft vor die Stadt jagen.«

Es war Bachofen, einer meiner Stadträte und mein Stellvertreter, der mir diesen Vorschlag machte, nachdem wir erfolglos ins Rathaus zurückgekehrt waren.

»Ich werde, wie du weißt, nichts dergleichen unternehmen«, erwiderte ich und wischte mir den Schweiß aus dem Nacken.

»Du machst dich lächerlich.«

»Das ist unmöglich, Genosse Bachofen.«

Er sah mich verwundert an und wartete auf eine Erklärung. Ein schlecht gebundener silberfarbener

Schlips krümmte sich auf seinem durchschwitzten Hemd. Sein Mund war leicht geöffnet. Ich hörte die Atemzüge und sah die verwunderten mausgrauen Augen. Und ich antwortete ihm und glaubte dabei, seinen Schweißgeruch zu atmen, der mir unerträglich war, obgleich ich nicht weniger stinken mußte als er: »Es ist unmöglich, daß ich mich lächerlich mache, wenn ich die Dummheiten begehe, zu denen mich mein Amt nötigt.«

Sein Lächeln verschwand augenblicklich. Die Mausaugen wichen hinter zwei winzige Schlitze plötzlich erwachter Aufmerksamkeit zurück. Das leise Glitzern hinter den dicken Augenlidern und fast weißen Wimpern signalisierte mir, daß die kleinen eisernen Schreibgriffel seines Gehirns zu rotieren begannen und so unerbittlich wie unlöschbar meine Worte auf die Metallplatten seines Gedächtnisses gravierten.

»Dann schick die Polizei meinethalben von Amts wegen.«

Ich öffnete die Tür zu meinem Büro. Auf der Schwelle stehend, wandte ich mich zu ihm und erwiderte: »Du wirst es nicht begreifen, Bachofen, aber selbst für erforderliche Schäbigkeiten gibt es eine Grenze.«

Ich schloß die Tür. Ich war erleichtert, es überstanden zu haben, und ließ mich auf den Stuhl hinter meinem Schreibtisch fallen. Mein Herz schmerzte, und ich ließ meine Hand beruhigend auf der linken Brust kreisen. Im unteren Schubfach lag eine angerissene Zigarettenschachtel. Ich zündete mir eine Zigarette an. Ich wußte, es war Gift für mein Herz, aber es war ein Gift, das mir den Schmerz nahm.

Zu jener Zeit wohnte ich das dritte Jahr in Bad Guldenberg.

Als ich die Stadt zum erstenmal betrat, ein Fremder, dem man höflich, doch uninteressiert Auskunft und Quartier gab, wußte ich, den Auftrag in der Tasche, daß man sich wenige Monate später das Maul über mich zerreißen würde. Es konnte nicht anders sein in einer so kleinen Stadt, die sich auf imaginäre, dahinwelkende Traditionen berief und sich vornehmlich von Kurgästen ernährte, die einen verträumten, freundlichen Ort suchten und sich schließlich mit der Stille der Geranienvorgärten und dem geduldigen Schlaf der zerbröckelnden Häuser und der grasüberwucherten Gassen abfanden. Es konnte nicht anders sein in dieser Stadt, die es gewohnt war, von fernen, nie erblickten Obrigkeiten ihr unbegreifbare Beschlüsse entgegenzunehmen, um ihnen unwillig und mit stillem Grimm zu genügen.

Ich stellte mich damals im Rathaus vor und übergab Franz Schneeberger, dem Bürgermeister, meine Papiere und den Auftrag des Bezirks. Im März wurde ich zum Stadtrat ernannt, und im Juni bat Schneeberger um seine vorzeitige Pensionierung und schlug mich weisungsgemäß zu seinem Nachfolger vor. Die Ratsversammlung folgte ausnahmslos seiner Empfehlung, und damit war ich, der Fremde aus der Bezirksstadt, Bürgermeister eines mir kaum bekannten und nicht freundlich gesonnenen Provinzfleckens, dessen Honoratioren darauf lauerten, daß mir das Schicksal meiner vielen Vorgänger nicht erspart bliebe, nämlich mich bei dem Versuch, eine vage formulierte Instruktion den örtlichen Gegebenheiten anzupassen, zu irren und, das eine und das andere falsch einschätzend, als Sektierer oder Schädling irgendeiner Art zu entlarven.

Nach der Wahl saß ich in dem neuen Arbeitszimmer und wartete drei Stunden lang, daß sich meine Mitarbeiter bei mir einfinden würden, um mir zu gratulieren und die künftige Arbeit abzusprechen. Doch nur der Parteisekretär kam in mein Zimmer und gab mir die Hand, und ich wußte, er konnte mir wenig helfen, denn er war in dieser Stadt neu und fremd und so beliebt wie ich selbst.

Außer ihm erschien an diesem Tag keiner in meinem Büro. Gegen sechzehn Uhr klingelte das Telefon. Meine Frau erkundigte sich, wie es mir gehe und wie die Entscheidung gefallen sei.

»Ich weiß es nicht«, sagte ich wahrheitsgemäß.

Sie war überrascht: »Bist du denn nicht ernannt worden?«

Ich sah mich in meinem kahlen Büro um, sah auf die leeren Besuchersessel und die ausgeräumten

Schrankfächer, betrachtete die beiden Fotos hinter meinem Stuhl und den Schreibtisch, auf dem lediglich zwei Telefonapparate standen und ein Aschenbecher mit zerdrückten Zigaretten, und erwiderte: »Ich habe das Gefühl, hier ist jedermann sicher, daß ich soeben meinen Kopf in die Schlinge gesteckt habe.«

Ich schwieg und wartete auf ihre Stimme. Nach einer Pause begann meine Frau zu lachen und sagte: »Gut. Ich werde meine Koffer packen und in drei Tagen bei dir sein. Aber versprich mir, daß ich nicht in diesem Nest begraben werde.«

Ich blieb in meinem Büro untätig sitzen, bis die Dämmerung begann. Als ich ging, erkundigte ich mich bei meiner Sekretärin, ob sich Besucher angemeldet hätten.

»Haben Sie jemanden erwartet?« fragte sie mitleidsvoll und betrachtete mich neugierig. Ich schüttelte den Kopf.

Eine Woche später traf ich Horn in der Stadt. Wir begegneten uns auf dem Bürgersteig vor der Molkerei. Er lüftete kurz seinen Hut und wollte schweigend an mir vorbeigehen. Ich war so überrascht, ihn zu sehen, daß ich ihn ansprach. Er sagte, er wohne seit einem Jahr hier.

»Was für ein Zufall«, sagte ich und lächelte.

Er nickte leicht und starrte mich wortlos an. Es war der gleiche wunde Blick, mit dem er mich vor der Kommission angesehen hatte, ein Blick ohne jedes Verständnis für gebotene Maßnahmen, ohne das geringste Begreifen für zwar schmerzhafte, aber notwendige Entscheidungen. Ich hatte damals mein Möglichstes getan, ihm den Beschluß der Parteileitung zu erläutern. Wir seien überzeugt, sagte ich, daß ihm subjektiv gesehen keinerlei Schuld zukomme, er uns aber durch Vertrauensseligkeit und Mißachtung des Prinzips der Parteilichkeit großen Schaden zugefügt habe. Im Interesse der gemeinsamen Sache und des großen Ziels und in Erkenntnis seiner feigen Zugeständnisse an die bürgerliche Ideologie habe er den Fehler mit allen Konsequenzen auf sich zu nehmen. Und ich fügte die persönlichen Worte hinzu, daß ich an seiner Stelle möglicherweise nicht anders hätte handeln können, in diesem Fall aber von ihm die gleiche Entschiedenheit in der Verurteilung erwarten würde.

»Bemühe dich nicht um mein Einverständnis, Genosse«, hatte er geantwortet und türenschlagend den Raum verlassen.

Und nun stand er wieder vor mir, und ich erkannte an seinen kalten und reglosen Augen, daß er nichts vergessen hatte. Nichts vergessen und nichts hinzugelernt.

»Solch ein Zufall«, wiederholte ich unverdrossen herzlich, »uns beide hat es in dasselbe lausige Provinznest geweht.«

Ich berührte mit der Hand den Ärmel seines Jacketts. »Trinken wir ein Glas auf unser unverhofftes Wiedersehen.«

Er trat so heftig einen Schritt zurück, daß sein Jackett sich öffnete, und mit der verletzbaren Stimme, mit der er mir vor der Kommission geantwortet hatte, sagte er nun: »Nein, Herr Bürgermeister.«

2. KAPITEL

Und dann? Was war dann?

Ich hatte Angst vor Ihnen.

Angst?

Sie waren mir unheimlich. Ich verstand so wenig und fürchtete mich.

Vor mir?

Ja. Man sagte von Ihnen ...

Wer sagte? Erinnere dich.

Ich weiß es nicht mehr.

Du kannst es nicht vergessen haben. Du mußt dich erinnern.

Ich war ein Kind damals.

Es war gestern. Du mußt dich erinnern. Schließlich erinnere ich mich auch.

Tote vergessen nicht.

Auch die Toten vergessen. Sie sind um keinen Deut besser als zu Lebzeiten.

Aber man sagte mir ...

Kümmere dich nicht darum. Erinnere dich. Du mußt dich erinnern.

Thomas

Wir folgten Gohl. In einer Hand hielt er nun einen Einkaufsbeutel, in der anderen seinen Hut. Den Mühlenberg schritt er langsam hoch. Oben trat er in den kleinen Tabakladen. Wir warteten einige Häuser weiter, bis er wieder erschien. Ich flüsterte Paul zu, daß er sich gewiß seine ägyptischen Zigaretten gekauft habe. Er rauchte sie den ganzen Tag, seine Finger waren mit gelber Hornhaut überzogen.

In den Kuranlagen spazierten nur wenige Gäste auf und ab. Bei diesem Wetter blieben sie in den kühlen Innenräumen. Die leere, rostige Orchestermuschel zerriß die dicht stehenden Bäume und verstaubten Blumenbeete, den farbigen Teppich der Blüten wie ein unheilverheißendes Leck, ein dunkler Trichter, umspielt vom Glitzern der untergehenden Sonne auf der metallenen Oberfläche.

Als Herr Gohl an den Anlagen vorbeilief, bemerkten wir, daß er laut mit sich selbst sprach. Bedächtig, aber unaufhaltsam ging er weiter, durch die Siedlung am Stadtrand, über die sich kreuzenden Landstraßen hinter der Stadt, über den durchfurchten Sandweg, der zu seinem Haus führte. Er ging aufrecht, den Kopf erhoben. Dennoch fiel ihm der Weg sichtlich schwer.

Wir waren zurückgeblieben. Hier draußen waren keine Leute zu sehen, und wir wollten nicht auffallen.

Sein Haus stand am Ende des Sandwegs, inmitten krautiger, hartflechtiger Heide. Unmittelbar hinter dem Backsteinbau begann der Kiefernwald. Herr Gohl lebte hier mit seiner erwachsenen Tochter. Besucher kamen nie zu ihm. Manchmal blieben Kurgäste, die durch die Wälder spazierten, an seinem Gartenzaun stehen und versuchten, mit ihm ins Gespräch zu kommen. Einmal im Jahr fuhr der Kohlenwagen vor und schüttete einen Berg schwarzglänzender Briketts neben den Zaun. Selbst der Briefträger kam selten hier heraus.

Als Herr Gohl die Gartentür aufschloß, jaulte der Hund. Der alte Mann ging zu ihm und kraulte sein Nackenfell. Dann trat er ins Haus. Wir rannten jetzt an der Pforte vorbei und näherten uns vorsichtig dem Garten von der Waldseite. Dort saß seine Tochter. Sie hatte eine Schachtel mit Knöpfen auf dem Gartentisch ausgeschüttet und spielte mit ihnen. Sie war so vertieft in ihr Knopfspiel, daß sie uns nicht bemerkte. Wir versteckten uns hinter dem Farnkraut, beobachteten sie und bemühten uns, nicht laut loszulachen.

Dann kam Herr Gohl aus dem Haus. Er hielt eine alte Joppe in der Hand. Mit den Fingern prüfte er ihre fadenscheinigen Stellen am Ellbogen und Rücken. Im Gehen zog er sie an. Erst als er direkt vor seiner Tochter stand, nahm sie ihn wahr.

»Die Zigeuner«, rief sie, »die Zigeuner.«

Erregt wies sie mit dem Arm in die Richtung der Stadt.

»Ich weiß«, sagte Herr Gohl, »ich habe sie gesehen. Beunruhige dich nicht.«

Er sprach zärtlich mit ihr, doch die Frau schien ihm nicht zuzuhören. Noch immer wies sie mit ihrem mageren Arm zur Stadt hin. Herr Gohl brachte Küchenabfälle zum Hundenapf. Die Tochter lief ihm hinterher.

»Geh in die Stube«, sagte Herr Gohl geduldig, »du erkältest dich.«

Seine Tochter faßte ihn am Arm. »Die Zigeuner.«

»Hast du sie gesehen?« fragte Herr Gohl.

Sie nickte stolz und sah ihm erwartungsvoll in die Augen.

Er tätschelte ihre Hand. »Es ist alles gut. Alles in Ordnung. Geh ins Haus.«

Er öffnete die Klappe zum Hühnerstall. Er leerte die verschmutzten Trinkschalen der Hühner und füllte sie mit frischem Wasser. Dann holte er kleingeschnittenes Brot aus der Joppentasche und warf es den Hühnern hin. Schließlich trug er den Stuhl und den Tisch seiner Tochter ins Haus. Wir sahen ihn im erleuchteten Wohnzimmer mit ihr sprechen. Später ging das Licht im ausgebauten Dachzimmer an. Dort oben hatte er seine Staffelei stehen. Er malte jeden Tag an seinen Bildern. Er hat es mir gesagt. Gezeigt hat er seine Bilder keinem Menschen. Er malte nur für sich selbst.

Ich kannte Herrn Gohl lange, bevor ich ihm auf der Burg zum erstenmal die Hand gab und ihm bei den Malerarbeiten behilflich sein durfte. Ich kannte ihn von unseren Spaziergängen durch den Kurpark. Während ich mit meinem kleineren Bruder mißmutig hinter den Eltern herlief und an der Langeweile der sonntäglichen Nachmittage verzweifelte, saß er auf einer Bank vor dem Goldfischteich, seinen Hut auf ein Knie gestülpt, und betrachtete selbstvergessen das Wasser. Mein Vater grüßte ihn stets im Vorbeigehen, ohne je eine Antwort zu erhalten. Wenn wir einige Meter weitergegangen waren, pflegte er zu sagen: »Ein bedauernswerter Mensch.«

Oder er sagte: »Schlimm, schlimm, und er war so begabt.«

Dann drehte er sich nach uns um und fragte mit schmalen Lippen: »Habt ihr ihn begrüßt? – Das gehört sich auch so.«

Danach sagte er stets noch ein paar Worte leise zu Mutter, und wir gingen weiter.

Regelmäßig trafen wir im Park den Kapellmeister des Kurorchesters, der in der Schule Musikunterricht erteilte, und Dr. Spodeck, der seine Praxis am Markt hatte. Dann mußten wir Guten Tag sagen und uns verbeugen, und Vater drückte unsere

Köpfe mit einem schmerzhaften Griff noch ein wenig tiefer hinunter, weil es sich so gehöre. Auch der Tochter des Doktors mußten wir die Hand geben, und sie knickste vor uns, während ich sie feindselig anstarrte. Sie war in meiner Klasse nicht beliebt, keiner redete mit ihr. Endlich zogen meine Eltern weiter, und wir mußten ihnen hinterhergehen, immer drei, vier Schritte hinter ihnen, denn wir sollten nicht rennen und schwitzen, sondern bummeln und uns erholen, wie mein Vater sagte, und ein wenig frische Luft schöpfen.

Häufig trafen wir Dr. Spodeck oder einen der anderen Bekannten nochmals. Dann grüßten ihn meine Eltern erneut mit mehrmaligem Kopfnikken, während ich so tat, als interessiere ich mich für ein paar Steine oder die Knöpfe an meinem Sonntagsanzug, nur um nicht aufblicken zu müssen und um der Unwürdigkeit fortwährender Begrüßungen zu entgehen.

Wenn wir den Park endlich verließen, beklagte mein Vater regelmäßig, daß wieder sehr viele neue Gesichter zu sehen waren. Und wenn Mutter einwandte, es seien sicher Kurgäste, sagte er sehr bestimmt und keinen Widerspruch duldend: »Nein, nein, das sind keine Kurgäste. Das sind Leute aus der Siedlung. Bald wird man die eigene Stadt nicht wiedererkennen.«

Ich haßte diese Sonntage, ihre pomadige Schläfrigkeit. Sie lagen wie ein eiserner Ring um all meine Tagträume und nahmen mir die Luft. War ich besonders folgsam, lobte man mich und sagte, daß ich mich wie ein Erwachsener zu benehmen wisse. Und die Vorstellung, ein ganzes Leben diese Spaziergänge zu machen, diese niederdrückenden, langweiligen Parkanlagen abzulaufen, die immer gleichen Wege lustlos entlangzupromenieren, beunruhigte mich. Wann immer ich über die Zeit meines Erwachsenseins nachdachte, über den künftigen Beruf, über mein späteres, fantastisches Leben, in alle Überlegungen mischten sich diese Sonntagsspaziergänge. Sie waren wie drohende Grabsteine, die meine wild wuchernden Träume zurückhielten, ihnen irdische Schwerkraft aufdrängten.

Waren wir endlich wieder daheim, wechselte ich schnell meine gute Hose, die Sonntagshose, gegen meine abgetragene und durfte dann für ein, zwei Stunden auf die Straße gehen. Es sei denn, ein ermahnendes Gespräch wartete auf mich oder eine Strafe war verhängt worden.

Bestraft wurde ich vorwiegend mit Stubenarrest. Wenn mein Vater seinen Spruch gefällt hatte, mußte ich einen Tag oder auch eine ganze Woche in meinem Zimmer verbringen und durfte es nur zu den Mahlzeiten und während der Schulstunden verlassen. Jedesmal hoffte ich, an jenen Sonntagen, die in die Zeit meines Stubenarrests fielen, im Zimmer bleiben zu dürfen. Es erschien mir verlockend, allein im Haus zu bleiben. Ich könnte mich auf mein Bett legen, ohne zu befürchten, daß jemand unvermutet mein Zimmer betreten und mich aufscheuchen würde. Ich könnte Bücher lesen oder laute Selbstgespräche führen. Ich könnte durch alle Zimmer streifen, mich im Schlafzimmer der Eltern vor den großen Frisierspiegel setzen oder in Vaters Arbeitszimmer die Schränke und den Schreibtisch durchsuchen. Doch Vater befahl mir stets, herunterzukommen und mitzugehen. Und die Hoffnung, allein zu sein, zerplatzte, und ein weiterer, klebriger Sonntagnachmittag ergoß sich über mich.

Als ich Herrn Gohl auf der Burg wiedertraf, befürchtete ich, er würde mit mir über meine Familie sprechen und unsere früheren Begegnungen. Ich hätte es nicht ertragen, auch nur ein Wort über die Schmach zu hören, die man mir allsonntäglich antat. Aber er sagte damals nichts, und auch später erwähnte er den Park nie. Er sprach überhaupt wenig. Er war ein sehr alter Mann mit gepflegten Händen und gelben Fingerspitzen, mit kleinen Haarbüscheln auf der pergamentfarbenen Haut der Hände. Er kam jeden Morgen in die Stadt, um langsam und bedächtig die Serpentine zur Burg hochzulaufen. Am Nachmittag, nach der Arbeit, erledigte er Besorgungen und kehrte mit seinem Einkaufsnetz zu dem Häuschen zurück.

Ich saß noch immer mit Paul hinter dem Zaun und starrte zu den erleuchteten Fenstern hinüber. Die Schatten des Waldes rückten unablässig näher, sanft und lautlos unter dem rotflammenden Wolkenschrei der hereinbrechenden Nacht. Mein Gesicht war heiß. Ich schämte mich, dem alten Mann hinterherzuspionieren. Ich mußte daran denken, wie er stumm vor den weißen Wänden der Burgzimmer stand und behutsam den Kalkanstrich mit feinen, ruhigen Pinselstrichen bemalte. Einmal, nachdem wir schon zwei Stunden nebeneinander gearbeitet hatten, ohne ein Wort zu wechseln, wandte er sich zu mir, lächelte und sagte: »Ich bin so entsetzlich müde, mein Junge. Ich fürchte, der Tod hat mich vergessen.«

Ich griff nach Paul und flüsterte, ich müsse nach Hause gehen. Von dem, was der alte Herr Gohl mir gesagt hat, habe ich Paul nie etwas erzählt.

Dr. Spodeck

Christine kam herein und legte mir die Karte auf den Schreibtisch.

»Doktor, wissen Sie, wer zu Ihnen will?«

»Sagen Sie es mir, Christine.«

»Der neue Bürgermeister. Er wartet im Vorzimmer.«

»Lassen wir ihn warten, Christine. Ich benötige Sie hier.«

Christine setzte sich, und ich diktierte, was ich in Stichpunkten notiert hatte, die täglich sich mehrenden Bausteinchen mir wichtiger Krankengeschichten. Eine in dieser Ausführlichkeit unübliche Pedanterie. Die Aufzeichnungen betrafen nur zum geringsten Teil die zur Heilbehandlung notwendige Anamnese. Die Bemerkungen waren allein für meine private Sammlung von Krankengeschichten bestimmt.

Christine schrieb mit ihrer runden, ein wenig kindlichen Mädchenschrift die ihr unbegreiflichen Worte auf die Karteikarten. Den Kopf hielt sie dicht über dem Blatt, als sei sie kurzsichtig. Ihre Zungenspitze wanderte langsam zwischen den Lippen hin und her. Als ich eine längere Pause machte, hob sie den Kopf und sah mich an.

»Sie sollten den Bürgermeister nicht warten lassen, Doktor.«

»Warum nicht, Christine? Die Gepflogenheiten meines Berufsstandes gestatten mir leider nicht, auf dem Schild an meiner Praxis neben den Sprechstunden auch noch den Hinweis anzubringen, daß ich den Bürgermeister dieses Ortes nicht zu sehen wünsche. Gönnen Sie mir das armselige Vergnügen, diesen Mann wenigstens warten zu lassen.«

»Er hat Ihnen nichts getan, Doktor. Sie kennen ihn nicht einmal.«

»Sie haben recht, Christine, ich kenne ihn nicht. Aber ich habe ihn auch nicht hierher gebeten. Ich will mit diesem Menschen nichts zu tun haben. Er nutzt meine Verlegenheit aus, öffentliche Sprechstunden abhalten zu müssen, um mich aufzusuchen. Das ist widerlich.«

»Sie sind sehr ungerecht, Doktor.«

»Ja, Christine.«

Und da Christine nichts erwiderte, fuhr ich fort: »Ich bin ungerecht, aber ich bin auch dreißig Jahre älter als Sie. Erlauben Sie mir also, mich auf meine Erfahrungen zu berufen.«

Christine schwieg und malte weiter mit ihren runden, arglosen Buchstaben auf die Karteikarten, was ich ihr diktierte.

»Sie sind ein vielbeschäftigter Mann, Doktor«, begrüßte mich der Bürgermeister, als ich Christine erlaubte, ihn hereinzulassen.

»Sie haben recht.«

»Dann werden wir uns gut verstehen. Ich bin es auch. Ich kann nicht eine Stunde in einem Wartezimmer herumsitzen. In einem Wartezimmer übrigens, in dem außer mir kein einziger Patient saß.«

»Es wird Sommer. Meine Patienten sind auf den Feldern. Kommen Sie im Oktober wieder, dann ist das Wartezimmer so voll, wie Sie nur wünschen.«

»Meine Sekretärin wird künftig mit Ihnen telefonieren, wenn ich Ihre Dienste benötige, Doktor.«

»Wie Sie wünschen. Mein Telefon allerdings funktioniert seit einem halben Jahr nicht.«

»Ich werde veranlassen, daß man es Ihnen repariert, Doktor.«

»Bemühen Sie sich nicht. Ich habe es nie gebraucht.«

Er hatte sich auf den Stuhl neben meinem Schreibtisch gesetzt.

»Ich komme zu Ihnen, weil ich Schlafstörungen habe, Doktor. Seit Wochen schlafe ich nur noch drei, vier Stunden. Mitten in der Nacht werde ich wach und kann nicht mehr einschlafen.«

»Nehmen Sie Tabletten?«

»Ja, aber ich vertrage sie nicht. Ich bekomme davon Ausschlag. Sehen Sie nach, warum ich nicht schlafen kann, und stellen Sie es ab.«

»Sie haben die Vorstellungen eines Kindes, Herr Bürgermeister.«

»Ich erwarte, daß Sie Ihre Arbeit beherrschen, Doktor. Mehr nicht.«

Ich betrachtete ihn, ohne ihm weiter zuzuhören. Er war ein Mann von Mitte Vierzig, fettleibig und mit einem deutlichen Ansatz zur Glatze. Seine rosige Gesichtshaut deutete auf Bluthochdruck. Die Augen schwammen unruhig in den Fettpolstern und offenbarten mir, daß er seiner weniger sicher war, als sein dreistes Benehmen vortäuschen wollte. Der Anzug war ihm zu eng, ebenso das Hemd. Die Krawatte hing gelockert und schief um den geöffneten Kragen. Er war schlecht rasiert. Auf seinem aus dem Hemdkragen herausquellenden Hals waren einzelne dunkle Stoppeln zu sehen. Wie ein Schweinerüssel, dachte ich.

Ich setzte die Brille auf, holte ein weißes Blatt aus der Schublade und stellte ihm meine Fragen.

Er antwortete unwillig, mehrmals mußte ich nachfragen. Dann wurde es ihm zuviel.

»Doktor, ich kann nicht schlafen. Was hat das mit meinen Eltern zu tun? Halten Sie mich für verrückt?«

»Aus medizinischer Sicht darf ich es nicht von vornherein ausschließen, Herr Bürgermeister.«

»Ärgern Sie mich nicht. Ich kann unangenehm werden.«

»Ich will Sie nicht ärgern, Herr Bürgermeister. Sie kamen ungebeten in meine Sprechstunde. Und die Untersuchung führe ich, wie ich es für erforderlich halte.«

»Schön. Aber wozu brauchen Sie die Krankengeschichte meiner Eltern, meiner gesamten Familie? Darf ich Sie etwas fragen, Doktor?«

»Bitte.«

»Was war Ihr Vater? Gewiß kein Arbeiter?«

»Er war Unternehmer. Ich glaube, Sie würden sagen, er war ein Kapitalist.«

»So ähnlich dachte ich es mir. Das ist Ihre Erbkrankheit, Doktor. Nun, wir sind nicht nachtragend. Man kann sich seine Eltern nicht aussuchen.«

»So ist es.«

»Ein Kapitalist also. Er besaß eine Fabrik?«

»Sagt Ihnen der Name Bögersche Heilkurbäder etwas?«

»Nein.«

»Böger war mein Vater. Er hat das hiesige Kurbad bauen lassen.«

»Ein menschenfreundlicher Kapitalist, wie?«

»Das würde ich nicht sagen, Herr Bürgermeister. Ein Menschenfreund war er nicht. Für ihn war es ein gutes Geschäft. Ein sehr gutes Geschäft.«

»Bis man ihn enteignete.«

»Er hat es nicht mehr erlebt. Er starb zwei Jahre vor dem Zusammenbruch.«

»Von was für einem Zusammenbruch reden Sie, Doktor? Meinen Sie damit die Befreiung?«

»Sie haben recht, Herr Bürgermeister. Schließlich ist ein Zusammenbruch immer etwas Befreiendes. Wenn ich jetzt mit der Untersuchung fortfahren kann. Ziehen Sie sich bitte aus.«

»Noch eine Frage, Doktor. Was hängt da an Ihrer Brille? Ein Kettchen?«

»Ja. Eine Goldkette.«

»Merkwürdig. Und wozu?«

»Das ist eine Brillenkette, Herr Bürgermeister. Sie ermöglicht, die Brille stets bei der Hand zu haben.«

»Eine wunderbare Erfindung. Großartig. Woher haben Sie die?«

»Ich habe sie geerbt.«

»Und von wem? Sagen Sie es mir, Doktor.«

»Warum wollen Sie es wissen?«

»Reden Sie schon. Was ist dabei?«

»Ich habe Sie von meiner Tante. Von der Frau meines Vaters.«

»Von der Frau Ihres Vaters? Ihrer Stiefmutter?«

»Nein, sie war nicht meine Stiefmutter. Sie war meine Tante.«

»Aha. Jedenfalls hatte ich richtig geraten. Es ist von einer Frau. Ich muß Ihnen nämlich sagen, Doktor, dieses Goldkettchen wirkt weibisch. Ich würde es an Ihrer Stelle nicht tragen.«

»Sie sind nicht an meiner Stelle.«

»Sind Sie verärgert, Doktor?«

»Atmen Sie tief ein, und halten Sie die Luft an.«

»Sie sind verärgert, natürlich. Ich hätte das nicht sagen dürfen. Ich hätte es für mich behalten müssen.«

»Nicht atmen.«

»Mir fehlt Ihre Schulbildung, Doktor. Ich habe nur acht Klassen und später ein paar Lehrgänge. Alles sehr schnell und sehr verkürzt. Mir fehlt der Schliff, Doktor. Ihr fabelhaftes Benehmen.«

»Herr Bürgermeister, halten Sie die Schnauze. Beugen Sie sich nach vorn, noch tiefer.«

»Was war denn das? Ist Ihnen eine Sicherung durchgebrannt, Doktor?«

»Sie können sich wieder anziehen.«

Während ich mir Notizen machte, spürte ich, daß er mich ansah. Er hatte mich reizen wollen, und es war ihm gelungen. Mit seinen kurzen, dikken Fingern stopfte er sich das Hemd in die Hose und sah zufrieden zu mir herunter.

»Doktor, was ist mit meinem Schlaf? Haben Sie es herausgefunden?«

»Ihre Sekretärin sollte bei Pfarrer Geßling um einen Termin für Sie bitten.«

»Was meinen Sie?«

»Sie sind zu fett. Das wird Sie drei, vier Jahre Ihres Lebens kosten, wenn Sie nicht Diät halten. Außerdem dürften Sie in den nächsten zehn Jahren einen Schlaganfall zu erwarten haben. Ansonsten fehlt Ihnen nichts. Jedenfalls nichts, wo ich Ihnen helfen könnte, Herr Bürgermeister. Was Sie nicht schlafen läßt, ist Ihr Gewissen.«

»Danke, Doktor, dann bin ich beruhigt. Mit meinem Fett habe ich mich abgefunden. Und von meinem Gewissen werde ich weniger gequält als Sie von Ihrem Hochmut und Ihrem Standesdünkel.«

Als er gegangen war, kam Christine ins Zimmer. Sie blieb an der Tür stehen und wartete, bis ich aufsah.

»Wollen Sie diktieren, Doktor?«

»Nein.«

»Dann gehe ich in die Küche.«

»Gut, Christine.«

»Warum haben Sie ihn verärgert, Doktor? Wir werden ihn noch brauchen.«

»Wenn ich ihn brauche, werde ich ihn herbestellen. Und auch dann wird er zu warten haben. Eines Tages wirst du das verstehen, Christine.«

Marlene

In der Nacht träumte ich von ihnen, und am nächsten Morgen waren sie da. Ich war nicht überrascht. Ich weiß, Mama, daß meine Träume die Dinge heraufbeschwören. Sie richten viel Schlechtes an, aber auch viel Gutes. Über das Gute freue ich mich, und über das Schlechte muß ich weinen. Aber ändern kann ich es nicht. Die Träume kommen von allein in meinen Kopf. Ich habe schon viel darüber nachgedacht, woher die Träume stammen. Papa sagt, sie kommen ganz von innen, von mir selbst. Aber das kann ich nicht glauben, denn Schlechtes will ich nicht. Der Pfarrer sagt, sie kommen von Gott, und das sagt auch Tante Hedel. Aber auch das will ich nicht glauben. Ich denke, sie kommen aus dem Wald. Wenn es dunkel wird, fliegen sie los und versuchen, in meinen Kopf einzudringen. Und dann muß ich die Träume träumen, und es passiert, wie sie es mir gezeigt haben. Meine Träume sind die Schatten, die im voraus auf die Erde fallen und mir die Dinge ankünden. Die guten und die schlechten.

So war es auch bei dir. Ich habe um dich geweint, Mama, und du hast mich nicht verstanden. Du glaubtest, ich ängstige mich, weil die Träume mir Schlimmes androhen würden. Und statt dich zu verstecken, tröstetest du mich und stecktest mich in den Keller. Wie dumm du doch bist, Mama. Du hast nicht auf mich gehört, und so ist alles gekommen, wie ich es geträumt habe. Und ich mußte im Keller leben und bin nun mit Papa allein.

Es ist ein großes Glück für Papa, daß er mich noch hat. Ihn werde ich besser beschützen. Und auch um dich, Mama, muß ich nicht mehr weinen. Die Träume haben mir gezeigt, daß du keine Schmerzen mehr hast. Daß du jetzt glücklich bist. Meine arme, dumme Mama, warum nur hast du mich nicht verstanden.

Ich habe die Zigeuner geträumt, und am nächsten Morgen, als ich das Wasser auf den Hof schüttete und meine Kissen im Garten auslegte, zogen sie auf der Teerstraße, dort wo die Ebereschen sich sammeln, in die Stadt. Ich konnte die Pferde sehen und die Hunde, das alte Pony und die Ziegen. Ich habe den Zigeunern zugewinkt. Ich habe ihnen gewinkt, um ihnen zu sagen, daß ich sie erwarte. Den ganzen Tag habe ich mich gefreut und gelacht. Es ist schön, wenn die Zigeuner in der Stadt sind. Es sind alles meine Freunde und Diener. Sie werden kommen. Sie werden Prinzessin zu mir sagen, mir kostbare Geschenke aus fernen Ländern bringen und vor mir niederknien. Und Carlos wird mein Bräutigam, ihn habe ich erwählt.

Ich sollte darüber nicht reden. Ich weiß das, und ich muß lachen. Sie sagen, ich bin verrückt, aber das ist nicht wahr, Mama. Glaub ihnen nicht. Sie sagen es nur, weil ich viel mehr sehe und weiß, als ich zu sagen vermag. Was könnte ich denn sagen, wenn die Sonne auf die Erde niederschwebt und der Wald zu leuchten beginnt? Wenn meine Blumen sich öffnen, um mich zu begrüßen? Reicht es denn nicht, darauf zu zeigen? Aber nur mein Papa will mich verstehen. Er stellt sich dann neben mich, und wir schauen beide und schweigen. Er versteht die Dinge wie ich. Er weiß wie ich, was sie zu sagen haben.

Und Tante Hedel weiß es auch. Sie sagt nicht, daß ich einen Kopf im Wind habe. Sie holt mich sogar zu sich, wenn sie Besuch hat, weil nur ich ihr zeigen kann, was die Träume von uns wünschen. Tante Hedel gibt mir Geld, wenn sie zufrieden ist, und nickt freundlich. Mit dem Geld belohne ich meine Diener, und ich kaufe mir Bonbons, die in den Glaskugeln liegen neben dem Ladentisch.

Die Leute sagen, ich sei verrückt. Das ist lustig, Mama.

Meine Träume haben mir gesagt, daß sie verrückt sind und nicht ich. Sie haben mir gesagt, daß ich sehe und weiß, was die anderen nicht sehen können und nicht wissen. Darum sind sie wütend und lachen über mich und sagen, daß ich verrückt sei. Einmal, so sagen meine Träume, werden diese Leute sehen, was ich sehe. Dann werden sie sich schämen und wie meine Diener vor mir niederknien und mich zu ihrer Prinzessin machen. Dann werde ich nicht nur Papas Prinzessin sein, sondern von allen Verrückten, die hinter mir herlaufen und rufen, daß ich verrückt sei. Sie tun mir leid, weil sie so lange verrückt sein müssen. Ich habe meine Träume gebeten, sie zu erlösen und sie nicht in ihrer Dummheit zu lassen. Doch meine Träume sagten mir, daß ich Geduld haben muß. Einmal wird der Tag kommen. Und bis dahin gedulde ich mich. Wenn die Leute mich fragen, vergesse ich, was ich weiß, und antworte, wie sie antworten. Sie sind dann enttäuscht und sagen, daß ich endlich vernünftig werde. Das macht mich vergnügt, und ich muß lachen. Wie wenig sie wissen.

Ach, Mama, warum hast du mich in den Keller gesperrt. Ich hätte dich schützen können. Du warst so dumm und verrückt, aber jetzt siehst du endlich, was ich sehe. Du hast mich in den Keller gesperrt, als sie mich holen wollten, um mich zu ihrer Königin zu machen. Du warst so verrückt zu glauben, sie würden dich zur Königin machen, wenn sie mich nicht fänden. Arme, dumme, dumme Mama. Nun kann mich keiner mehr in den Keller sperren, wenn meine Diener kommen, um ihre Prinzessin zu begrüßen.

Kruschkatz

An dem Mittwoch, an dem ich meine erste Ratssitzung leitete, zerbrach mir morgens die einzige Rasierklinge, die ich in meinem Gepäck bei mir hatte. Da ich die Sitzung auf acht Uhr früh anberaumt hatte, war es mir nicht möglich, eine neue zu kaufen. Ich klebte ein Pflaster auf die Schnittwunde meines Fingers und ging unrasiert ins Rathaus. Ich ließ mir einen Kaffee machen und Brötchen holen und setzte mich hinter meinen Schreibtisch, um jeden einzelnen Punkt, der zu besprechen war, nochmals zu durchdenken. Ich wußte, sie warteten darauf, daß ich einen Fehler begehe, und sie würden, wenn mir das nicht passieren sollte, versuchen, mich hinters Licht zu führen. Sie wollten es nur, um mich anschließend korrigieren zu können. Eine Belehrung, die ihnen Selbstvertrauen geben und mir die Sicherheit nehmen sollte. Ein bedeutungsloses Spiel. Etwas Hühnerscheiße aus dem alten Stall, die man dem neuen Hahn anzukleben hatte. Sie vergaßen, daß es ihnen nicht gelungen war, als der neue Stadtrat Kruschkatz auftauchte. Sie würden auch dem neuen Bürgermeister Kruschkatz nichts an den Rockschoß hängen können.

Was sie nicht wußten, ich hatte eine gute Schule hinter mir. Eine sehr gute Schule. Das Büro muß mir geradezu in die Wiege gelegt worden sein. Ich habe klein angefangen, sehr klein, und habe die Treppe Stufe für Stufe nehmen müssen. Ich hatte nie hilfreiche Verbindungen, den richtigen Vater oder einen einflußreichen Onkel. Aber mir war nie ein Fehler unterlaufen, und ich hatte bisher nicht eine einzige Stufe zweimal angehen müssen.

Ich war damals nicht sicher, ob es mir förderlich

sei, Bürgermeister eines kleinen Nestes zu werden. Ich wußte nicht, ob es der Anfang einer Sackgasse war, das Ende meiner Treppe. Damals war es für mich lediglich eine neue Stufe, und ich wollte sie so selbstsicher und fehlerlos hinaufsteigen, wie ich zuvor alle Stufen erklommen hatte. Ich wußte, sie würden ihr Spiel mit mir versuchen, und ich war mir sicher, sie würden bei mir ihr Spiel nicht gewinnen.

Genau zwei Minuten nach acht betrat ich das Sitzungszimmer, einen holzgetäfelten, dreihundert Jahre alten Saal, ging um den Tisch, um einem jeden die Hand zu geben, und setzte mich auf den monströsen, unbequemen Stuhl des Bürgermeisters. Ich legte die Akte vor mich und blätterte in ihr. Als ich meinte, daß der Zeitpunkt gekommen sei, lehnte ich mich zurück, schloß die Augen und massierte meine Schläfe. Ich wußte, sie erwarteten eine Rede von mir, ein paar stolze und erhaben klingende Worte über meine neue Funktion und die Art, wie ich sie auszufüllen gedachte.

Ich wollte sie nicht enttäuschen. Ich legte meine Hände auf die Tischkante, stand auf, sah alle der Reihe nach an und sagte mit leiser und fast bittender Stimme: »Ich erwarte, daß heute und in allen künftigen Ratssitzungen nicht geraucht wird.«

Dann bat ich Bachofen, der neben mir saß, zum ersten Thema der Tagesordnung zu sprechen. Auch Bachofen war gut vorbereitet. Von sich überzeugt, sprach er dröhnend und unbekümmert, nicht ohne gelegentlich eingeschobene Erklärungen, die mir, dem Neuen, möglicherweise unbekannte Umstände erhellen sollten. Als er seine Akte zuklappte, sah er mich erwartungsvoll an, hoffend auf ein anerkennendes Nicken. Unbewußt akzeptierte er mich bereits.

Ich lächelte ihm zu. »Sehr gut. Und wenn ich noch eine Bitte hinzufügen darf. Ihr wißt so gut wie ich, warum Schneeberger von seiner Funktion entbunden wurde. Ihr habt seine Fehler nicht verhindern können, daraus mache ich euch keinen Vorwurf. Aber ich denke, wir sollten ihm auch keinen Heiligenschein andichten. Ich erwarte also, daß wir den Namen Schneeberger nennen, wenn es notwendig ist, und ansonsten nicht versuchen, ihm verspätete Gefühle nachzutragen. Im übrigen werden die Ratssitzungen auch künftig um neun Uhr beginnen. Ich habe sie für heute vorverlegt, weil ich mittags meine Frau vom Bahnhof abhole. Gibt es zu den Ausführungen des Genossen Bachofen noch Wortmeldungen?«

Um diese Zeit war es erst zwanzig nach acht, und ich wußte bereits, daß ich es geschafft hatte. Und ich war zufrieden und müde wie nach einem langen und erfolgreichen Tag. Ich wußte, die kleine Mühe meiner schäbigen Inszenierung würde sich in den nächsten Jahren auszahlen. Ich sollte mich nicht täuschen.

Der Bahnhof lag außerhalb der Stadt. Es war ein großes Gebäude aus gelben Klinkersteinen, ein prächtiges Monument der Gründerjahre, mit schweren Türen und hohen Hallen, mit der beeindruckenden Imitation eines Kristallkronleuchters und zahlreichen Emailleschildern, die das Ausspucken auf den Fußboden der Innenräume wie der Bahnsteige untersagten und zur Hygiene aufriefen. Drei der vier Bahnhofsschalter waren geschlossen, und der Staub verriet, daß sie es seit Jahren waren. In diesem Bahnhofsgebäude hätte vermutlich die gesamte Einwohnerschaft von Bad Guldenberg Platz gefunden, es war geräumiger als die Kirche. Vor Jahrzehnten wurde es als Denkmal einer großen lokalen Hoffnung in solchen Ausmaßen errichtet, einer Hoffnung auf Prosperität, die allzu sorglos die künftige Entwicklung des Kurbades sah. Und nun, da Wirtschaftskrise und Kriege die weitgespannten Pläne mit Rotstift und ausgebrannten Ruinen zunichte gemacht hatten, stand das Bahnhofsgebäude, unversehrt und überflüssig, als grauer Gedenkstein unerfüllter, vergilbter Wünsche.

Nachdem Irene aus dem Zug gestiegen war und wir uns begrüßt hatten, sah sie sich auf dem Bahnsteig um, betrachtete die Schalterhalle und sah zu den fernen Häusern jener Kleinstadt, in der sie in den nächsten Jahren zu leben hatte. Sie lächelte, aber in ihren Augen stand Wasser. Ich küßte ihr Haar und flüsterte ihr ins Ohr: »Ich verspreche es dir.«

Sie sah mich für einen Moment überrascht und

verwirrt an, dann lächelte auch sie. Sie verstand, daß ich ihr damit zusagte, worum sie mich vor einigen Tagen am Telefon gebeten hatte: nicht hier begraben zu werden.

Ich nahm ihre Koffer auf, und wir gingen in die Stadt. Wir gingen wortlos. Ich bemerkte, wie sie mit weitgeöffneten Augen die Umgebung aufmerksam betrachtete, als wolle sie sich diese neue Welt unauslöschlich einprägen. Und im stillen schwor ich, mein Versprechen zu halten. Dieser Frau, mit der ich seit siebzehn Jahren verheiratet war und die ich nach wie vor begehrte, wollte ich das nicht antun: in einem kleinen Nest ihr restliches Leben vergehen zu lassen, fern ihrer vertrauten, geliebten Heimatstadt.

Fünfzehn Jahre später wohnten wir zwar noch immer in dieser Kleinstadt, aber Irene mußte ich nach Leipzig zurückbringen. Ein Vierteljahr lag sie im dortigen Bezirkskrankenhaus und starb schließlich einen erbärmlichen, entsetzlichen Tod. Der Krebs hatte sie aufgezehrt. Ihre Leiche wog nicht schwerer als der Körper einer Sechsjährigen. Mein ihr gegebenes Versprechen hielt ich, wenn auch anders, als ich erwartet und gehofft hatte. Irene starb und wurde begraben in ihrer Geburtsstadt. Ich habe mich vom Tod dieser Frau zeit meines mir noch verbleibenden Lebens nicht lösen können. Ich habe auf dieser Erde nicht soviel Schuld auf mich geladen, wie ich in den Jahren nach Irenes Tod, in der andauernden Zeit meiner endlosen Einsamkeit sühnte. Sollte es wirklich etwas wie einen Gott geben, vor dem ich nach meinem Tode zu erscheinen habe, um mich für meine Taten, Gedanken und Worte zu verantworten, so bin ich schon jetzt begierig zu erfahren, wie er sich vor mir rechtfertigen will. Aber vielleicht wird mich mein Tod nachsichtig stimmen, und ich werde auch noch vor seinem Thron und Angesicht Gott leugnen, um ihm die unaussprechbare Rechtfertigung dessen, was er mir antat, zu ersparen.

Damals aber, als ich Irene vom Bahnhof abholte und sie zum erstenmal jene Stadt sah, die ich als Bürgermeister zu verwalten hatte, ahnte noch keiner von uns ihren jämmerlichen, langsamen Tod, und jeder hoffte für sich, den anderen nicht überleben zu müssen.

Ich zeigte ihr unsere Wohnung und freute mich, daß ihr die Räume gefielen. Ich gab ihr viel Geld, damit sie alles nach ihrem Gutdünken einrichten konnte und auf meine Hilfe nicht angewiesen blieb, denn ich war Tag für Tag und bis in den späten Abend im Rathaus beschäftigt.

Drei Jahre später fanden Schuljungen den toten Horn im Wald. Bachofen hoffte, daß diese Leiche mir das Genick brechen würde, und schrieb viele Briefe, mehr als ihm schließlich bekömmlich waren. Aber ich überstand den toten Horn und den intriganten und dümmlichen Bachofen und blieb weiter Bürgermeister von Guldenberg, insgesamt neunzehn Jahre. Dennoch kam mir der tote Horn teuer zu stehen, er kostete mich meine Frau. Ich verlor Irene. Denn schon lange bevor sie an Krebs starb, war sie von mir gegangen.

Irgendwann, in einer Oktobernacht nach jenem viel beredeten Sommer, lag ich neben ihr im Bett und streichelte sie und begehrte sie. Sie richtete sich plötzlich auf, schaltete die kleine Nachttischlampe an und sah schweigend zu mir herüber. Und als ich, um ihren unerträglich forschenden Augen zu entgehen, sie endlich fragte, was sie denn habe, sagte sie mit gleichgültiger Stimme: »Ich habe nie geglaubt, daß es einmal möglich wäre, aber ich ekle mich vor dir.«

Mehr als dieser Satz erschreckte mich die endgültige Kälte ihrer Augen. Und obwohl ich sie zu verstehen glaubte, begriff ich erst viel später, daß sie mich für immer verlassen hatte. Wir lebten weiterhin zusammen, und sie verweigerte sich mir nicht. Ich liebte sie noch immer, doch meine Zärtlichkeiten beantwortete sie mit einem verwunderten Blick, und die Gier meines Körpers und die leidenschaftlichen Umarmungen erduldete sie gleichgültig. Ich liebte sie, doch meine Liebe belästigte sie. Wenn ich erschöpft von ihr ließ, war ich ruhelos geblieben und verzweifelt. Die behutsamen Geräusche der Nacht drangen durch meine brennenden Augenlider und den ausgetrockneten Mund und ließen mich schlaflos. Und neben meiner mitleidslosen, unerreichbar fernen Frau liegend, begann ich, mich vor mir selbst zu ekeln.

Gertrude Fischlinger

Es war ein heißer Sommer. Im Juli bekam ich wieder meine Venenentzündung, und da ich mein Geschäft nicht schließen konnte und den ganzen Tag hinter dem Ladentisch stehen mußte, hatte ich bald eine Thrombose im Bein. In jeder freien Minute legte ich die Beine hoch, und doch konnte ich vor Schmerzen kaum laufen. Abends machte ich mir feuchte Wickel und saß, die Beine auf die Couch gelegt, am Tisch meines Zimmers und klebte die Lebensmittelmarken, die ich tagsüber in einer Blechschachtel sammelte, auf die Abrechnungsbogen der Behörde.

Die halbe Nacht lag ich schlaflos im Bett. Wenn mich nicht die Sorgen um Paul wach hielten, dann die schmerzenden Beine. Zum Arzt zu gehen, ersparte ich mir. Was er mir sagen würde, wußte ich, aber ich wußte auch, daß er mir nicht sagen konnte, wer statt meiner im Laden stehen sollte. Paul konnte ich nicht bitten. Es waren zwar Sommerferien, und er war groß wie ein Mann, aber wenn ich ihn im Laden allein ließ, würde er mich bestehlen. So stellte ich mich jeden Tag erneut auf meinen angeschwollenen Beinen in das Geschäft, um nicht auch noch diese Kränkung von meinem Sohn hinnehmen zu müssen.

An Venenentzündungen war ich gewöhnt. Selbst in meiner Hochzeitsnacht hatte ich geschwollene Adern. Ich hatte Angst, und die

Beine schmerzten, und vom Alkohol war mir übel, aber mein Mann nahm auf mich keine Rücksicht.

»Es ist unsere Hochzeitsnacht«, sagte er nur.

Er nahm mir den Schleier ab. Ich mußte mich ausziehen. Dann breitete er den wunderschönen, kostbaren Schleier von Kopf bis Fuß über mich und legte sich auf mich.

Als er am Morgen den zerrissenen, blutigen Schleier sah, lächelte er und sagte: »Du warst die älteste Jungfer, die ich je hatte. Aber besser spät als nie.«

Zwei Tage später brachte ich den Schleier der Mutter meiner Freundin Juliane zurück. Sie breitete ihn aus, bemerkte den Riß und meine unbeholfenen Bemühungen, ihn mit Zwirngarn zu stopfen, sah gewiß auch den fahlen Schatten meines Blutes, der trotz mehrfachen Waschens und Bleichens nicht verschwunden war, und sah mich stumm und voll Verachtung an. Das Blut in meinen Adern wurde zu Eis. Julianes Mutter faltete wortlos und sehr langsam den Schleier zusammen. Sie faltete ihn so, daß das Mal meiner Qual und meiner Schande sichtbar obenauf lag und mir in die Augen stach. Dann strich sie den zusammengelegten Schleier glatt, wobei sie darauf achtete, daß ihre Finger nicht die frische Narbe des Schleiers berührten.

»Ich bitte Sie um Entschuldigung«, sagte ich.

Sie sah mich an, ihre Lippen waren sehr schmal,

dann drehte sie sich um und ging mit dem Schleier aus dem Zimmer. Ich flüchtete auf die Straße.

Als ich im fünften Monat schwanger war, kam mein Mann immer seltener abends nach Hause. Ich wußte nicht, was ich tun sollte, um ihn zu halten. Noch vor Pauls Geburt zog er zu einer jüngeren Frau in die Mühlengasse. Das Schlimmste für mich war, daß diese Frau, die mit meinem Ehemann lebte, in mein Geschäft einkaufen kam und ich es nicht wagte, sie hinauszuwerfen, weil ich fürchtete, meinen Mann zu verärgern.

Als Paul vier Jahre alt war, zog mein Mann mit dieser Frau in eine andere Stadt. Ich hatte ihn darum gebeten. In einer so kleinen Stadt wie unserer lebt es sich schwer, wenn der eigene Ehemann niemals nach Hause kommt, den eigenen Sohn nicht sehen will und vor aller Augen bei einer jüngeren und schöneren Frau wohnt. Ich hatte ihn gebeten, aus der Stadt zu gehen, weil ich es nicht mehr ertrug, ihn und seine Freundin fast täglich zu sehen, weil die dreiste Neugier und das geheuchelte Mitleid meiner Kunden mir die Luft zum Atmen nahm. Ich hatte ihn gebeten, und er willigte ein, weil ich bereit war, dafür auf die mir zustehenden Unterhaltszahlungen für seinen Sohn zu verzichten. Ich war nie glücklicher verzweifelt und habe nie erleichterter in mein Laken geheult als in jenem Jahr, in dem er endlich und für immer fortging. Wir haben uns ein einziges Mal wiedergesehen, wenn wir auch vor dem Gesetz noch heute als

Eheleute gelten, da weder er noch ich je die Scheidung beantragten. Ich weiß nicht, weshalb er es nicht tat. Für mich gab es keinen Grund, mich scheiden zu lassen. Ich war erleichtert, ihn nicht mehr zu sehen. Das war alles. Möglicherweise ist er heute tot. Ich weiß es nicht.

Damals half mir meine Freundin, sooft sie nur konnte. Juliane hat nie geheiratet. Sie war Wirtschafterin bei Pfarrer Geßling. Sie führte ihm den Haushalt und pflegte den kränklichen Seelsorger, der in seiner Jugend als Missionar in tropischen Ländern gearbeitet hatte und seitdem von häufig wiederkehrenden Anfällen des Gelbfiebers heimgesucht wurde. Er mußte bei jedem Anfall tagelang das Bett hüten.

Jule half mir viel. An manchen Tagen stand sie zwei, drei Stunden in meinem Geschäft, während ich im Hinterzimmer auf der Liege lag und ihr durch die geöffnete Tür zurief, wo sie die gewünschte Ware finden konnte. War keine Kundschaft im Laden, kam sie zu mir nach hinten, und wir tranken Kaffee und unterhielten uns.

Die bösen Zungen verschonten selbst sie nicht. Sie litt sehr darunter. Dabei war sie weniger um ihren eigenen Ruf besorgt als um den ihres Priesters. Sie verehrte ihn und hielt ihn geradezu für einen heiligen Mann. Die lästerlichen Reden über Pfarrer Geßling und sie quälten Jule nur um seinetwillen. Ich erinnere mich nicht, daß Jule jemals gesagt hätte, sie würde so etwas nie tun. Bei ihr hieß es immer nur: Wer so redet, kennt Hochehrwürden nicht.

Ein wenig überspannt mit ihrem Priester war Jule. Aber sie war eine gute Seele und meine beste Freundin. Mehr als Juliane hat auf dieser Erde kein Mensch für mich getan. Nicht meine Mutter, nicht mein Mann und nicht mein Sohn. Niemand. Und schon gar nicht Herr Horn.

Herr Horn war in Jules Augen ein vom bösen Geist besessener Mensch. Wenn sie ihn sah, betrachtete sie ihn mißtrauisch und hellwach durch ihre leicht zusammengekniffenen Augen. In seiner Anwesenheit sagte sie kein Wort, und da er sie nicht ansprach, war sie nie genötigt, mit ihm zu reden. Wenn er das Zimmer verließ, blickte sie finster auf die Tür, hinter der er verschwunden war. Dann drehte sie sich zu mir und wiederholte die immer gleiche Warnung: »Das ist kein glücklicher Mensch, Trude. Hüte dich vor ihm, er wird auch anderen Menschen Unglück bringen.«

Ich lachte sie aus. Daß Herr Horn ein unglücklicher Mensch war, sah ich selbst, und ich wußte auch, daß mit ihm nicht das Glück in meine Wohnung eingezogen war. Doch ich konnte mir nicht vorstellen, wie er mich noch unglücklicher machen sollte, als ich war. Dennoch beunruhigten mich Julianes Ankündigungen.

Sie hat recht behalten, würde ich heute sagen, heute, nach so vielen Jahren.

Vierzehn Tage vor der Beerdigung von Herrn

Horn gab die Behörde sein Zimmer frei. Endlich konnte ich mich wieder ungehindert und ohne Rücksicht auf meinen fast unsichtbaren Gast zu nehmen in meiner Wohnung bewegen.

Jule betrat nach dem Entfernen des Amtssiegels als erste das Zimmer. Sie verbrannte Weihrauchstäbchen auf einem Porzellanteller und murmelte dabei Gebete. Ich blieb, wie sie es gewünscht hatte, vor der Türschwelle stehen und sah ihr stillschweigend zu. Als der Weihrauch verbrannt war, öffnete sie beide Fenster und sagte, nun könne ich hereinkommen.

»Es hilft gegen schlechte Geister«, sagte sie, als sie meinen verständnislosen Blick sah.

»Das ist nicht mehr christlich, Jule, das ist reiner Aberglauben«, ermahnte ich sie. »Ich würde gern wissen, was dein Priester zu diesen Hexenkünsten sagt.«

Juliane nahm den Porzellanteller und brachte ihn in die Küche. Dann zog sie ihren alten schwarzen Mantel über, griff nach ihrer Einkaufstasche und stellte sich vor mir auf. Mit ihrer üblichen blasierten Eindringlichkeit, die keinen Widerspruch duldete, erwiderte sie: »Es ist zu deinem Besten, Trude. Die schweren Gedanken der unglücklichen Toten bleiben länger in der Welt als alle Freude der im Frieden Dahingegangenen.«

Dann schlug sie das Kreuz für sich und mich, nickte mir zufrieden zu und ging aus dem Haus.

3. KAPITEL

Weiter, Junge.

Sie haben mich erschreckt. Damals. Als ich Sie fand.

Jaja, das Leben ist furchtbar.

Es war nicht das Leben, sondern wie Sie gestorben sind.

Ja, auch der Tod ist furchtbar.

Sie waren völlig verändert. Ihre Zunge, Ihre Lippen ...

Das zählt nicht. Das war nur das Ende.

Ich kann das Bild nicht vergessen. Ich sehe Sie im Wald ...

Das ist unwichtig. Was war vorher?

Es ist viel passiert inzwischen. Die Zeit verging. Andere Menschen kamen, andere Städte ...

Für mich hat sich nichts verändert. Was geschehen ist, bleibt. Ich erlebe es Tag für Tag. Das immer gleiche Geschehen, die immer gleichen Gespräche.

Aber ich bin nicht derselbe. Ich bin bald ein alter Mann.

Du darfst nicht vergessen, mein Junge. Wenn du mich vergißt, erst dann sterbe ich wirklich. Aber dann wird die Hölle die Toten erwecken.

Was wollen Sie von mir? Was ich weiß, habe ich Ihnen gesagt.

Ich lebe nur in deinem Gedächtnis, Junge. Streng dich an. Bitte.

Thomas

Ein Jahr zuvor, in den Ferien, war ich das erstemal allein auf die Burg gegangen. Nach dem Mittagessen, noch bevor Mutter mir und dem Bruder Aufträge für den weiteren Tag erteilen konnte, lief ich über den Hof hinaus. Ich wußte, es waren Johannisbeeren zu pflücken. Mutter hatte den Garten mit nicht endenden Reihen von Beerensträuchern bepflanzt. Und in den Schulferien mußte ich ihr manchmal helfen, die Sträucher sauber abzupflükken. Was mich besonders empörte, während ich in den staubigen Sträuchern saß, Arme und Gesicht mir zerkratzte und mit stiller Wut die kleinen Trauben abriß, war, daß in jedem Frühjahr mehrere Gläser mit eingewecktem Obst den Hühnern hingeschüttet werden mußten, weil es gegoren war. Und dennoch kochte Mutter immer wieder viel mehr ein, als wir essen konnten. Auf unsere Vorhaltungen sagte sie nur: »Für den Winter muß man vorsorgen.«

Ich war davongelaufen, ohne zu wissen, was ich am Abend sagen, wie ich mich entschuldigen könnte. Ich war davongelaufen, ohne zu wissen, was ich mit dem so gewonnenen Nachmittag anfangen sollte. Am liebsten hätte ich mich auf mein Bett gelegt und gelesen. Aber in mein Zimmer konnte ich nicht gehen. Dort würde man mich zuerst suchen, und ich müßte mit Mutter wieder in den Garten.

Lustlos lief ich aus der Stadt. Am Ortsschild fand ich ein paar Champignons. Kleine, duftende Wiesenchampignons, die ich ein paar Schritte weiter in den Straßengraben warf. Man würde mich am Abend bestrafen, und es war zwecklos, Mutter mit ein paar Pilzen versöhnen zu wollen.

Über die Steine der zerstörten Burgbefestigung krochen rote Waldameisen. Langbeinige Spinnen schreckten auf, wenn ich sie anhauchte oder mit einem Stöckchen berührte, und verschwanden schnell zwischen den Gräsern. Und Eidechsen sonnten sich. Eidechsen. Die meisten Jungen in meiner Klasse besaßen mehrere Eidechsenschwänze. Es sei sehr leicht, sie zu erwischen, sagten sie. Und den Eidechsen würde es nichts ausmachen, ihren Schwanz zu verlieren. Sie könnten ihn einfach abstoßen und sich einen neuen wachsen lassen. Ich hätte viel darum gegeben, solch ein graues eingetrocknetes Stückchen von einem dieser buntschillernden Reptilien zu besitzen. Ein Klassenkamerad behauptete sogar, er habe eine Eidechse gefangen, der er täglich drei Schwänze abreißen könne, so schnell wüchsen sie nach.

Ich schlich mich an den Stein heran und wartete,

bis die Eidechse ihren Kopf zur Seite wandte. Dann stürzte ich mich auf sie. Doch das goldgrünliche Tierchen verschwand schnell. Ich konnte es nicht einmal berühren. Ich war enttäuscht und erleichtert. Ich fürchtete, die Eidechse würde aufschreien, wenn ich ihr den Schwanz abreiße. Oder sie würde das kleine Maul mit der vibrierenden, fühlerartigen Zunge gegen mich wenden und fauchen.

Die Sonne stand noch hoch am Himmel, und da ich nicht vor dem Abendläuten nach Hause gehen wollte, um die fällige Strafe nicht zu früh hinnehmen zu müssen, kletterte ich über die großen, bewachsenen Steinbrocken, die Reste der zerfallenden Befestigung, zur Burg hoch. Vor dem ausgetrockneten Wassergraben, in dem Giftschlangen leben sollen, wie Paul sagte, stieg ich zur Straße hoch, die zum Burgtor führt.

Die Burg ist eine alte Festung mit einem Wächterturm, einem großen Wohnhaus, mit vielen Stallungen und einem unbrauchbaren Ziehbrunnen. Nur ein einziger, kurvenreicher Weg führt zu ihr hoch. Er endet an einer kleinen Zugbrücke vor dem Burgtor. Die Zugbrücke ist zerstört, die eisernen Verstrebungen sind verrostet, die Ketten fehlen. Im Wohnhaus war nach dem Krieg ein Kindergarten eingerichtet worden, den man aber bald umsiedeln mußte. Die meterdicken Wände sind naß, und im Winter werden die Räume nicht warm. Seitdem ist hier ein Museum. Der große Raum mit den holzgetäfelten Wänden im ersten

Stock wird nur bei feierlichen Versammlungen benutzt und ist die meiste Zeit geschlossen. In allen anderen Räumen des Wohnhauses stehen die Glasvitrinen und Schaukästen des Museums.

Einmal war ich mit Vater und meinem Bruder auf die Burg gegangen. Ich entsinne mich noch, wie wir vor den Glasscheiben standen und ich mich langweilte. Hinter dem Glas waren Steine zu sehen und alte, einfache Werkzeuge. Vater las uns die aufgeklebten Erläuterungen vor, wobei er die Brille auf die Stirn schob und mit blinzelnden Augen auf den Text starrte. Dann beugte er sich zurück, nahm den Daumen von der Brille, so daß diese wieder auf die Nase rutschte, und fragte uns, ob wir alles verstanden hätten. Ohne unsere Antwort abzuwarten, begann er alles ausführlich zu erklären.

Ich erinnere mich an die gelblichen Glasaugen. In einer nachgebildeten Heidelandschaft standen ausgestopfte Füchse und Dachse. Sie liefen, sprangen oder saßen in der immer gleichen Haltung, in einer angestrengten Bewegung, zu der sie für alle Ewigkeit verurteilt waren. Die eingesetzten Glasaugen waren alle von gleicher Farbe und Größe, die Iris bernsteinhell. Die Glasaugen quollen hinter den Lidern hervor. Wohin ich auch ging, sie verfolgten mich, starrten mir nach. Diese von jedem Leben entleerten Augen zwangen mich, sie unablässig anzusehen. Und wenn ich mich doch abwandte und den Raum verlassen wollte, so bohrten sie sich in meinen Rücken, und ich drehte schnell den Kopf zu ihnen, um nicht der von ihnen ausgehenden Gefahr, dieser unbestimmbaren Bedrohung blind ausgeliefert zu sein. Die gläsernen Augen waren seit diesem Tag das unheilvollste Zeichen des Todes für mich. Sie waren schrecklicher als das Gerippe in der Schule, das in seiner nichtmenschlichen Gestalt mich mehr belustigte als entsetzte. Auch die Darstellungen des Todes in den Kunstbänden meines Vaters erschienen mir freundlicher, heiterer. Grinsende Gerippe, die mit dicken, rotgesichtigen Mädchen tanzen, luftige Knochengestelle, die wie Kutscherjungen waghalsig auf dahinjagenden Gespannen hocken, gebrechliche Wanderer mit einer beneidenswerten Sammlung ungewöhnlicher Waffen und Instrumente.

Selbst vor dem ersten Toten, den ich sah, fürchtete ich mich weniger. Als er aufgebahrt lag und ich es wagte, ihm richtig ins Gesicht zu sehen, da war es noch immer die mir vertraute Gestalt, mit der ich gesprochen hatte, wenn sie nun auch still dalag, kleiner als im Leben, mit einem schwarzen Seidenschal um den geschundenen Hals. Und nur das Verbot, die Leiche zu berühren, ängstigte mich und ließ mich ahnen, daß etwas Unwiederbringliches meinem Leben verlorengegangen war, daß ich vor einem unerreichbaren Fremden stand. Trotzdem beunruhigte mich der Tote nicht. Unbefangen ging ich neben Vater zu ihm, um ihn zu betrachten. Sein Gesicht war geschwollen und flekkig, anders als im Leben, doch er erschien mir ansprechbar. Die leuchtenden Augen der Tiermumien dagegen, die Leben vorzutäuschen hatten und trotz aller Kunstfertigkeit seelenlos und abgestorben auf mich starrten, sie strahlten eine tödliche Bedrohung aus.

Bei jenem Museumsbesuch lernte ich Herrn Horn kennen. Ein etwa vierzigjähriger Mann mit schütterem Haar trat aus einer kleinen, versteckten Tür, verschloß sie hinter sich, musterte die anwesenden Besucher und ging dann auf meinen Vater zu. Vater sprach sehr laut mit ihm, so daß sich die anderen Leute nach uns umwandten. Herr Horn antwortete wenig, er schien verlegen zu sein. Vater stellte mich ihm vor, wobei seine rechte Hand meinen Kopf ruckartig nach unten drückte. Dann blickte er sich suchend nach meinem Bruder um. Er rief ihn, und auch mein Bruder mußte Herrn Horn die Hand reichen und sich seinen Kopf herunterdrücken lassen.

Als wir weitergingen, sagte Vater, daß Herr Horn seit einigen Monaten das Museum leite. Er sei aus Leipzig gekommen, wo er eine bedeutende Position habe aufgeben müssen.

»Eine dunkle Geschichte«, flüsterte mein Vater mißbilligend, »etwas Politisches.«

Dann stieß er meinen Bruder an. »Verschmier nicht die Scheiben.«

Und nun war ich allein in die Burg gegangen.

Ich kaufte eine Eintrittskarte und stieg die Wendeltreppe des Burgturms hoch. Im obersten Zimmer, dem Türmer, waren die meterdicken Wände in regelmäßigen Abständen mit schmalen Durchbrüchen versehen. Die tiefen Nischen der Ausblicke waren nachträglich verglast worden. Schrifttafeln verwiesen auf historische Daten. Ich sah auf die Stadt und die blaßroten und gelben Ziegeldächer, die sich an den Kirchturm preßten. Ich betrachtete den menschenleeren Marktplatz und folgte dem gekrümmten Lauf der Straßen. Und lächelnd dachte ich an die Zerstörung dieser Stadt, ein Gedanke, der von dieser alten Festung herab, von der aus man die Feinde einst mit Stahlpfeilen, mit steinernen Kanonenkugeln und brennendem Teer überschüttete, mir so natürlich wie befreiend erschien.

Ich wollte niemanden töten oder verletzen, mein Wunsch war es allein, mich von dieser Stadt und den schlimmen elf Jahren meines bisherigen Lebens vollständig zu lösen. Ich wollte sie vergessen, austilgen, so gründlich, als seien sie nie gewesen. Ich fürchtete, daß diese Stadt und meine Kindheit mir immer anhängen und nie mehr auszulöschen sein werden. Dieses Leben, daß ich als eine einzige Vorbereitung empfand, als ein Eintrittsbillett für das spätere, das wirkliche Leben. Wie ein Adler würde ich mich dann erheben, um aufzusteigen, immer höher, höher. Ich wünschte mir nichts heftiger, als endlich erwachsen zu sein. Ich wollte nicht mehr all den Bestimmungen genügen, den kleinen, unendlichen Verpflichtungen, Pflichten eines Kindes. Ich wollte mich nicht länger den Mutproben und Beweisen der Männlichkeit unterwerfen müssen, bei denen ich meistens versagte und mich lächerlich machte. Ich haßte dies alles. Und ich wollte nicht mehr hören, daß die Kindheit die schönste Zeit eines Lebens sei, daß alle Erwachsenen sich angeblich nach dieser furchtbaren Hilflosigkeit, nach diesem Umhergestoßensein, diesen mich bis in die Träume bedrückenden Abhängigkeiten sehnen. Ich wollte erwachsen sein, um allein über mich verfügen zu können. Etwas zu tun oder zu sagen, ohne Begründungen und Entschuldigungen geben zu müssen, ohne sofort zur Rechenschaft gezogen zu werden. Ich war überzeugt, daß mein späteres, wirkliches Leben wunderbar werden, daß ich selbst über mich erstaunt sein würde. Ich würde diese Stadt verlassen, verlassen und vergessen, und mit ihr alle mir angetanen Kränkungen und Demütigungen. Ich würde gehen, um endlich zu leben.

Die Tür zum Türmer öffnete sich. Herr Horn kam herein. Er ging zu einer der Glasvitrinen, schloß sie auf und schob eine Scheibe zur Seite. Behutsam holte er aus der Innentasche seines Jacketts ein vom Alter geschwärztes Metallstück, legte es zwischen die ausgestellten Tonscherben, verschob die anderen Ausstellungsstücke in der Vitrine und betrachtete sorgenvoll die neu entstandene Ordnung. Dann verschloß er die Vitrine. Er ging, den Kopf geierhaft vorgeschoben, um sie herum. Seine Hände steckten in den Taschen des Jacketts. Er wandte sich zu mir: »Sieh dich nur um. Das alles ist sehr alt. Zu alt, um noch zu lügen.«

Er machte mit der Hand eine unbestimmte, kreisende Bewegung. Dann wandte er sich wieder ab, klopfte mit einem Fingerknöchel leicht gegen eine der Glasscheiben. »Ein paar Steine, ein paar Scherben, aber die Wahrheit. Das ist nicht wenig, mein Junge.«

Ich nickte verwirrt. »Wenn ich mit der Schule fertig bin, will ich auch hier arbeiten.«

Mein Mund war trocken und die Stimme brüchig. Ich wußte nicht, warum ich ihn belog. Nie im Leben hatte ich daran gedacht, in einem verstaubten Museum herumzukramen, belanglose, geborstene Tonscherben zu sortieren und in vergilbten Papieren zu stöbern. Ich spürte, wie mir das Blut in den Kopf stieg. Meine Zunge war pelzig.

»So?« fragte Herr Horn ungläubig, »tatsächlich?«

Seine Augenbrauen zogen sich zusammen.

»Ja«, log ich weiter und nickte heftig. Ich wollte ihn überzeugen und gleichzeitig die eigene Verwunderung und Scham über meine Lüge bekämpfen.

»Warum willst du dich in einem Museum verkriechen, Junge? Was hast du mit den Toten zu schaffen?«

Ich wußte nicht, was ich ihm antworten sollte. Ich hatte erwartet, daß meine Lüge ihn freundlich stimmen würde. Statt dessen schien er verärgert zu sein.

»Es ist so interessant hier«, stammelte ich.

Er sah mich an, seine Kiefer bewegten sich, aber er sagte nichts. Er winkte mir nur mit dem Zeigefinger, und ich lief hinter ihm her. Wir gingen die gewundenen Turmstufen hinunter und zum Hauptgebäude hinüber. Ich starrte beunruhigt auf seinen Rücken. Ich dachte an meinen Vater und daran, was ich ihm am Abend erzählen sollte. Und ich überlegte, warum ich Herrn Horn grundlos belogen hatte.

In seinem Büro hieß er mich Platz nehmen. Er setzte sich zu mir und fragte mich nach der Schule und meinen Eltern. Schließlich sagte er, ich dürfe jederzeit ins Museum kommen, um hier zu helfen. Ich könne beim Restaurieren zusehen oder dem alten Herrn Gohl, dem Museumsmaler, zur Hand gehen. Ich sagte, daß mir dies sehr gefallen und ich mich darauf freuen würde. Und dabei hatte ich das Gefühl, nicht mehr zu lügen. Ich glaubte wirklich, es könnte mir Spaß bereiten, und ich nahm mir vor, jede freie Minute auf der Burg zu verbringen.

Als Herr Horn aufstand, lächelte er mich zum erstenmal an. »Dann sind wir jetzt Kollegen, Thomas. Ich denke, es wird dir gefallen.«

»Das denke ich auch.«

»Es ist nur ein kleines Museum, das wir haben,

und doch schreiben auch wir die Geschichte. Wir sind es, die dafür einzustehen haben, ob die Wahrheit oder die Lüge berichtet wird. Verstehst du das, Thomas?«

»Natürlich.«

»Nein, das verstehst du nicht. Die Wahrheit oder die Lüge, das ist eine entsetzliche Verantwortung. Wer das wirklich begriffen hätte, würde keinen Schlaf mehr finden.«

Ich verstand sicher nicht, was er meinte, aber ich verstand auch nicht, warum er jetzt so laut sprach, mich deswegen anschrie. Aber es war ihm wohl furchtbar wichtig, mir das zu sagen, und so nickte ich nur. Herr Horn lächelte wieder, öffnete die Tür, brachte mich hinaus und gab mir zum Abschied die Hand. »Du mußt keine Angst vor mir haben, Thomas. Es ist hier sehr schön. Siehst du die Schwalbennester? Sogar einen Storch haben wir auf dem Dach. Es wird dir bei uns gefallen.«

Kruschkatz

Ich traf Horn sieben- oder achtmal, seit ich Bürgermeister in Guldenberg geworden war. Meistens gab es einen amtlichen Anlaß, schließlich war ich sein Vorgesetzter. Ich kann nicht sagen, wieso wir uns so selten sahen. In einer so kleinen Stadt begegnet man vielen Leuten mehrmals am Tag. Er muß mich gemieden haben. Aber vielleicht gingen wir uns beide aus dem Weg, weil sich unsere Wege nach dem Leipziger Verfahren getrennt hatten. Es gab offenbar keine Gemeinsamkeiten zwischen uns, was ich damals bedauerte.

Ich schätzte Horn noch immer und bemühte mich, ihm freundlich zu begegnen. Mit dem Herzen in der Hand, wie die Italiener sagen. Es war umsonst. Er wollte Leipzig nicht vergessen, und verstehen konnte er es nicht.

Ihm war dort Unrecht geschehen, gewiß, und an diesem Unrecht hatte ich meinen Anteil, ich habe es nie bestritten. Aber es gibt eine höhere Moral, vor der sich Recht und Unrecht die Waage halten oder gemeinsam zu fragwürdigen Werten schrumpfen. Es war ihm ein geschichtlich notwendiges Unrecht angetan worden im Namen eines höheren Rechts, im Namen der Geschichte. Ich war nur das ausführende Organ, die kleine Stimme dieses ehernen Gesetzes. Ich hoffte, ihm dies begreiflich machen zu können. Ich hoffte es, nicht weil ich mich entschuldigen, sondern weil ich ihm helfen wollte. Aber Horn fühlte sich noch immer ungerecht behandelt. Er sah nur, daß ich ihm seine wissenschaftliche Karriere ruiniert hatte, und war nicht fähig oder willens, aus dem Winkel seiner gekränkten Ehre hervorzukommen. Er hatte sich in seinem Selbstmitleid eingerichtet und zog es vor, einsam zu bleiben, wenn er nur im Recht war.

Einmal im Jahr hatte Horn im Rathaus zu erscheinen, um mir Bericht zu erstatten. Tatsächlich war er häufig im Rathaus, mehrmals in jedem Monat, doch zu mir kam er nur an diesem einen Tag im Jahr.

»Sie haben mich vorgeladen«, sagte er statt eines Grußes, als er das erstemal mein Zimmer betrat.

Er blieb an der Tür stehen. Wer ihn nicht kannte, hätte vermuten können, daß er aus Bescheidenheit und Respekt nicht wagte, näher zu kommen und mir in die Augen zu blicken. Aber ich wußte, daß ihn nicht Ehrfurcht oder gar Unterwürfigkeit davon abhielten, selbstbewußt vor mich zu treten, sondern allein sein ungebrochener Hochmut. Und ich nahm mir vor, niemals auf seine mir angebotene Distanz und kühle Höflichkeit einzugehen. Also stand ich auf und ging ihm lächelnd und mit ausgestreckter Hand entgegen.

»Nein, Genosse Horn, du irrst. Ich habe dich nicht vorgeladen, sondern eingeladen. Willst du dich nicht setzen?«

Er übersah meine ausgestreckte Hand und ging zu einem der Sessel. Ich folgte ihm, legte eine Hand auf seine Schulter und sagte mit noch größerer Herzlichkeit: »Ich freue mich, daß uns der Zufall wieder zusammengeführt hat. Ich freue mich auf unsere gemeinsame Arbeit, Genosse Horn.«

Er öffnete schweigend seine Aktentasche, entnahm ihr ein paar Papiere und schob sie schweigend zu mir. Ich lehnte mich im Sessel zurück, ohne die Papiere anzusehen. Ich wartete, um ihn zum Reden zu zwingen, doch als er aufsah, sagte er lediglich: »Sie irren sich, Herr Bürgermeister, ich bin nicht Ihr Genosse. Ich bin kein Mitglied Ihrer Partei.«

Ich hörte nicht auf zu lächeln. »Das mußt du mir nicht sagen. Den Antrag auf deinen Ausschluß habe ich gestellt, wie du weißt. Dennoch, Horn, ob du Mitglied meiner Partei bist oder nicht, für mich wirst du immer mein Genosse sein.«

Seinen kühlen grauen Augen war nicht anzusehen, ob er begriff, wie tief ich mich vor ihm demütigte. Ihnen war nicht einmal anzumerken, ob er mir überhaupt zuhörte. Mit einem Finger schob er die vor mir liegenden Papiere zurecht. »Mein Jahresbericht, Herr Bürgermeister.«

»Ich bin überzeugt, daß er korrekt ist. Ich akzeptiere ihn ungelesen.«

»Dann darf ich mich verabschieden.«

»Vielleicht sollten wir ein paar Dinge miteinander besprechen. Darf ich dir einen Kaffee holen lassen?«

Horn hatte sich erhoben, verschloß die Aktentasche und wartete, daß ich ihm erlaube zu gehen. Er hatte nicht einmal die Knöpfe seines Mantels geöffnet, seitdem er in mein Zimmer getreten war.

»Wenn ich dir helfen kann, ich stehe ganz zu deiner Verfügung.«

»Danke. Ich benötige nichts.«

»Ich meine, wenn du etwas für unser Museum brauchst . . .«

»Sie finden alles in meinem Bericht, Herr Bürgermeister.«

Er neigte leicht den Kopf, drehte sich um und ging hinaus.

Ich habe in den späteren Jahren oft darüber nachgedacht, ob es ein Fehler war, nach Bad Guldenberg zu gehen. Heute muß ich sagen, daß ich es bereue. Guldenberg erwies sich als das Ende meines Weges, und es war eine erbärmliche Stadt und ein erbärmliches Ende. Ich habe es bereut, weil mein Ehrgeiz schließlich in dem Morast lokaler Banalitäten verendete, nicht aber, weil ich in Guldenberg Horn wiedertraf. Ich war im Gegenteil dem Zufall dankbar, daß er mich wieder mit ihm zusammenführte, da ich hoffte, seine Vorbehalte mir gegenüber ausräumen und ihn bewegen zu können, die Vorgänge von Leipzig zu verstehen und zu akzeptieren.

Es gelang mir nicht. Drei Jahre nach meinem Amtsantritt als Bürgermeister verübte er Selbstmord. Ich habe ihn nicht davon abhalten können, und ich weiß, daß einige Leute in der Stadt mir die Schuld an seinem Tod geben. Das ist unsinnig. Horn war für diesen Tod bestimmt wie ein Ochse für den Schlachthof. Er war nicht lebenstüchtig. Er war für ein Leben unter Menschen nicht geeignet. Ich sage dies ohne jede Wertung oder Verachtung, ich habe ihn immer geschätzt. Und ich meine, es ist kein allzu hoher menschlicher Wert, auf dieser Erde lebenstüchtig zu sein. Es gab prächtige Menschen, die es nie waren. Aber da wir nun einmal genötigt sind, in menschlicher Gemeinschaft zu leben, ist ein gewisses Maß an Bereitschaft für dieses Leben, ob zu loben oder nicht, erforderlich und somit eine Tugend. Eine Tugend, die Horn nicht besaß. Und falls auch er meint, daß ich an seinem Tod mitschuldig bin, so sollte er auch wissen, daß diese angebliche Schuld, zu der ich mich nicht bekennen kann, tausendfach gerächt wurde. Denn selbst Irene, meine eigene Frau, gehörte zu jenen Leuten in Guldenberg, die mir seinen Selbstmord anlasteten. Der Strick, den Horn sich um seinen Hals legte, war auch für mich geknüpft. Mit Horn starb das Wichtigste in meinem Leben, Irenes Liebe.

Im März 1957 feierten wir das fünfjährige Bestehen unseres Museums. Aus diesem Anlaß gab es ein Essen in der Burg, und ich überreichte Horn eine bronzene Medaille mit dem Relief unserer Stadt.

Horn hielt bei Tisch eine sehr bemerkenswerte Dankesrede. Statt mit wenigen Worten die Bemühungen der Stadt um sein Museum zu würdigen, sprach er ermüdend lange über die jüngsten Funde einer altsorbischen Ansiedlung, die er demnächst ausstellen wollte. Gewiß langweilte er die anwesenden Gäste mit den historischen Ausführungen und seinen archäologischen Kenntnissen.

Er langweilte sie, weil sie nicht verstanden, daß er über alles andere als über Archäologie sprach. Und sie wären mit aufmerksamster Neugier seiner Rede gefolgt, wenn sie nur geahnt hätten, daß er – seine altsorbischen Tonscherben vorhaltend – über eine ganz andere Ausgrabung sprach, nämlich über Leipzig, über seinen Parteiausschluß, über mich. In seiner Rede forderte er mich vor die Schranken seines Gesetzes, verklagte und verurteilte mich im Namen seiner ihm teuren Abstraktionen.

Der Beifall war höflich. Ich gab das kleine Bankett frei, nicht ohne zuvor auf Horns Richtspruch einzugehen, wobei ich mich gleichfalls seines Versteckspiels bediente, um die tauben Dummköpfe um uns her auch weiterhin aus unserem unausgesetzten Kampf auszuschließen.

»Sie würden diese unersetzbaren Scherben der Geschichte nicht zusammensetzen können, lieber Horn«, erwiderte ich, »wenn damals nicht ein wirksames Gemeinwesen existiert hätte. Und diese organisierte Gemeinschaft, ein kleiner Staat, vernichtete, wie Sie uns darlegten, ihre Feinde, die Feinde der Gemeinschaft, unerbittlich und grausam. Aber sie legte ihnen auch die Gräber an, die uns die reichen Funde erst ermöglichen. Letztendlich hat eine jede Gemeinschaft von Menschen geschriebene oder ungeschriebene Gesetze, die für denjenigen, der diese Gemeinschaft mißachtet und sich über sie stellt, tödlich sind. Ich denke, es wird keinen unter uns geben, der dies nicht bedauert, aber auch keinen, der für diesen Todfeind der Gemeinschaft – der Gesellschaft, wenn Sie so wollen – bereit wäre, das Gesetz und damit das Leben der Gemeinschaft zu opfern. Das Gesetz traf auch Unschuldige, sagen Sie. Nun, auch das Gesetz ist nicht fehlerlos. Das schrecklichste Opfer, das der Gang der Geschichte fordert, ist der Tod von Schuldlosen. Er ist der Blutzoll, den der Fortschritt kostet. Doch bei aller Tragik, lieber Herr Horn, sollten wir uns nicht zu lange einer persönlichen Erschütterung hingeben, so verständlich sie auch sein mag. Lasset die Toten die Toten begraben, sagt die Bibel. Wollen wir in diesem Punkt christlich handeln. Lassen wir die Toten ruhen. Ihre Gräber zu öffnen wollen wir nur den Archäologen gestatten.«

Man applaudierte mir ebenso höflich und uninteressiert und stürzte sich dann über die bereitgestellten Speisen. Für Sekunden standen Horn und ich uns gegenüber, zwei einsame, stille Kämpfer. Und in diesem Moment begriff ich, daß es niemals zu einer Versöhnung zwischen uns kommen konnte. Meine Bemühungen um ihn würden nicht seinen Haß und seine mörderische Selbstgerechtigkeit aufhalten können. Ich bedauerte ihn, denn ich sah, was kommen mußte und wenige Monate später sich vollendete.

Ich ging zu ihm, legte meinen Arm um seine Schulter und sagte: »Ich habe dich verstanden, Genosse. Ich wünschte, du könntest mich verstehen.«

Er wandte sich ab und entgegnete: »Sie sind

heute mein Gast, Herr Bürgermeister. Bedienen Sie sich nach Belieben.«

Vier Monate später sah ich ihn zum letztenmal. Auf der Burg liefen die Untersuchungen gegen Horn, und ich war zu einem Gespräch gebeten worden. Man befragte mich über die Vorgänge in Leipzig, und ich mußte über jedes Gespräch, das ich als Bürgermeister mit Horn geführt hatte, Bericht erstatten.

Die Befragung erfolgte in Horns Büro. Ich saß auf einem einfachen Holzstuhl vor dem Schreibtisch, hinter dem ein Leutnant und zwei Genossen in Zivil Platz genommen hatten. Dann wurde ich gebeten, im Vorraum zu warten. Man wollte das Protokoll abtippen lassen und mir zur Unterschrift geben.

Als ich erneut ins Büro gebeten wurde, fragte ich, ob Horn verhaftet worden sei.

Der Leutnant schüttelte den Kopf. »Nein, wir haben ihn nicht verhaftet. Sollten wir?«

»Das habe ich nicht gesagt«, erwiderte ich schnell, »Sie haben mich mißverstanden.«

Der Leutnant sah mich mißbilligend an. »Eine Frage, Genosse Kruschkatz, wie konntest du Horn so viel Vertrauen schenken? Ausgerechnet du, der ihn seit fast zehn Jahren kannte?«

Ohne zu zögern, antwortete ich dem Offizier: »Es war ein Fehler, Genosse. Ich habe den Gegner unterschätzt. Aber ich habe nicht nur euch enttäuscht, ich bin mit mir selbst unzufrieden. Und ich denke, ich habe dazugelernt. Dank eurer Hilfe, Genossen.«

Der Leutnant nahm meinen Satz reglos zur Kenntnis und entließ mich, ohne etwas zu erwidern. Ich hatte nichts als die Wahrheit gesagt, und dennoch hatte ich das Gefühl, besudelt zu sein, und das Bedürfnis, mich zu waschen.

Als ich hinausging, saß Horn im Vorraum. Er lächelte mich an, und ich spürte, daß ich rot wurde. Ich ging rasch an ihm vorbei, ich begrüßte ihn nicht.

Ich war ihm immer wieder entgegengekommen, weiter, als es mein Amt und meine Selbstachtung erlaubten. Nun konnte und wollte ich nichts mehr für ihn tun. Ich wußte nicht, welchen Vergehens er beschuldigt wurde, aber ich war überzeugt, daß er sich wiederum frei von jeder Schuld fühlte. Er war der einzige Mensch in Guldenberg, um dessen Freundschaft ich mich bemüht hatte, und ich wußte, er würde diese Untersuchung, sein zweites Verfahren, nicht überleben wollen.

Thomas

Bereits am dritten Tag waren alle Pferde der Zigeuner verschwunden. Die Bauern waren gekommen und hatten sie für den Sommer gemietet. Auch die beiden klapprigen Braunen, deren Flanken mit verkrusteten, häßlichen Schwären bedeckt waren, fanden einen Abnehmer. Die Umsiedler vom Ausbau holten sie sich.

Paul erzählte es mir auf dem Schulhof. Er sagte, daß er heute nicht zur Bleicherwiese gehen könne.

»Und morgen?« fragte ich.

»Morgen vielleicht«, erwiderte er. »Geh jetzt, ich bin beschäftigt.«

Er stand am Zaun des Schulhofs und sprach mit einem älteren Jungen, dem Lehrling vom Hufschmied. Ich sah, daß Paul Geld in der Hand hielt.

»Geh schon«, sagte er.

Nach dem Mittagessen und den Schularbeiten lief ich zu den Zigeunern. Es war, wie Paul es gesagt hatte. Nur die Ziegen und die Hunde waren noch bei den Wohnwagen zu sehen. Man hatte sie angebunden. Die Hunde lagen schläfrig in der Mittagssonne, die Köpfe auf das welke Gras gepreßt. Auch als ich mich näherte, blieben sie unbeweglich liegen. Die Zigeuner waren in einem der Wagen, ich hörte sie laut miteinander sprechen. Langsam ging ich die Holzstufen hinauf und blieb in der offenen Tür stehen.

Die Zigeuner saßen um einen Tisch, auf dem Flaschen und Gläser standen. Die Frauen redeten erregt aufeinander ein. Der dicke Zigeuner hielt die Augen geschlossen, vielleicht schlief er. Der Mund war leicht geöffnet, eine Hand lag auf dem Tisch und hielt ein Wasserglas umklammert. Sein Sohn saß neben ihm. Er blickte nur kurz zu mir herüber und betrachtete dann wieder gleichmütig die Zigarre zwischen seinen Fingern. Es war warm im Wohnwagen, es roch nach Essen, Schweiß und Alkohol. Ich wartete darauf, daß eine der Frauen aufsah und mich bemerkte, doch sie schwatzten durcheinander und lachten und tranken. Sie waren wie verwandelt. Auch hier, im Wohnwagen, trugen sie ihre langen, bunten Röcke und die wollenen Tücher um die Schultern. Sie schienen nicht unter der Hitze zu leiden. Ich sah ihre geröteten Gesichter und betrachtete den dunklen Flaum auf ihren Oberlippen, der mich faszinierte und abstieß.

Endlich bemerkte mich die alte Zigeunerin. Sie schnipste mit ihren Fingern und sagte: »Geh. Heute nix Arbeit. Geh.«

Dann wandte sie sich zu den anderen und machte, den zahnlosen Mund zu einem Grinsen verziehend, eine kurze Bemerkung, die ich nicht verstand. Die Frauen sahen jetzt zu mir. Die Männer beachteten mich nicht, sie blickten nicht einmal auf. Eine der jungen Frauen hielt mir ein Glas hin, ich sollte trinken.

Ich schüttelte den Kopf und fragte die Alte: »Und morgen?«

»Morgen«, die Alte nickte und lachte wieder.

Ich ging die Treppe hinunter. Hinter mir hörte ich die lauten Stimmen und das Lachen der Zigeunerinnen. Ich fühlte mich beschämt und murmelte Verwünschungen vor mich hin, die der zahnlosen alten Zigeunerin galten.

Gegenüber der Bleicherwiese, getrennt durch den kopfsteingepflasterten, buckligen Grabensprung, standen sechs schiefe, zweistöckige Häuser. Es waren sicher die ältesten Häuser von Guldenberg, und sie standen wohl nur noch, weil sie sich aneinanderlehnten. Hier gab es keine Wasserleitungen. Die Bewohner mußten ihr Wasser von der Pumpe holen, die auf dem Hof hinter den Häusern stand. Dort waren auch die Toiletten, ein Holzhäuschen mit vier Türen, das im Sommer nach Klo und Kalk stank.

In einem der Häuser wohnte Elske mit ihrer Mutter und der jüngeren Schwester. Elske war meine Freundin. Elske war viel älter als ich, vier Jahre älter, aber sie war kaum größer. In der Schulzeit fuhr sie jeden Tag nach Wildenberg, wo sie die Oberschule besuchte. Eigentlich hieß Elske Elisabeth, aber so nannte sie keiner.

Sie war schon seit langem meine Freundin. Wir hatten uns im Schulchor kennengelernt. Damals war ich in der dritten Klasse. Mit blutender Nase und aufgesprungenen Lippen war ich einmal heulend zu einer Chorprobe gekommen. Es hatte eine Schlägerei gegeben, und ich war verprügelt worden. Elske nahm mich damals an der Hand, brachte mich in den Waschraum und wusch mir das Blut aus dem Gesicht. Sie hielt mit ihrem Arm meinen Kopf fest und säuberte mit ihrem Taschentuch behutsam und doch energisch meine Lippen. Ich hielt die Augen geschlossen und atmete tief und heftig, um ihren weichen und mir angenehmen Geruch in mich aufzunehmen. Ich war voll Selbstmitleid und dennoch so glücklich, daß ich laut und unbeherrscht aufschluchzte. Ich heulte über das mir zugefügte Unrecht und vor Schmerzen, aber wohl mehr noch, damit Elske nicht aufhörte, meinen Kopf in ihrem Arm zu halten und mit ihrem bestickten, parfümierten Taschentuch mein Gesicht zu reinigen. Es tat mir weh, und es war schön, und ich drückte meine Nase gegen die warme Haut ihres Oberarms.

»Heul nicht«, sagte Elske und stellte mich auf die Beine, »so schlimm ist es nicht.«

Sie gab mir ihr Taschentuch und schob mich vor sich her aus dem Waschraum. Nebeneinander gingen wir zum Chorzimmer zurück. Vor der Tür blieben wir einen Moment stehen.

»Danke«, sagte ich, ohne sie anzusehen.

»Schon gut, kleiner Mann«, sagte Elske. Und dann strich sie mir die Haare aus der Stirn.

Ihr Taschentuch hatte ich in meiner Faust zusammengeknüllt. Während der Probe drückte ich es häufig gegen meine Lippen. Sie schmerzten nicht mehr, aber wenn ich ihr Tuch unter meine Nase hielt, spürte ich wieder ihren Geruch, fühlte ich ihre weichen Arme, die meinen Kopf gehalten hatten. Als Elske zu mir herübersah, spürte ich, wie mir das Blut in den Kopf stieg. Ich steckte das Taschentuch schnell weg.

Zwei Tage später brachte ich es ihr gewaschen

und gebügelt zurück. Ich ging nach der Schule zu ihr in die Wohnung. Ich wollte ihr das Taschentuch nicht auf dem Schulhof geben. Ich wollte nicht, daß meine Klassenkameraden oder ihre Freundinnen etwas merkten. Ich glaubte, ich würde vor Scham tot umfallen, wenn einer von ihnen sehen könnte, wie ich Elske ihr Taschentuch zurückgab.

Aber nicht nur die Scham, auch die Neugier trieb mich, es ihr nach Hause zu bringen. Ich wollte ihre Wohnung sehen, ihr Zimmer, ich wollte wissen, wie sie lebte. Und ich wollte, daß sie wieder mit mir spricht, ihren Arm um mich legt. Ich wollte ihren Geruch atmen.

Als ich klingelte, machte mir Elske die Tür auf.

»Was willst du?« fragte sie.

»Dein Taschentuch«, sagte ich, »ich bring es dir zurück.«

»Danke«, erwiderte sie.

Sie lächelte nicht, und ich wußte plötzlich, daß alles ein furchtbarer Irrtum war. Sie würde ihren Arm nicht um mich legen, und sie würde auch nicht »kleiner Mann« zu mir sagen. Im Waschraum der Schule hatte sie nur einen heulenden, verdreckten Jungen von Blut und Schmutz gesäubert. Nichts weiter. Alles andere hatte ich mir nur eingebildet. Ich war für sie nur irgendein kleiner Junge aus der dritten Klasse. Wieso sollte sie daran interessiert sein, mit mir zu reden. Was konnte ich ihr schon sagen.

»Was gibts denn?« fragte eine Frauenstimme.

»Nichts«, sagte Elske, wobei sie sich umwandte. Dann nahm sie mir das Taschentuch aus der Hand, nickte mir gleichgültig zu und wollte die Wohnungstür schließen.

»Was heißt, nichts?« fragte die Stimme gereizt, »ich will wissen, wer an der Tür ist.«

»Ein kleiner Junge«, erwiderte Elske mürrisch.

»Er soll hereinkommen. Ich will ihn sehen.«

»Komm«, sagte Elske, »komm einen Moment rein.«

Ich ging ihr hinterher in ein kleines, mit Möbeln verstelltes Wohnzimmer. Am Fenster saß Elskes Mutter in einem Lehnstuhl, ihre Beine waren mit einer Decke umwickelt.

»Wer bist du?« fragte sie, und als ich ihr antwortete, fuhr sie fort: »Du bist der Sohn des Apothekers, nicht wahr? Setz dich hin.«

Ich setzte mich auf einen der Polsterstühle, die um den runden, mit einem Zierdeckchen bedeckten Tisch standen. Elske stand abwartend vor ihrer Mutter. Ich blickte mich verstohlen um. Es war hier alles viel ärmlicher als daheim. Nirgends gab es einen freien Platz, man konnte sich kaum bewegen. Die Möbel und das Zimmer wirkten ebenso hinfällig und gedemütigt wie das ganze Haus.

Er soll hereinkommen, hatte Elskes Mutter gesagt, und seit diesem Tag ging ich jede Woche zu Elske. Wir spielten Karten und unterhielten uns. Meistens saßen wir in ihrem Zimmer. Manchmal sang sie Volkslieder oder englische Schlager, wobei sie sich auf der Gitarre begleitete. Elske war so schön, aber ich wagte nicht, es ihr zu sagen. Ich wartete nur hilflos darauf, daß sie mich noch einmal streichle, daß sie mir wieder einen flüchtigen Kuß gäbe, daß ich ihren Geruch verspüre. Wie damals, im Waschraum der Schule.

Ich weiß bis heute nicht, wieso sie mit mir, einem kleinen Jungen, so viel Zeit verbrachte. Damals hoffte ich, sie täte es, weil sie wüßte, was ich nicht aussprechen konnte, weil sie mich besser verstünde als ich mich selbst. Ich hoffte, sie würde meine stumme Bewunderung bemerken und annehmen und sie würde wissen, was ich nicht aussprechen konnte, was ich nicht einmal zu denken wagte. Und ich hoffte, obgleich ich das, was ich für Elske verspürte, nicht einmal mir selbst eingestand – denn was konnte ich da eingestehen, Elske, was konnte dir der kleine Junge bedeuten –, sie würde, wie unbestimmt und verborgen auch immer, mein Gefühl erwidern. Es war eine kleine Hoffnung, ein dünnes Pflänzchen, das ich mir aufzog. Es war so dünn und hilflos, daß ein Lachen, eine Bemerkung Elskes es niederwarf und mich grimmiger Verzweiflung überließ. Ich habe dich damals geliebt, Elske, heute weiß ich es. Und ich tat damals recht daran, es nicht einmal mir selbst einzugestehen.

Von den Zigeunern weg lief ich zu Elske. Ihre Schwester öffnete mir die Tür.

»Sie ist in ihrem Zimmer. Geh nur rein«, sagte sie.

»Wer ist da?« hörte ich die laute, harte Stimme der Mutter.

»Es ist nur Thomas«, sagte Elskes Schwester und ging in ihr Zimmer.

»Komm her!«

Ich ging ins Wohnzimmer. Elskes Mutter saß an der Nähmaschine. Sie hatte mir den Kopf zugewandt und betrachtete mich. Sie war eine freundliche Frau, die ihre Töchter sehr liebte und überzeugt war, daß beide ungemein begabt seien. Sie sprach gern über die guten Schulleistungen der Töchter, und ich spürte ihre Zufriedenheit, wenn sie mir die weitaus schlechteren Zensuren der Mitschüler aufzählte. Sie war zufrieden mit ihren Töchtern, auch wenn sie diese beständig zur Arbeit anhielt und kleinlich kontrollierte. Elskes Mutter hatte Gicht in den Füßen. Sie ging deshalb nur selten und mit schwerfälligen, entenartigen Schritten. Vielleicht war ihre Stimme deshalb hart und befehlend geworden und entsprach so wenig ihrem eigentlichen Wesen, weil sie, an ihren Platz gebunden, fürchtete, überhört und nicht beachtet zu werden.

Sie sah mich an. Ich blickte wie immer auf die vielen Ringe, in denen ihre Finger wie in einem kostbaren, reich verzierten Panzer steckten.

»Du kannst zu ihr gehen«, sagte sie schließlich und beugte sich über ihre Nähmaschine.

Elske saß an der schmalen Arbeitsplatte vor dem Fenster und machte Schularbeiten. Ich nahm die Gitarre von der Wand und übte die Griffe, die sie mir beigebracht hatte, und bemühte mich, sie nicht zu stören.

»Warst du wieder bei den Zigeunern?« fragte sie, ohne den Kopf von ihren Heften und Büchern zu heben.

»Ja«, erwiderte ich und drückte mit verkrampften, steifen Fingern auf die Saiten, »aber heute arbeiten sie nicht. Sie feiern. Sie haben von den Bauern Geld für die Pferde bekommen und feiern.«

Elske schrieb. Ich sah ihren Nacken, den hellbraunen Haarflaum, der von der Sonne erhellt wurde. Ich wollte ihr etwas Interessantes sagen, eine wichtige Mitteilung oder einen sehr klugen Gedanken, um sie zu bewegen, sich mit mir zu unterhalten. Doch je mehr ich darüber nachgrübelte, desto befangener wurde ich und unfähig, überhaupt etwas zu denken. Ich wünschte mir heftig, vier Jahre älter zu sein. Dann würde ich mit Elske in die gleiche Klasse gehen, und wann immer ich spräche, sie würde mir zuhören. Ich wäre kein Kind mehr für sie, über das man nachsichtig lächelt. Ach, Elske, dein freundliches, schonungsvolles Lächeln, ich habe es gehaßt. Es machte mich noch kleiner. Ich habe mich danach gesehnt, und doch empfand ich es stets als ein Zurückstoßen, als eine Ohrfeige für das dumme, kleine Kind.

»Hast du die Mädchen gesehen?« fragte Elske.

»Welche Mädchen?«

»Die Zigeunermädchen. Hast du sie gesehen?«

»Ja«, sagte ich zögernd. Ich verstand nicht, warum sie es wissen wollte.

Elske schwieg wieder, und ich strich behutsam über die Metallsaiten der Gitarre.

»Sie sind dreckig. Dreckige Zigeunermädchen«, sagte Elske heftig. Dann wandte sie sich um und fragte: »Gefallen sie dir?«

»Nein«, erwiderte ich schnell, »mir gefallen sie nicht.«

»Vielleicht bist du noch zu jung«, entschied Elske.

Sie sah aus dem Fenster zur Bleicherwiese und zu den Zigeunern hinüber. Ich überlegte, was ich auf ihre Frage hätte antworten müssen, was ich geantwortet hätte, wenn ich vier Jahre älter gewesen wäre. Es mußte eine richtige Antwort auf ihre Frage geben, die richtige Antwort der Älteren. Ich war davon überzeugt, es mußte einen Satz geben, eine Erwiderung, die nicht zwangsläufig zu der Feststellung führte, wie jung ich noch sei.

Elske sah noch immer aus dem Fenster. Sie saß unbeweglich vor mir, vielleicht träumte sie. Die Sonne zeichnete mit weichem, verschwimmendem Licht den Umriß ihres Kopfes.

Unvermittelt sagte Elske, und sie sagte es ohne mich anzusehen und mit einer so verträumten Stimme, daß ich wußte, sie hatte mich vergessen und sprach nur mit sich selbst: »Diese verdammten Zigeunerinnen. Ich weiß nicht, aber ich wünschte, sie würden verschwinden.«

Dr. Spodeck

Ich ging nach Guldenberg zurück, weil mein Vater es mir so bestimmt hatte. Er hatte meiner Mutter monatlich eine kleine Unterstützung gezahlt, damit sie mich zum Gymnasium gehen lassen konnte, und er bezahlte auch mein Studium. Dafür verlangte er, daß ich nach Guldenberg zurückkomme, um dort als praktischer Arzt zu arbeiten.

Nach dem Abitur schrieb er mir eine Karte, auf der er mich aufforderte, ihn zu besuchen. Mutter bat mich hinzugehen. Ich mußte den Anzug anziehen, und pünktlich zur genannten Uhrzeit erschien ich in seinem Haus. Eine Sekretärin öffnete mir die gepolsterte Doppeltür zu seinem Büro. Dann stand ich vor ihm und wartete darauf, daß er den Blick von den Papieren hob und mich ansah.

»Setz dich«, sagte er.

Er stand auf und stellte sich vor mich. Er fragte nach den Prüfungen und Zensuren, ging danach zum Schreibtisch, öffnete ein Schubfach und holte ein blaues Etui hervor. Er überreichte es mir wortlos. Es enthielt eine vergoldete Taschenuhr. In den Deckel hatte er mit altertümlicher Fraktur schreiben lassen: Meinem Sohn zur Matura – Dr. Konrad Böger.

Er setzte sich mir gegenüber. Ich klappte die Uhr zu, legte sie in das Etui und steckte sie in die Tasche.

»Danke«, sagte ich leise und gleichmütig.

Ich spürte, daß er mich betrachtete.

»Was hast du vor? Wirst du studieren?«

Ich dachte an Mutter. Sie hatte mich beschworen, vernünftig zu sein. Sie hatte meine Hände fest umklammert und mich immer wieder gebeten, meinen Stolz dieses eine Mal zu vergessen und ihm, aber auch ihr zu gehorchen. Ich dachte an ihr ängstliches Flehen, an die fensterlose Küche unserer winzigen Wohnung, an die überall umherliegenden Flicken und unsere zerkratzten, klapprigen Möbel und antwortete folgsam: »Ich würde gern Medizin studieren.«

»Ausgezeichnet«, rief mein Vater. Er sprang auf, klopfte mir auf die Schulter und ging zum Fenster. »Ich freue mich, daß du dich endlich dazu entschlossen hast. Du wirst sehen, es ist das Richtige für dich.«

Ich sah zu ihm, zu dem drahtigen, sportlichen Mann mit der goldenen Brille und der Bürstenfrisur, zu ihm, der mein Vater war, und sagte trotzig: »Ja, für mich ist es das Richtige.«

Er kam wieder zu mir, faßte mich unters Kinn und riß meinen Kopf hoch. Er starrte mir in die Augen und sagte lächelnd: »So ist es, mein Junge.

Du wirst deinen Entschluß nicht bereuen, dafür sorge ich. Die finanzielle Seite habe ich mit deiner Mutter abgesprochen.«

Ich befreite meinen Kopf und wich in den Sessel zurück. »Sprechen Sie bitte nicht von meiner Mutter. Nicht in meiner Anwesenheit.«

Ich blickte, um ihn nicht anzusehen, auf die Tür. Er war neben mir stehengeblieben und bewegte sich nicht. Ich wartete. Ich hörte seinen Atem. Für einen Moment glaubte ich, er würde mich schlagen, und meine Nackenmuskeln verkrampften sich.

»Schön«, sagte er endlich, und seine Stimme wirkte gelassen und heiter, »ich habe dich in Leipzig immatrikulieren lassen. In sieben Jahren sehen wir weiter. Ich meine, daß vierzehn Semester für dich ausreichen werden.«

Mein Mund war trocken, und ich brachte nur einen heiseren Laut der Zustimmung hervor. Dann stand ich auf. Alles war gesagt, was er mir zu sagen und was anzuhören meine Mutter mich gebeten hatte. Und ich hoffte, er würde mich nun wortlos entlassen. Ich stand kerzengerade vor ihm und deutete eine leichte Verbeugung an. Er reagierte nicht. Da ich annahm, daß er meinen Abschiedsgruß nicht wahrgenommen hatte, verneigte ich mich ein zweites Mal. Als ich ihn ansah, lächelte er mitleidig. Es mußte ihm Spaß machen, mich zu demütigen.

Er griff nach meinem Oberarm, er umklammerte ihn schmerzhaft und sagte: »Du bekommst an jedem Ersten des Monats das nötige Geld. Nutze deine Zeit. In sieben Jahren sehen wir uns wieder. Du kannst gehen.«

Die vergoldete Uhr gab ich Mutter, ich wollte sie nicht tragen.

»Das ist nicht recht, Junge«, sagte sie, »schließlich ist er dein Vater.«

»Vielleicht kannst du sie verkaufen«, antwortete ich grob.

Drei Monate später fing in Leipzig mein Medizinstudium an. Während der Zeit sah ich meinen Vater nicht ein einziges Mal. Drei Briefe schrieb ich ihm in den sechs Jahren meines Studiums, und dreimal schickte er mir als Antwort ein Telegramm. Seine Entscheidungen kamen jedesmal postwendend und duldeten keinen Widerspruch. Die knappen Texte verdeutlichten vor allem, daß er keine Diskussionen wünschte oder weitere bittende Briefe.

In Leipzig begann ich mich für Psychiatrie zu interessieren. Ich belegte zusätzliche Vorlesungen bei Professor Burckhardt, einem Schüler von Rausch.

Nach dem Physikum bat ich meinen Vater, das Studium in München fortsetzen zu dürfen. Ich schrieb ihm, daß meine Lehrer es mir geraten hätten, da die medizinische Fakultät in München derzeit einen vorzüglichen Ruf genieße. Ich nannte große Namen und schrieb ihm, daß ich mit guten

Empfehlungen versehen sein würde. Ich verwies auch auf die nahen Alpen; die dort möglichen Wanderungen und körperlichen Anstrengungen in den Ferien und der Freizeit könnten meiner Gesundheit zugute kommen. Wortreich bat ich ihn, einem Wechsel der Universität zuzustimmen, ohne mit einem einzigen Satz den tatsächlichen Grund meines Wunsches zu erwähnen: In München las Professor Rausch, und ich hoffte, mich bei ihm einschreiben zu können.

Ich war überglücklich, als ich drei Tage später ein Telegramm in den Händen hielt, dessen ganzer Text aus vier Worten bestand: »Mit München einverstanden. Vater.«

Ein Jahr später bat ich ihn, mich für die Psychiatrie als Hauptfach entscheiden zu dürfen. Sein Antworttelegramm lautete: »Du wirst von Kranken leben und nicht von Verrückten. In Guldenberg haben wir überdies nur einen Verrückten, und ich befinde mich wohl dabei. Vater.«

Seine Entscheidung verletzte mich tief. Ich wütete und warf die Bücher gegen die Wände. Ich gebärdete mich wie ein Wahnsinniger, aber mir blieb keine Wahl. Ich gehorchte.

In der Nacht, die jenem Tag folgte, an dem ich Vaters unwiderrufliche Entscheidung zugestellt bekam, konnte ich erst gegen Morgen einschlafen. Ich träumte schwer. Nach dem Erwachen erinnerte ich mich nur daran, in meinem Traum unendlich weit gelaufen zu sein, und ich fühlte mich müde und erschöpft, als hätte ich tatsächlich einen langen Marsch hinter mir. Ich stand auf, packte meinen Rucksack und fuhr in die Berge. Ich wanderte vier Tage lang und übernachtete in leeren Holzbauden. Schließlich trieb mich der Hunger aus meiner Einsamkeit. Ich bestieg die Bahn, die mich nach München zu meinem Studium zurückbringen sollte. Meine Verzweiflung blieb in den Bergen. Gelassen betrachtete ich die vorbeigleitende Landschaft. Ich hatte mich damit abgefunden, ein praktischer Arzt zu werden, wie es mir mein Vater bestimmt hatte.

Die Vorlesungen bei Professor Rausch und die Lehrveranstaltungen der psychiatrischen Abteilung besuchte ich zwar weiterhin, aber nun hörte ich ihnen zu ohne die innere Beteiligung und Erregung der früheren Jahre. Es war wie eine alte, erloschene Liebe, für die ich nur aus Gewohnheit noch Anhänglichkeit zeigte, deren weiterem Geschick ich aber lediglich mit dem interesselosen, abgeklärten Blick eines kühlen Beobachters folgte.

Das Staatsexamen legte ich nach dem elften Semester ab. Eine beglaubigte Abschrift sandte ich ohne zusätzliche Bemerkungen meinem Vater. Er überwies mir daraufhin Geld für ein ganzes Semester und forderte mich auf, für ein Vierteljahr Ferien zu machen und zu reisen. Sein herablassender Ton kränkte mich, und ich wollte das Geschenk zurückweisen. Doch ich schickte meinen Brief nicht ab, und einen Tag später zerriß ich das Schreiben. Ich antwortete ihm, daß ich gehorchen würde.

Ich wanderte durch Holland und Belgien, ich reiste nach Danzig und schließlich ins Riesengebirge. Dann fuhr ich nach Leipzig. Nach einem Jahr an der dortigen Universitätsklinik erhielt ich meine Approbation und wurde zur Promotion zugelassen.

Vier Monate vor der von meinem Vater gesetzten Frist war ich wieder in Guldenberg. Ich umarmte meine Mutter, die ich während meines Studiums nur selten gesehen hatte, und mußte ihr einen ganzen langen Tag von mir berichten. Doch weder ihre Freude über meine bestandenen Prüfungen noch ihre Tränen des Glücks konnten meine Verbitterung und das Bewußtsein meiner Hilflosigkeit mildern. Und als ich drei Tage später der Aufforderung meines Vaters folgte und zum zweitenmal in meinem Leben sein Büro betrat, erinnerte ich mich nur an die armseligen Jahre meiner Mutter, die sie seinetwegen auf sich zu nehmen hatte, an die Kränkungen meiner Schulzeit, denen ich als vaterloser Bastard ausgesetzt war, und an die mir bestimmte Ausbildung, die er mir wie Ohrfeigen gewährt hatte.

Ich war darauf vorbereitet, mich gegen eine Umarmung oder eine andere freundlich gemeinte Berührung zu wehren, doch mein Vater unterließ jeden Versuch einer vertraulichen Geste. Er blieb hinter seinem Schreibtisch sitzen. Er stand nicht auf, als ich eintrat, und er reichte mir nicht die Hand. Ich war erleichtert und gleichzeitig enttäuscht, was mir so merkwürdig erschien, daß ich es selbst nicht begriff.

Er war in den vergangenen Jahren alt geworden. Sein Haar war grau, wenngleich dies durch den kurzen Schnitt kaum sichtbar wurde. Er öffnete das Schubfach seines Schreibtisches und übergab mir eine Uhr, in die er eine Widmung hatte eingravieren lassen: Meinem Sohn zur Promotion – Dr. Konrad Böger.

Es war die gleiche vergoldete Uhr, die er mir zum Abitur geschenkt hatte, und die Widmung war in derselben altväterlichen Fraktur geschrieben. Ich wußte nicht, ob er mir dieses Geschenk aus Vergeßlichkeit machte oder weil er stets diese vergoldeten Uhren als Präsent überreichte. Vielleicht hatte er erfahren, daß ich seine erste Uhr nicht trug. Ganz gewiß aber war seine Absicht, mich auch mit diesem Geschenk zu demütigen, um mir meine Hilflosigkeit und die Armut meiner Mutter vorzuführen.

Er ließ mich Platz nehmen und reichte mir einen großen versiegelten Briefumschlag, der offenbar mehrere Papiere enthielt.

»Ich habe für dich eine Praxis gekauft«, sagte er, als er sich zu mir setzte, »es ist die alte Praxis von Köstler, der vor zwei Jahren starb. Ich habe sie seitdem gemietet, ohne sie zu nutzen. Im Frühjahr ließ ich sie renovieren und verschiedene Geräte erneuern. Du wirst dort nicht den Standard einer Klinik vorfinden, aber für eine städtische Praxis ist sie, denke ich, mehr als ausreichend ausgestattet.«

Als er schwieg und ich nichts sagte, fuhr er fort: »Bei den Papieren wirst du die Nutzungsrechte für fünfundzwanzig Jahre finden. Nach Ablauf dieser Frist wird dir alles uneingeschränkt gehören. Du kannst dann verkaufen oder nicht, hierbleiben oder fortgehen. Wie du willst. Gehst du vor Ablauf der fünfundzwanzig Jahre, bekommst du nicht einen Pfennig. Überleg es dir. Des weiteren findest du im Couvert die staatliche Genehmigung für dich, hier eine Praxis zu führen. Ich habe mir erlaubt, auch das zu regeln. Entscheide dich. In einer Woche erwarte ich deine Antwort.«

»Ich muß nicht überlegen. Ich werde Ihnen gehorchen.«

Mein Vater war offensichtlich überrascht. Er kam auf mich zu, unschlüssig, ob er über meinen unvermutet schnellen Entschluß zufrieden sein sollte oder ihm zu mißtrauen hatte. Er blieb vor mir stehen, betrachtete mich nachdenklich und sagte schließlich mit bösem Lächeln: »Es wird dir so schwer nicht gefallen sein. Du legst dich in ein gemachtes Bett.«

In meinem Kopf überschlugen sich Scham und Haß, und ich biß mir auf die Lippe, um ihm nicht in der Unordnung meiner Gedanken zu antworten. Doch da er vor mir stehenblieb – ich ahnte den

Hohn in seinem Gesicht und wagte nicht aufzublicken –, zwang ich mich zu einer höflichen Antwort: »Sie irren sich.«

Er ging zu seinem Schreibtisch. »Du findest alle nötigen Papiere im Couvert.«

Ich blieb sitzen. Ich wartete, bis er aufblickte und mich ansah.

»Hast du noch eine Frage?«

»Ich verstehe Sie nicht.«

»Das ist nicht nötig, mein Junge.«

»Ich begreife nicht, warum Sie mich beschenken und gleichzeitig demütigen. Ich verstehe nicht, welchen Spaß Sie daran haben können.«

»Nicht ich kränke dich, Junge, das sind die Geschenke. Beschenkt zu werden, ist demütigend. Merks dir. Du mußt auf die eigenen Füße kommen.«

»Warum tun Sie das? Ich füge mich Ihnen, weil meine Mutter es so will. Sie hat zu lange schlecht gelebt. Ich tus ihretwegen. Aber Sie?«

»Warum? Weil ich dein Vater bin. Weil das so üblich ist.«

»Ich bin nicht Ihr einziges Kind.«

»Wer sagt das?«

»Die Gerüchte.«

»Gerüchte«, wiederholte er lachend.

»Die ganze Stadt weiß, wie Sies hier getrieben haben.«

»Die Stadt. Du mußt nicht darauf hören.«

»Ich habe mein ganzes Leben darauf hören müssen. Es ist für ein Kind nicht leicht, einen Vater zu haben, der . . .«

»Der allen Frauen nachsteigt, meinst du?«

»Ja. Aber noch schlimmer ist es, diese Geschwister zu haben. Geschwister, die man nicht kennt und von denen doch jeder weiß. Wissen Sie, daß wir uns gehaßt, daß wir uns grundlos geschlagen haben, bis das Blut kam. Nur, weil wir einen gemeinsamen, uns allen fremden Vater hatten.«

»Richtige Kampfhähne, was!« sagte er stolz.

»Heute glaube ich, daß wir um uns schlugen, weil wir Sie haßten. Wir wollten Sie erschlagen, Vater.«

»Selbstverständlich.«

Er steckte eine Zigarette in eine Spitze aus hellem Bernstein und rauchte. Ich spürte, daß ihn meine Klage nur langweilte, und ich fand nicht den Mut, ihm zu sagen, was ich noch zu sagen hatte.

»Ich habe es etwas arg getrieben«, unterbrach er schließlich das Schweigen, »aber das ist lange her. Seit fünf Jahren lebe ich solide.«

Ich erwiderte nichts. Er blies den Zigarettenrauch in meine Richtung und sagte: »Du kannst gehen.«

»Sie haben meine Frage nicht beantwortet.«

»Ich sagte dir, geh.«

»Warum ausgerechnet ich? Wieso haben Sie mich für Ihre Geschenke ausgewählt?«

»Du warst begabt. Warum solltest du nicht studieren?«

»Warum ich? Warum dieses Studium, diese Praxis? All diese demütigenden Geschenke?«

Ich sah, wie sich die weiße Stirnhaut meines Vaters verfärbte, wie seine Augen hinter den Brillengläsern sich zu schmalen Schlitzen verengten. Und ich dachte an meine Mutter, die mich vor ihm gewarnt hatte. Er ist unbeherrscht, hatte sie gesagt, er ist jähzornig, paß auf dich auf.

Mein Vater zerdrückte mit einer heftigen Handbewegung die Zigarette in dem schweren Marmoraschenbecher. Mit unverändert leiser und bestimmter Stimme sagte er schließlich: »Schön. Dann nimm an, du seist mein Geschenk an die Stadt. Ich habe die Heilstätten aufgebaut, ein gewaltiges Unternehmen, und ich bin reich geworden hier. Meine Heilstätten und diese Stadt haben mir das ermöglicht. Ich bin nicht immer sehr fein vorgegangen, aber ich habe es geschafft. Und als Dank schenke ich dich der Stadt. Eine großzügige Geste zur Vergebung meiner Sünden.«

Er lachte kurz und trocken auf. »Und wenn du noch einmal Fragen an mich zu stellen hast, so vergiß nicht, daß ich mit weniger als du angefangen habe. Mir hat man nichts geschenkt. Ich habe mir alles selber erarbeiten müssen. Ich schulde keinem etwas, nicht einmal eine Antwort. Geh.«

Vierzehn Tage später begann ich meine Arbeit als praktischer Arzt in Bad Guldenberg. Sieben Jahre darauf heiratete ich. Neunzehn Jahre später beerdigte ich meine Mutter. Als nach Ablauf der von meinem Vater gesetzten fünfundzwanzig Jahre die Praxis mir gehörte, als ich endlich alle Freiheit hatte, zu tun und zu lassen, was ich wollte, war ich zu alt geworden, um mir noch etwas zu wünschen. Ich verwandte nicht einmal einen Gedanken an meine neu gewonnenen Möglichkeiten.

Ich kann noch heute verstehen, warum ich diese erbärmlichen Verpflichtungen meines Vaters annahm. Verzeihen kann ich es mir nicht. Im Grunde bin ich wohl der gleiche eigensüchtige, herablassende Heuchler wie er.

Ich hatte mich an alle Kränkungen gewöhnt, an mein Elend und mein Gejammer wie auch an die mich demütigenden Geschenke, und ich war nicht fähig, ohne sie auszukommen. Und was immer ich mir einredete, ich gehorchte meinem Vater nicht meiner Mutter zuliebe, sondern weil ich sein Sohn war, weil ich Fleisch von seinem Fleisch war.

Zu meinem fünfundzwanzigsten Dienstjubiläum erhielt ich von der Stadt eine Urkunde, in der ich als Wohltäter von Guldenberg bezeichnet wurde. Man konnte mich kaum vollendeter verhöhnen, denn mein Vater, dieser verlogene, raffgierige, schlimme Mann, wurde zu Lebzeiten nie anders genannt als der Wohltäter von Guldenberg.

Mein Vater hatte bei mir mehr erreicht, als er beabsichtigte. Ich war ihm in allem gefolgt.

Als Antwort auf den Glückwunsch der Stadt beschloß ich, in der Praxis nur noch zwölf Stunden pro Woche zu arbeiten. Ich verwies auf meine angegriffene Gesundheit, die der unermüdliche Wohltäter für das Wohl der Stadt geopfert hatte. Am gleichen Tag brachte ich zum erstenmal Blumen zum Grab meines Vaters. Denn ich verstand, daß der lebenslange Haß auf ihn mir allein als Entschuldigung für mein weggeworfenes Leben gedient hatte.

Gertrude Fischlinger

Eine Woche vor seinem Tod kam Herr Horn zu mir. Ich glaubte, er wolle nur seine Miete bezahlen, und blieb sitzen.

Seit dem Tag, an dem er unsere Beziehung plötzlich und ankündigungslos mit dem Satz »Verzeihen Sie, aber es ist nicht recht, was wir tun« abgebrochen hatte, war er mir gegenüber noch schweigsamer geworden.

Ich sah ihn selten. Manchmal trafen wir uns auf dem Weg nach Hause, dann grüßte er höflich und bot mir an, meine Tasche zu tragen. In der Wohnung wich er mir aus. Wenn wir im Flur aufeinandertrafen, nickte er und lächelte schweigend. Er hielt mir dann die Tür auf oder trat zur Seite, um mich vorbeizulassen. Er war höflich, und immer machte er den Eindruck, als habe er viel Zeit zur Verfügung. Einmal im Monat kam er in mein Zimmer, um die Miete zu bezahlen. Er legte das Geld auf den Tisch, und aus Verlegenheit oder Anstand wechselte er ein paar Worte mit mir. Gewöhnlich befragte er mich nach der Handarbeit, mit der ich beschäftigt war, oder er erkundigte sich, wie mein Tag verlaufen sei. Und jedesmal bot er mir seine Hilfe an, falls ich dieser bedürfe. Es war ein Angebot, auf das ich, wie er wußte, niemals zurückgreifen würde. Ich hatte ihn vor Jahren, wenige Wochen, nachdem er bei mir eingezogen war, gebeten, mit Paul zu sprechen, der sich mir immer mehr entzog und bei meinen Ermahnungen das Zimmer verließ und die Tür zuschlug. Damals hatte Herr Horn es abgelehnt. »Ich bin nicht sein Vater«, hatte er lediglich erwidert, »warum sollte Paul auf mich hören.«

Nein, ich würde von ihm keine Hilfe bekommen, und sein monatlich erneuertes Anerbieten bekräftigte dies nur.

An dem Tag, an dem er zum letztenmal in mein Zimmer kam, legte er wie sonst das Geld auf den Tisch. Erst als er einen der Stühle rückte, um sich hinzusetzen, sah ich vom Strickzeug auf und nahm die Beine vom Sofa. Nun wußte ich, daß er nicht nur die Miete bezahlen wollte. Er hatte sich sonst nie hingesetzt. Die wenigen Worte sprach er im Stehen, um gleich danach zu gehen.

Diesmal saß er müde am Tisch und sah mich traumverloren an.

»Fehlt Ihnen etwas? Kann ich Ihnen helfen?« erkundigte ich mich.

»Nein, nein«, er lächelte nur und wehrte mit einer leisen Bewegung ab.

»Wollen Sie einen Tee? Oder ein Bier?«

Er schüttelte den Kopf und blieb sitzen. Ich wußte nicht, was er von mir wollte. Er saß nur da und schaute mich an. Er machte mich so verlegen, daß ich mein Strickzeug fallen ließ und bei dem Versuch, es aufzuheben, mit dem Kopf gegen die Tischkante stieß.

»Jetzt wohne ich bereits das fünfte Jahr bei Ihnen, Gertrude. Und es sollten nur ein paar Monate werden.«

Er sprach so gleichförmig, es war wie ein Selbstgespräch.

»Es hat sich eben so ergeben«, erwiderte ich und versuchte, weiter zu stricken, um mit etwas beschäftigt zu sein.

»Ja«, bestätigte er, »es hat sich so ergeben. Alles hat sich so ergeben. Und ich bin zu Ihnen gekommen, um mich bei Ihnen zu entschuldigen.«

»Sie müssen sich für nichts entschuldigen. Sie haben nichts Schlimmes getan, nichts, für das Sie sich bei mir zu entschuldigen hätten.«

Herr Horn betrachtete mich finster und sagte: »Ich habe Ihre Ruhe gestört, Gertrude. Ich hätte mich nach einer Wohnung umsehen sollen, anstatt Ihre Freundlichkeit auszunutzen.«

»Sie haben mich nicht gestört. Ich bin eine erwachsene Frau. Was geschehen ist, verantworte ich selbst.«

»Danke«, sagte er erleichtert.

Herr Horn schwieg, blieb aber sitzen. Ich war etwas verwirrt. Ich spürte, daß er mich betrachtete, und begann unsinnigerweise die Maschen zu zählen. Aus dem Nebenzimmer drangen Musik und englische Sprachbrocken. Paul hatte mein Radio in sein Zimmer gestellt und ließ es täglich bis tief in die Nacht spielen.

»Sie wollen wirklich keinen Tee?« fragte ich, als er unerträglich lange schwieg.

»Nein. Ich will nur noch ein wenig bei Ihnen sitzen. Ich hoffe, ich störe Sie nicht.«

Ich schüttelte den Kopf, und um das Gespräch nicht abreißen zu lassen, sagte ich: »Was macht Ihre Arbeit, Herr Horn?«

»Meine Arbeit«, sagte er mißtrauisch, »warum fragen Sie?«

»Sie kommen immer spät nach Hause. Sie haben sicher sehr viel zu tun.«

»Zur Zeit ist es etwas viel«, gestand er. Er atmete tief durch, als ob er zu einem Entschluß gekommen sei, und fuhr fort: »Ich habe ein wenig Ärger im Museum. Mir ist ein Fehler unterlaufen, und so muß ich nun ein paar unangenehme Fragen beantworten.«

»Ein schlimmer Fehler?«

»Nein, nein.« Er lächelte begütigend. »Nichts weiter. Eine dumme Verwechslung. Ein falsch beschriftetes Schildchen, das ich übersah. Zum Glück hat man es rechtzeitig entdeckt.«

»Dann ist es ja gut«, sagte ich.

»Ja«, erwiderte er beiläufig. Und plötzlich fuhr er mit veränderter, lebhafter Stimme fort: »Ich will Sie nicht belügen, Gertrude, es ist überhaupt nicht gut. Den Fehler entdeckte einer meiner Mitarbeiter. Das Schlimme ist, daß er ihn nicht mir meldete, sondern dem Bürgermeister. Und nun habe ich eine Kommission des Kreises im Museum. Das ist alles sehr unangenehm für mich. Ich muß mich rechtfertigen, verstehen Sie. Man kramt in allen Winkeln und hofft, etwas zu finden.«

Mit den Fingern spielte er auf dem Tisch. Ich wußte nichts zu erwidern. Er tat mir leid, aber was konnte eine dumme Person wie ich ihm schon sagen.

Doch er lächelte bereits wieder und sagte: »Nun ja, ich werde sorgfältig durchleuchtet, Gertrude. Fast wie beim Arzt. Und Sie wissen ja, wenn man damit erst einmal anfängt, dann wird man auch etwas finden.«

»Was meinen Sie damit?« fragte ich. Ich glaubte, er spiele auf ein Geheimnis an, das er mir mitteilen wolle.

Doch er schüttelte den Kopf. »Das weiß ich auch nicht. Aber wenn man erst anfängt zu suchen . . .«

Er hob resignierend beide Hände.

»Wenn ich Ihnen helfen kann . . .«

»Ach, beunruhigen Sie sich nicht. Irgendwann ist es vorbei und ausgestanden.« Er stand auf. »Schlafen Sie gut, Gertrude. Ich wollte Sie um Verzeihung bitten, daß ich nicht mein Wort hielt und vor Jahren hier auszog. Und nun lohnt es nicht mehr.«

»Wollen Sie uns verlassen? Gehen Sie nach Leipzig zurück?«

»Wozu? Man kann nicht immer nur fortlaufen.«

An der Tür blieb er stehen. Mit dem Kopf machte er eine Bewegung zur Wand hin. »Und wie stehts mit Paul? Immer noch Schwierigkeiten?«

Ich beugte mich über das Strickzeug und gab ihm keine Antwort. Er hatte nicht das Recht, mich danach zu fragen.

»Schlafen Sie gut«, sagte er und ging hinaus.

Ich hörte ihn über den Flur laufen und seine Zimmertür öffnen. Dann stand auch ich auf und machte mein Bett. Als ich die Gummistrümpfe behutsam abstreifte, dachte ich daran, daß irgendwo, in Leipzig oder einer anderen Stadt, die Frau von Herrn Horn lebte. Vier Jahre hatten sie sich nicht mehr gesehen, mehr als vier Jahre. Und ich dachte an Paul. Auch wenn er mich belog und bestahl, er war doch mein Sohn. So einsam wie Herr Horn war ich nicht.

Bevor ich einschlief, nahm ich mir vor, vom Schwarzen Meer zu träumen. Im Traum wollte ich die besonnte Küste entlanggehen, auf dem warmen, weichen Sand des Strandes. Am Vormittag hatte ich ein Foto von der Küste gesehen. Es war auf einer Zeitungsseite, mit der ich einer Kundin ihre gelbe, bröcklige Kernseife einwickelte.

4. KAPITEL

Und dann?

Sie quälen mich.

Nicht ich bin es, der dich quält. Du bist es, du selbst.

Was wollen Sie noch von mir? Sie haben viel mehr gesehen.

Nichts weiß ich. Erzähl es mir.

Wozu? Sie sind tot. Es ist vorbei. Sie könnten schlafen.

Sterben versöhnt nicht. Nicht, wenn die Erinnerungen unversöhnlich geblieben sind.

Pie Iesu domine, dona eis requiem.

Jaja, aber der Tod ist nicht das Ende der Mühsal. Die Ruhe wird dir nicht geschenkt. Hilf mir, Junge, erinnere dich.

Wie kann ich Ihnen helfen?

Sprich weiter. Was geschah dann?

Kruschkatz

Am 4. Juli kam Bachofen mittags in mein Zimmer gestürzt. Er riß die Tür auf, noch bevor ich auf sein kräftiges Klopfen reagiert hatte. Mit erhobener Hand wedelte er ein Papier durch die Luft, und an dem triumphierenden Leuchten seiner hellen, wäßrigen Augen erkannte ich, daß sein immer waches Mißtrauen sich anschickte, einen weiteren, glänzenden Sieg zu feiern.

»Horn«, stieß er mit gesättigter Stimme hervor, als er mir das Blatt auf den Tisch knallte.

Ich betrachtete sein gerötetes Gesicht, den offenen Mund, den etwas zu kurzen Hals. Er ist schlecht rasiert, dachte ich, Guldenberg hat einen stets schlecht rasierten Stadtsekretär, ging mir durch den Kopf, bevor ich das Papier aufnahm.

Das Papier enthielt einen kurzen, geschichtsphilosophischen Aufsatz zur Chronik der Burg, die Vertreibung der Hermunduren, Warnen und Düringer durch die Wenden. Die Gedanken, die Horn dem Wechsel der Frühbesiedlung und dem Verzeichnis der aufgefundenen Werkzeuge und Reste von Hausrat anfügte, ähnelten seinem Festvortrag, den er vier Monate zuvor zum Jubiläum des Museums gehalten hatte.

Der kleine Aufsatz war geprägt vom Charakter seines Autors, unverwechselbar entsprach er dem tapferen, uneinsichtigen Horn, der sich der Entwicklung, der Geschichte und dem Lauf der Zeit verweigerte und mit nervös zitternden Händen die wehleidige Flagge eines fruchtlosen, erschöpften Humanismus aufzog.

Ich ließ das Blatt fallen und lehnte mich zurück. Durch das geöffnete Fenster fiel das gleichmäßig hohe Klingeln von Hammerschlägen aus der Hufschmiede. Ich schloß die Augen und dachte an meinen Urlaub. Ich wollte im Oktober mit Irene ins Unstruttal fahren. Wir hofften, dort in einem der Dörfer ein Quartier zu bekommen, um die Weinlese zu erleben. Und ich dachte an den Sommer, den ich nun in diesem Büro verbringen, in dem ich Tag für Tag dem in den Sonnenstrahlen tanzenden Staub zusehen würde. Bachofen riß mich aus meinen Gedanken.

»Ist dir klar, was Horn damit beabsichtigt?«

»Ja«, sagte ich und gähnte mit geschlossenen Augen. »Das heißt, ich versteh nicht alles«, verbesserte ich mich gleich darauf. Ich setzte mich zurecht und nahm das Papier wieder vor. »Soviel ich weiß, sind Wenden soviel wie Sorben. Aber was zum Teufel sind Hermunduren?«

Bachofen stieß schnaufend den Atem aus. Meine Frage hatte ihn überrascht. Ich sah geradezu, wie er verärgert und fassungslos darüber nachdachte, ob ich tatsächlich eine Antwort erwartete.

»Können wir ernsthaft miteinander reden?« stieß er schließlich hervor.

»Bitte.«

»Was wirst du unternehmen?«

Er fragte scharf und bösartig. Er war durch mein Verhalten verunsichert und wohl deshalb in diesen unangemessenen Ton verfallen. Als ich ihn verwundert betrachtete, um ihn so zurechtzuweisen, bemühte er sich, mich mit einer Kaskade von Erklärungen und Schlagworten einzudecken: »Was Horn hier verkündet, ist Revisionismus, Sektierertum. Er will uns Diskussionen zu einer überwundenen Epoche aufnötigen. Eine rückwärtsgewandte Fehlerdiskussion unter dem Mäntelchen unvoreingenommener Wissenschaft ...«

Ich schloß wieder die Augen. Ich zweifelte keinen Moment daran, daß Horn ebenso wie Bachofen um den Hintergrund und die Tragweite seines Artikels wußte, und ich versuchte mir vorzustellen, was ihn dazu bewogen hatte, diese Gedanken zu Papier zu bringen. Das Blatt war offensichtlich als eine der Erläuterungen zu den Exponaten des Museums gedacht. Wollte er die sonntäglichen, arglosen Besucher seiner Tonscherben und Nachbildungen von Hünengräbern damit langweilen? Es war sicher ein schädliches Papier und auch ein schändliches, wie Bachofen eben verkündete, vor allem aber war es lächerlich.

Bachofen hatte sich weiter ereifert und war schließlich zum Ende seiner Anklage gekommen. Ich hatte nicht zugehört, und erst sein erwartungsvolles Schweigen ließ mich wieder aufmerken.

»Was wirst du tun?« fragte er wieder bohrend und unverschämt.

»Woher hast du das Papier?«

»Alfred Brongel hat es mir gebracht«, sagte er. Seine Stimme veränderte sich wiederum. Es schien, als hätte ich ihn bei einem obszönen und lästerlichen Unternehmen ertappt. Es fiel ihm offenbar schwer, den Namen Brongel preiszugeben, obgleich er ihn ohne zu zögern nannte. Alfred Brongel arbeitete im Museum, er war Horns Stellvertreter.

»Der neue Ausstellungsraum, in dem das Pamphlet aushing, sollte morgen eröffnet werden«, fuhr Bachofen fort. »Brongel entdeckte es heute früh und brachte es mir umgehend.«

Da ich nicht antwortete, fragte er nochmals: »Was wirst du tun?«

»Ich weiß es nicht«, antwortete ich wahrheitsgemäß.

Dann nahm ich Horns Artikel und verstaute ihn in meinem Schreibtisch.

Nichts werde ich tun, entschied ich bei mir. Und erleichtert und zufrieden betrachtete ich Bachofens Gesicht, der seine Enttäuschung nicht verbergen konnte.

»Das ist keine Lappalie, Genosse Kruschkatz.«

»Sobald ich weiß, was zu tun ist, werde ich es dich wissen lassen«, sagte ich sehr liebenswürdig.

Vierzehn Tage später entdeckte Bachofen oder Brongel weitere Schriftstücke Horns, die sie als Beweise seiner revisionistischen Bestrebungen an die Kreisbehörde weiterleiteten, ohne mich zu informieren. Ende Juli wurde die Untersuchung gegen Horn eingeleitet. Auch ich wurde zu einem Gespräch in die Burg geladen, und wenn ich auch nur unvollständig über die gegen Horn erhobenen Vorwürfe unterrichtet war, blieb mir, wenn ich nicht selbst Gegenstand des Mißtrauens werden wollte, zumal ich mich mangelnder Wachsamkeit schuldig gemacht hatte, als ich Horns Artikel in seiner Schädlichkeit unterschätzte und allzu vertrauensselig in meinem Büro verschwinden ließ, es blieb mir, um mich nicht selbst zu gefährden, nichts anderes übrig, als die gegen Horn eingeleiteten Maßnahmen zu begrüßen und die mit der Untersuchung beauftragten Genossen vorbehaltlos zu unterstützen.

Nach einem Vorschlag Bachofens beschloß der Rat, bis zur Klärung der gegen Horn erhobenen Vorwürfe diesen von seinem Amt zu beurlauben und Alfred Brongel als amtierenden Direktor des Museums einzusetzen. Auch ich stimmte für Brongels Ernennung.

Bei dieser Ratssitzung sprach Bachofen von den Verfehlungen Horns. Er habe, so sagte der Stadtsekretär, eine feindliche Wühlarbeit betrieben und das Prinzip der Parteilichkeit gröblichst verletzt. Horn sei als ein typischer Vertreter des intellektuellen Kleinbürgertums entlarvt worden, dessen Unglaube an die Kraft der Arbeiterklasse und ihrer Partei ihn genötigt habe, der bürgerlichen Ideologie Zugeständnisse zu machen und im Chor mit liberalistischen Schwätzern eine sogenannte Erweiterung der Demokratie zu fordern. Auch ich teilte die Empörung der Ratsmitglieder und unterschrieb einen leidenschaftlichen Appell, der unsere Erschütterung über Horns Verhalten zum Ausdruck brachte und das Gelöbnis, in Zukunft noch wachsamer und unduldsamer gegen die Feinde der sozialistischen Ordnung aufzutreten.

Ich unterschrieb mit grimmiger Bereitwilligkeit. Ich hatte Bachofens Hartnäckigkeit unterschätzt, ich hatte nicht vorausgesehen, daß er seinen nächsten Schritt auch ohne und gegen mich tun würde, und mußte diesen Fehler nun mit einem Schuldbekenntnis und einem ohnmächtigen Zeugnis meiner Willfährigkeit abgelten. Aber ich unterschrieb auch, weil allein Horns unduldsamer, bornierter Starrsinn mich würdelos machte und ich davon überzeugt war, daß weitere Nachsicht ihm nicht helfen konnte, sondern die Katastrophe lediglich aufschieben würde. Es wäre nur ein Prolongieren des Unheils.

Ich unterschrieb, ohne den schalen Aschegeschmack in meinem Mund zu verspüren, den ich bei ähnlichen Erklärungen in der Vergangenheit empfunden hatte und der gegen mich zeugte. Ich unterschrieb und wußte, daß es nicht nur notwendig, sondern letztlich für Horn auch hilfreich war.

Ende August verschwand Horn. Es gab Gerüchte und Spekulationen. Bachofen drängte mich, Alfred Brongel zum Direktor des Museums zu ernennen. Ich weigerte mich, obgleich ich ahnte, daß ich Horn nie wiedersehen würde. Am letzten Tag der Sommerferien fanden Kinder im Wald seine Leiche.

Der Tote erregte die Kleinstadt auf eine unangemessene Art. Die Leute gaben ihm, auch als er endlich unter der Erde lag, keine Ruhe. Es schien mir, als ob sie von einem bösen Geist getrieben wurden, unablässig über ihn zu reden. Der tote Horn lastete auf ihrer Seele, und um sich von ihm zu befreien, suchte man Schuldige und beschuldigte Schuldlose. Es waren widerliche und entwürdigende Tage und Wochen für mich, und dies um so mehr, als ich wehrlos war. Ich lernte es bald, den Besuchern meines Büros an den Augen abzulesen, ob sie mir seinen Tod anlasteten.

Irene war über Horns Ende entsetzt. Es erregte sie mehr, als ich vermutet hatte. Sie war es, die mich nötigte, an seinem Begräbnis teilzunehmen, obgleich wir zu dieser Zeit im Urlaub waren, zweihundert Kilometer von jenem Erdloch entfernt, in das man ihn hinabließ. Mich überraschte ihre Anteilnahme. Ich wußte, daß sie Horn schätzte. Sie hatte regelmäßig an seinen Donnerstagabenden teilgenommen. Diese Abende hatte Horn eingeführt; an jedem zweiten Donnerstag trafen sich einige Leute in der Burg, um einen Vortrag zu hören und anschließend miteinander zu reden. Man sprach über Regionalgeschichte, Stadtentwicklung und über Kunst. Es war gewissermaßen das Geistesleben von Guldenberg, was sich da an jedem zweiten Donnerstagabend in den Räumen des Museums abspielte. Die Veranstaltungen waren öffentlich, doch nur wenige Leute gingen regelmäßig hin, ein paar Lehrer, einer der Ärzte, der Apotheker und seine Frau, drei, vier ältere Damen und meine Frau. Selten verirrte sich ein Kurgast in diese Runde.

Meiner Frau waren diese Gespräche wichtig. Sie ersetzten ihr etwas von dem, was sie mit unserem Umzug hatte aufgeben müssen, vom Leben in einer Großstadt. Ich ließ sie daher gewähren, und meine spöttischen Bemerkungen über diesen Klub waren nie bösartig und wurden von ihr lächelnd hingenommen. Ich ahnte jedoch nicht, wieviel ihr diese Abende und Horn tatsächlich bedeuteten, und war verwundert und verstört, als ich ihr Entsetzen über Horns Tod erfaßte. Bald begriff ich, daß auch sie in mir seinen Mörder sah, zum zweitenmal an ihm schuldig geworden. Schuldig, weil ich sein Schicksal befördert oder doch nicht abzuwenden versucht hatte. Es gelang mir nicht, sie davon abzubringen. Ich sprach stundenlang mit ihr, ich opferte Nächte, um mit müden Lippen die immer gleichen Worte meiner Unschuld zu stammeln. Erschöpft und verzweifelt bat ich sie um ihr Vertrauen. Ich schrie sie an, und ich schlug sie sogar, um sie aus ihren irrsinnigen Vorwürfen herauszureißen. Es war umsonst.

Einen Tag nach unserem Urlaub, auf den Tag zwei Monate nach dem Auffinden der Leiche Horns, sagte sie zu mir die ungeheuerlichen Worte: »Ich habe es mir nie zuvor vorstellen können. Du ekelst mich an.«

Und ich mußte begreifen, daß ich meine Frau an den toten Horn verloren hatte.

Thomas

Ich saß vor dem Frisierspiegel meiner Mutter und betrachtete mein Spiegelbild. Ich war allein im Haus. Vater war in der Apotheke, und Mutter war zu einer Tante gegangen. Ich hatte Zeit, für zwei, drei Stunden würde ich allein sein. Für ein paar Stunden gehörte mir die Wohnung, mir ganz allein. Ich könnte in Vaters Arbeitszimmer gehen, in die Küche, in die kleine Werkstatt, auf den Boden, niemand würde nach mir rufen. Ich könnte den beleuchteten Globus anschalten und die schwerfällige gläserne Kugel drehen oder Vaters Bücherschränke und seinen Schreibtisch durchsuchen. Ich könnte mit dem Ehrendolch spielen, den ich auf dem Boden entdeckt hatte und seitdem sorgsam verwahrte. Ich könnte mir ein Glas Kirschen aus dem Keller holen, ich müßte nur die übrigen Gläser verrücken und den Staub sorgfältig auf dem Holzregal verteilen, damit mich nichts verriet.

Statt dessen saß ich im Schlafzimmer der Eltern, auf dem Plüschhocker vor dem Frisiertisch. Auf der Glasplatte vor mir lagen Bürsten und Kämme, eine Konfektschachtel mit Lockenwicklern, Mutters Schmuckkästchen und die Flacons und Dosen mit Parfums und Cremes. Ich nahm das Fläschchen mit dem Zerstäuber, ich drückte auf den mit grünem Stoff bezogenen Gummiball und ließ eine Wolke duftender Wassertröpfchen in die Luft steigen und auf mein Gesicht regnen.

Zur Wand hin wurde der Frisiertisch von einem Spiegel begrenzt, einem hohen, dreiteiligen Spiegel, dessen Seitenteile sich bewegen ließen.

Ich sah mir in die Augen. Aus den Augenwinkeln beobachtete ich rechts und links die Seitenansicht meines Kopfes. Ich hatte mich vervielfältigt, ich war zu einem Triptychon geworden. Wie das Altarbild in der Marienkirche. Ich mußte mich konzentrieren. Es war sehr schwer, mein verdreifachtes Spiegelbild gleichzeitig zu sehen. Immer wieder glitten die Augen zur Seite. Ich versuchte, nicht zu atmen. Ich neigte leicht den Kopf und bemühte mich, leidend und barmherzig zu blicken wie der hölzerne Jesus an der Kirchenkanzel. Ich versuchte, mich selbst zu überrumpeln: Ich riß den Kopf zu einem Seitenflügel des Spiegels herum, um mein Profil zu sehen. Es mißlang. Immer wieder blickte ich mir nur in die Augen. Manchmal glaubte ich, noch die Bewegung zu sehen, redete mir ein, daß mir für den Bruchteil einer Sekunde die Überraschung gelungen sei und ich schneller als mein Spiegelbild den Kopf herumgerissen hätte.

Wenn ich die Flügel weiter an mich heranzog, spiegelten sich die Spiegelbilder. Unendlich oder doch bis ins Unkenntliche reihten sich nun die Bilder der Bilder der Bilder. Hinter dem kühlen Glas des Spiegels erschien eine Bildergalerie meiner Porträts. Ich war verhundertfacht, ich war in fremde Ferne gerückt, ich war mir unerreichbar. Eine Bewegung der Spiegelflügel, und der irritierende, gleißende Spuk war vorbei.

Ich bemühte mich, die Spiegelteile gerade zu stellen, zur glatten, ebenmäßigen Fläche auszurichten. Es war schwierig. Sobald ich den Spiegel nur um einen Millimeter verrückte, blickte mich ein fantastisches, beunruhigendes und doch faszinierendes Bild an. Ein Augapfel verlängerte sich, teilte sich und starrte mir verdoppelt entgegen. Die Nase schwoll an, breit und klobig, dann zerriß sie. Zwei Spitznasen waren geboren. Aus einem Ohr konnte ich ein zweites wachsen lassen. Sie schienen einander zu verdecken, bis sie auseinanderplatzten. Das Spiel nahm mich so gefangen, daß ich beunruhigt in ein einzelnes Spiegelteil blickte, um mich von meinem unversehrten Gesicht zu überzeugen.

Ich drückte die Spiegel zurück. Ich versuchte, sie nach hinten zu verkanten. Ich mußte vorsichtig sein, um nicht die Scharniere herauszureißen. Nun verschwand ein Streifen meines Kopfes. Die Nase wurde unauffindbar. Einäugig geworden, betrachtete ich das mir verbliebene Auge. Zwei Nasenflügel waren der Rest, zwei Mundwinkel mein Mund. Das Fehlende war ausgerissen ohne ein Zeichen von Verletzungen. Keine Wunde, keine Narbe deuteten auf verlorene Gesichtsteile. Die Haut schloß ununterscheidbar aneinander. Dieser grauenvolle, entstellte Quetschkopf war ich. Ein nasenloses Gesicht mit einem einzigen, aus zwei Pupillen zusammengesetzten Auge. Diese Fratze war nun mein Spiegelbild. Mein Ebenbild.

Dann ein Geräusch im Haus. Rasch Ordnung machen. Den Spiegel zum Triptychon richten. Die alte Aufstellung. Hastig und atemlos. Leise schloß sich die Tür hinter mir. Mein Herz schlug hörbar. Im Treppenhaus wurde mein Name gerufen. Ich antwortete. Ruhig, gelassen, unschuldig. Mein Gesicht hatte wieder eine Nase, zwei Augen, den gewöhnlichen Mund.

Es war Vater. »Thomas«, rief er wieder. Seine Stimme war spitz und zitterte leicht, als wollte sie sich überschlagen. Ich beeilte mich, um ihn nicht noch mehr gegen mich aufzubringen. Als ich vor ihm stand, sagte er ruhig und mit unterdrücktem Ärger: »Komm in mein Zimmer.«

Gertrude Fischlinger

»Weißt du, wer uns heute aufgesucht hat?«

»Nein.«

»Du wirst es nicht erraten. Ich hätte nie gedacht, daß er zu uns kommt.«

»Zu wem? Zu dir oder zu deinem Priester?«

»Zu Hochehrwürden natürlich.«

»Dann sprich nicht, als seist du mit ihm verheiratet.«

Jule verzog den Mundwinkel. »Red nicht so dumm daher.«

Sie stand auf und ging an den Herd. Mit dem Schürhaken stocherte sie in den Kohlen. Dann schaute sie in den Wasserkessel und rückte ihn auf der Herdplatte zurecht. Erst als sie wieder am Tisch saß, sprach sie weiter.

»Du errätst es nie.«

»Na, sag schon.«

Statt einer Antwort lächelte Jule schlau, nahm sich noch ein Stück Fleisch von der Platte und zerschnitt es in winzige Happen. Sie steckte einen in den Mund, kaute wie zahnlos darauf herum und verkündete: »Dein Untermieter.«

»Herr Horn?«

Jule verdrehte die Augen wie ein Huhn beim Wassertrinken und nickte selbstgefällig.

»Und was wollte er?«

»Woher soll ich das wissen?«

»Du weißt es, Jule«, sagte ich, »du weißt es, weil selbst eine zwei Meter dicke Mauer deine Neugier nicht davon abhalten kann zu erfahren, was du erfahren willst.«

Sie kicherte geschmeichelt. Mit den Fingern schob sie ein weiteres winziges Fleischstück in den Mund. Sie war auf eine so maßlose Art verfressen, daß sie sich angewöhnt hatte, die Mahlzeiten in kleinen Häppchen zu verzehren. So verlängerte sie die Prozedur des Essens, nur um ihrer nie zu stillenden Gier anhaltender zu genügen. Zudem war sie davon überzeugt, daß ihre kindische und ein wenig unappetitliche Methode, das Essen einzunehmen, vornehm sei.

»Ich weiß, daß du es weißt«, fuhr ich fort, »denn du bist zwar neugierig, geschwätzig und so selbstgerecht, daß du dir einbildest, noch zu Lebzeiten heiliggesprochen zu werden, aber du kannst nicht lügen. Sag, was wollte Herr Horn?«

»Es gibt ein Beichtgeheimnis.«

»Ja. Aber du bist noch kein Priester, Jule, und Herr Horn gehört nicht zur Kirche, also kann er nicht beichten.«

»Du fürchtest wohl, daß er etwas von dir gebeichtet hat, Trude?«

Bei ihren gedankenlos dahingeplapperten Worten wurde ich mir plötzlich meiner Einsamkeit bewußt, und durch meinen Körper ging ein schmerzhaftes Ziehen wie eine Wehe, wie ein jäh einsetzender Sirenenton, aufjaulend und schnell verklingend. Ich mußte mich zwingen, Atem zu holen. Ich war mir nicht sicher, ob Jule mir etwas angemerkt hatte.

»Ich fürchte mich überhaupt nicht. Was könnte er von mir schon erzählen. Er redet kaum mit mir.«

»Dein Untermieter hat Schwierigkeiten«, erzählte Jule endlich. Sie hatte sich vorgebeugt und sprach mit gespitzten Lippen, als ob sie so das Geheimnis unverletzt bewahrte.

»Was für Schwierigkeiten?«

»Große Schwierigkeiten«, antwortete Jule und verstummte bedeutungsvoll.

»Willst dus mir endlich sagen«, fuhr ich sie an.

»Ich weiß es nicht genau, ich habe nicht alles verstanden«, räumte sie ein, und ein leichter rötlicher Schimmer legte sich bei diesem Geständnis, an der Tür gelauscht zu haben, auf ihr Gesicht und verschönte es. »Er sprach furchtbar leise und von so komplizierten Dingen. Verstanden habe ich, daß er in seinem Museum Probleme hat und daß er keinen Menschen kennt, mit dem er darüber sprechen könnte.«

Sie machte eine ihrer kleinen gezierten Pausen, um bedeutungsvoll hinzuzufügen: »Keinen, außer meinem Pfarrer Geßling.«

»Und weiter?« fragte ich, um sie aus ihrem selbstgefälligen Stolz auf ihren Priester zu reißen, einem Stolz und einer Zuneigung, die ihr Leben reich und hell machten.

Jule stand auf. Aus dem Kessel auf der Herdplatte stieg Wasserdampf. Sie spülte eine Kanne aus, trocknete sie mit heftigen, kreisenden Bewegungen in der Luft gründlich aus und mischte aus zahlreichen Schachteln, Keramikdosen und Glasröhrchen eine Mixtur, aus der sie ihren gefürchteten Kaffee braute. Nicht allein, daß Jule noch immer nicht darauf verzichtete, die Kaffeebohnen selbst zu rösten – sie röstete sie mit Zucker, um den Bohnen einen schwarzglänzenden Karamelüberzug zu geben –, sie setzte dem gemahlenen Kaffee verschiedene Gewürze zu. Sie stellte die Mixtur nach einem Rezept ihres Priesters her, wodurch der Kaffee nach ihren Worten zu einer fast wundertätigen Medizin wurde, für mich allerdings fast ungenießbar. Neben Kakao und Zimt fügte sie einen Hauch Anis, ein Blatt Melisse, unzerstoßene Vanille, Thymian, Muskatblüte, Kardamon und ganzen grünen Pfeffer hinzu. Als mir Jule erstmalig ihr Gebräu vorsetzte, die Bestandteile aufzählte und mich fragte, wie es mir schmecke, antwortete ich ihr, daß sie sich weniger Mühe hätte machen sollen. Der Geschmack ihres Getränks wäre für mich auch mit einem herzhaften Schluck Essig in einen unvermischt aufgebrühten Kaffee zu erreichen gewesen.

Ich räumte das Geschirr und die Töpfe ab und stellte Tassen auf den Tisch, Zucker und Sahne. Jule brachte den fertigen Kaffee – sie trug die Kanne wie eine geheiligte Monstranz vor sich her – und goß uns ein.

»Ich verstehe«, sagte ich, »daß ein kranker Mann sich seine Medizin nicht nach dem Geschmack aussuchen kann. Ich sehe aber keinen Grund, warum wir den gleichen Teufelssud zu schlucken haben.«

Jule lächelte nachsichtig, doch duldete sie keinen Widerspruch. »Was einem heiligen Mann zu helfen vermag, wird uns beiden alten, sündigen Weibern nicht zum Nachteil gereichen.«

Sie schlürfte ihr heißes schwarzes Gebräu genießerisch, und ich wartete. Die Küchenuhr tickte durchdringend. Von draußen drang kein Laut zu uns, nur die Hitze und der Staub quollen schwer und lastend durch die offenen Fenster.

»Er will weggehen, dein Untermieter«, sagte sie endlich, »er will verschwinden.«

»Aber wohin?« Ich verstand nicht.

»Wohin? Wohin geht man, wenn man hier verschwinden will?«

»Ich glaube es nicht«, sagte ich sehr bestimmt. Ich kannte Herrn Horn seit vier Jahren, und wenn er auch wenig mit mir sprach und ich kaum etwas von ihm wußte, ich war mir sicher, daß er nicht über Nacht verschwinden würde. Jedenfalls nicht, bevor er alles ausgestanden hatte. Er war nicht geboren, um auf Erden glücklich zu werden. Er würde jeden bitteren Kelch bis zur Neige leeren, wenn er davon überzeugt war, daß es die Pflicht von ihm fordere. Er war einer jener Menschen, von denen Jule sagte, daß sie in ihrer Starrköpfigkeit ein gutes Feuerholz für den Satan abgeben.

»Ich kann es nicht glauben, Jule«, wiederholte ich, »du mußt dich verhört haben.«

»Ich weiß, was ich gehört habe«, beharrte sie, »und er ist nicht der erste, der von Guldenberg weggegangen ist. Und er ist auch nicht der erste, der sich zuvor mit Hochehrwürden beraten hat.«

Ich wußte, daß Jule sich irrte, daß sie unrecht haben mußte, doch ich wollte nicht mit ihr streiten. So erwiderte ich nur: »Und was hat dein Priester gesagt?«

Jule senkte den Blick. Als sie zu sprechen begann, hatte ihre Stimme eine merkwürdige, feierliche Festigkeit bekommen, und ich begriff, daß sie die Worte ihres heiligen Priesters so gläubig und verzückt aufgenommen hatte, daß sie mir diese ohne die geringste Veränderung berichten konnte.

Ich kann Ihnen nicht raten, habe Pfarrer Geßling gesagt, aber ich bin davon überzeugt, daß Gott jeden Menschen auf seinen Platz gestellt hat. Wenn Sie glauben, dies hier sei nicht Ihr Platz, so haben Sie gewiß das Recht zu gehen. Vergessen Sie aber nicht, habe er dann hinzugefügt, Sie werden hier gebraucht.

Herr Horn habe tief aufgeseufzt und gesagt: Das

Schlimme ist, daß ich schuldlos bin. Die mich verurteilen, sind meine Genossen, und sie bleiben es auch nach einem schäbigen Urteil. Wann wird das alles nur enden?

Dann sei es lange still gewesen. Nachdem Herr Horn gegangen sei, habe Pfarrer Geßling das Dies Irae gebetet, die Totenklage.

»Die Totenklage?« fragte ich verwirrt.

»Ja«, sagte Jule. Sie setzte die Tasse ab und sang mit tonloser, hauchender Stimme die Worte: »Lacrimosa dies illa, qua resurget ex favilla, iudicandus homo reus: huic ergo parce deus!«

Auf den Sims vor dem Küchenfenster war eine gelbe Katze gesprungen und starrte uns aus verhungerten Augen an. Jule schrie auf. Sie ging zum Fenster und verscheuchte das Tier. Ich sah auf die Küchenuhr. Es war Viertel vor zwei. Ich mußte mich beeilen, um rechtzeitig im Geschäft zu sein.

»Er wird nicht weggehen«, sagte ich zu Jule, als wir gemeinsam den Tisch abräumten.

Jule kniff ihre wasserhellen Augen zusammen und sah mich zweifelnd an.

»Sei nicht so sicher«, sagte sie rätselhaft.

Drei Wochen später kam Herr Horn in mein Zimmer, um mir zu erklären, daß man in seinem Leben nicht immer nur davonlaufen könne.

Wenige Tage danach war er verschwunden.

Marlene

Liebe Mama, ich werde heiraten. Es ist wahr, ich bekomme bald einen Mann. Freust du dich, Mama?

Tante Hedel wird mir einen Bräutigam aussuchen, und ich werde ihn bei ihr kennenlernen. Tante Hedel bestellt mich oft zu sich. Ich helfe ihr, all die schwierigen Fragen zu beantworten. Wenn du wüßtest, Mama, wie wenig die Leute wissen. Sie fragen und fragen, und nur Tante Hedel und ich können ihnen eine Antwort geben. Haben denn all die vielen Leute keine Träume und keine tote Mama, die ihnen erzählen, was sie nicht wissen?

Ich werde heiraten und Kinder bekommen. Ich bin ja nicht verrückt. Ein bißchen verdreht bin ich, sagt Tante Hedel, aber nicht verrückt. Und ein bißchen verdreht im Kopf ist doch jeder, sagt Tante Hedel, das ist kein Grund, nicht zu heiraten.

Aber was werde ich mit Papa machen? Er weinte, als ich ihm sagte, daß ich heiraten werde. Er weinte wohl, weil er allein bleiben wird. Aber muß ich denn mein Leben lang auf meinen Papa aufpassen, nur weil er verrückt ist, so verrückt, daß er überall in der Stadt erzählt, ich sei verrückt? Stell dir vor, Mama, das erzählt er über seine eigene Tochter. Verrückt, was!

Als ich im Bett lag und wegen der schwarzen Bäume nicht einschlafen konnte, mußte ich an vieles denken. Aber ich erinnere mich nicht mehr.

Wirst du zu meiner Hochzeit kommen, Mama? Es wird ein schöner junger Mann sein, den ich heirate. Auch du wirst mich nicht wiedererkennen, Mama, unter dem Schleier, den mir Tante Hedel aufsetzt. Ich sehe dann aus wie ein junges Mädchen, Mama.

Ich habe sie gefragt, ob es Carlos sein wird. Er ist ein so schöner Mann. Aber Tante Hedel war entsetzt. Sie sagt, Zigeunerfrauen kriegen keine Kinder, sondern stehlen sie. Ist das nicht lustig? Die Kinder sind gleich fix und fertig, und man hat keinen Ärger mit ihnen. Vielleicht lügt aber Tante Hedel oder ist ein bißchen verrückt. Ich weiß ja, wie die Leute über sie reden, sie sagen, sie sei eine alte Hexe.

Aber was soll ich mit Papa anfangen, wenn ich heirate? Was wird mein schöner junger Mann sagen, wenn Papa immer nur weint? Komm doch zu meiner Hochzeit, Mama, ich habe keine andere Freundin. Und setz dir auch einen Schleier auf, liebe Mama, daß mein Bräutigam sich nicht vor dir erschreckt.

Ach, Mama, du mußt mir noch viel erzählen, bevor ich heirate. Erkläre mir doch bitte, warum tut mir alles weh, wenn ich allein liege und mich nicht bewege.

Vielleicht sollte ich doch meinen Zigeuner heiraten. Er ist so schön. Und wenn es stimmt, daß sie keine Kinder kriegen, sondern stehlen, erspart das viel Mühe.

Die Bäume sind so schwarz, und ich muß jetzt um meinen armen Papa weinen. Er ist so verrückt, daß er sagt, ich würde nie heiraten.

Warum hast du mich in den Keller gesperrt, Mama? Die Männer haben nach mir gefragt, sie wollten Marlene haben und nicht dich, Mama. Vergiß nicht, einen Schleier aufzusetzen, wenn du zu meiner Hochzeit kommst, liebe, alte, tote Mama.

Thomas

Vaters Arbeitszimmer war der geheiligte Raum unserer Wohnung. Ohne seine ausdrückliche Aufforderung durften wir ihn nicht betreten. Und selbstverständlich war dieses Zimmer das vorrangige Ziel aller unserer Unternehmungen, sobald wir gewiß waren, daß die Eltern das Haus für längere Zeit verlassen hatten.

Das strenge Verbot wirkte aber selbst dann noch, denn nie wäre es meinem Bruder und mir eingefallen, gemeinsam die väterliche Anordnung zu übertreten. Jeder von uns versicherte sich nicht allein der Abwesenheit der Eltern, sondern bemühte sich ebenso, ein plötzliches Erscheinen des Bruders auszuschließen, bevor man den Streifzug durch das Allerheiligste der Wohnung antrat. Die Einsamkeit des Vergnügens verstärkte seinen Reiz: lautlos sich am verbotenen Ort zu bewegen, bemüht, jedes Geräusch zu vermeiden, und ständig in der Furcht, ertappt und fürchterlich bestraft zu werden. Und vielleicht waren diese beklemmenden Ängste der eigentliche Grund und das Erregendste des Abenteuers. Tatsächlich fand sich wenig in Vaters Arbeitszimmer, was die große Anstrengung lohnte, und ich war sicher, es ging meinem Bruder nicht anders.

Die altertümlichen Apothekergeräte auf dem Schreibtisch und dem kleinen Aktenregal, der breite, schwere Bücherschrank sowie eine Pfeifensammlung waren die für mich verlockendsten Objekte. Doch bei den beschrifteten Porzellantöpfchen, den kleinen Messingtiegeln und der zerbrechlich wirkenden Waage wie auch bei den Raucherutensilien erschöpfte sich rasch die Fantasie und damit die Möglichkeiten, sich mit ihnen zu beschäftigen.

So richtete sich meine Aufmerksamkeit vor allem auf den Bücherschrank. In einer für mich unübersehbaren Anhäufung langweiliger pharmazeutischer Literatur fand ich ein Hausbuch der Naturheilkunde mit vielen farbigen Abbildungen und Tafeln. Ich betrachtete nackte Frauen und Männer, die mich ernst ansahen und sich mir unbefangen zeigten. Ich erblickte Ausschläge und Verkrüppelungen, die Abbildungen der merkwürdigsten Krankheiten und des körperlichen Elends. Das Faszinierendste für mich aber waren zwei bunte, aufklappbare Tafeln, die einen weiblichen und einen männlichen Körper darstellten. Nacheinander ließen sich die Haut, das Fleisch und die Organe wegklappen, bis schließlich nur noch ein Umriß der menschlichen Gestalt übrigblieb und das Skelett. Es kribbelte mir in den Fingern, wenn ich über die enthäuteten Adern strich. Die Möglichkeit, die Hirnschalen oder die Brust aufzuklappen und zu entfernen und das darunterliegende Gehirn zu berühren, die kleinen Pappdeckel, die das Herz, die Galle oder den Magen vorstellten, war für mich aufreizend und eklig. Die häßlichen blauen, roten, grünen Organe beschäftigten mich und peinigten mich nachts mit Alpträumen.

Das Interesse an diesen Klappbildern und dem Lehrbuch der Naturheilkunde erlosch jäh. Eines Tages riß ich unbeabsichtigt einen bräunlichen Pappdeckel mit aufgemalten Röhren ab, der einen Lungenflügel darstellte. Ich erschrak, versuchte die halbe Lunge wieder zu befestigen, und verstaute, als mir dies nicht gelang, sie schließlich in meiner Hosentasche. Am Abend warf ich sie in das Klobecken und spülte so lange, bis die kleine, abgerissene und zerdrückte Lunge verschwunden war. Mit diesem Pappdeckel verlor das Ärztebuch allen Zauber. Es war gewöhnlich geworden und unterschied sich nicht länger von den anderen langweiligen Büchern meines Vaters. Statt gefüllt mit menschlichen Organen und blutigrotem Fleisch, war es nur noch Pappe und Leim. Ein gruseliges

Märchen hatte sich mir als papierener Schwindel entlarvt.

Mein beständiges Interesse gewann der klobige Bücherschrank, als ich sein Geheimnis entdeckte. Im obersten Fach standen mehrere Ausgaben deutscher Klassiker. Es waren gewichtige Bände, die dort angegraut und unbenutzt das Regalbrett füllten und durch ihre Dickleibigkeit und die dunkle Goldschrift mir ebenso ehrwürdig wie uninteressant erschienen. Jeder Band enthielt das vollständige Werk eines Schriftstellers; diese Mitteilung auf dem Titelblatt der Bücher hielt mich davon ab, sie zu untersuchen oder gar zu lesen. Durch einen Zufall entdeckte ich, daß sich hinter diesen schweren Bänden der eigentliche Schatz von Vaters Bibliothek befand. Hinter ihnen, in der Tiefe des Regalbretts, stapelten sich zerlesene Romane mit aufregenden Illustrationen, broschierte Hefte mit halb entkleideten Frauen auf dem Titelblatt, mehrere Exemplare einer Zeitschrift mit dem roten Stempelaufdruck »Nur für den reifen Herrn«.

Meine erste Vermutung, daß die versteckten Bücher und Hefte einem Fremden gehörten und durch einen Zufall in Vaters Bibliothek geraten seien – eine Vermutung, die mir einleuchtend und verständlich erschien, begreiflicher jedenfalls als der Gedanke, mein Vater selbst sei der Käufer und Besitzer dieser berauschenden und anstößigen Kostbarkeiten –, zerschlug sich, als ich auf der Innenseite einiger Buchdeckel das Exlibris meines Vaters entdeckte, kleine Zettel, auf der eine Apothekerwaage abgebildet war, in deren Schalen Totenköpfe lagen und deren Waagebalken auf den Initialen meines Vaters ruhte. All diese für mich erstaunlichen Schriften und Bilder gehörten meinem Vater, sie waren sein Besitz, waren von ihm gekauft und gelesen worden. Dieser verborgene Schatz beunruhigte mich und reizte meine Neugier. Eine fremde Person, die mein Vater war, zeigte sich mir, und ich wollte sein mir völlig unbekanntes früheres Leben entdecken.

Daß ein strenger älterer Mann mit Frau und Kindern, von allen Leuten zuvorkommend behandelt und hoch angesehen, diese verwerflichen Schriften und Bilder besaß, schien mir geheimnisvoll und unerklärlich. Ich vermutete, daß die mir vorenthaltene volle Wahrheit über die Vergangenheit meines Vaters weitaus heroischer oder auch schrecklicher war, als dieser Fund andeuten konnte. Ich wußte, daß ich mit diesen illustrierten Büchern und Zeitschriften ein Geheimnis entdeckt hatte, wenn ich auch nicht fähig war, es zu enträtseln. Und ich ahnte, daß ich – falls ich jemals bei meinen Streifzügen durch Vaters Arbeitszimmer erwischt werden sollte – für meine Kenntnis dieser Schriften unbarmherziger bestraft werden würde, strenger, viel strenger als für alle meine anderen Vergehen. So war mir dieser Fund sehr kostbar, und ich berauschte mich bei meinen heimlichen Ausflügen in Vaters Reich jedesmal erneut an den abgegriffenen Seiten.

Ich erinnere mich an ein schmales, elegant gebundenes Buch mit dem in Sütterlinschrift geschriebenen Titel: Der Geliebte der Dirne. Es war eine Folge dunkelbrauner Fotos. Eine Frau mit halblangen, schwarzen Haaren, einem Bubikopf, und einem schulterfreien, durchbrochenen Abendkleid saß in einem Plüschsessel und rauchte. Sie hielt eine lange Zigarettenspitze zwischen den geziert gestreckten Fingern. Hinter ihr waren geraffte Vorhänge und ein Fenster, durch dessen dichte Stores nur wenig Licht fiel. Rechts stand ein Tischchen mit einer großen, leeren Vase. Dann trat ein Mädchen mit einer weißen Schürze ein. Hinter ihr war der Kopf eines Mannes zu erblicken. Dann war der Mann allein zu sehen. Er trug einen Smoking, und in der Hand hielt er einen hohen, steifen Hut. Er hatte einen schmalen, scharf rasierten Bart rund um seinen Mund. Der Mann gestikulierte, die Frau im Sessel legte die Beine auf die Armlehne und lachte. Der Mann zog einen Revolver. Die Frau versteckte sich hinter dem Schleier. Der Tisch mit der Vase wurde umgestoßen. Auf dem Fußboden lagen die Scherben. Dann lag plötzlich zerrissene Unterwäsche auf dem Teppich. Die Frau klammerte sich an die Gardine, man sah ihren nackten Rücken, den Kopf verbarg sie zwischen den Oberarmen. Dann vier Bilder einer wilden Flucht durch das Zimmer. Die Frau, sich immer mehr entblößend, verbarg ängstlich ihre Brüste unter den gekreuzten Armen. Der Mann in merkwürdig starrer Haltung hielt den Revolver weit von sich. Sein Gesicht blieb im Halbdunkel, allein seine Augen waren deutlich zu erkennen, groß und drohend. Die Frau lag auf dem Bett, sie blickte nun hochmütig und verzweifelt. Der Mann stand vor ihr, richtete den Revolver gegen die eigene Stirn. Nun umklammerte die Frau, jetzt völlig nackt, seine Knie, preßte ihren Körper an seine Beine und sah mit geöffnetem Mund zu ihm auf. Auf den letzten Bildern war der Salon zu sehen, menschenleer, verwüstet. Ein Trümmerfeld, über das sich zerrissene Schleier und Tüll breiteten. Der Schatten eines Menschen war zu erahnen. Dann ein Blick aus dem Fenster, zwischen den zerfetzten Stores geballte Gewitterwolken. Schließlich die Frau auf dem weichen Plüschteppich neben dem Bett, ein freundliches, fast lächelndes Gesicht, in entspannter, koketter Haltung. Eine Hand auf der Brust, wenige Zentimeter neben der kaum blutenden, tödlichen Wunde.

Vergeblich suchte ich nach Erklärungen für das Geschehen. Als einziger Text war ein Gedicht neben den Fotos abgedruckt, in dem von Leidenschaften und dem großen Gesetz der Natur gesprochen wurde. Doch nirgends gab es einen Hinweis auf die beiden Personen, auf die Festnahme und Verurteilung des Mörders. Ich zweifelte nicht, daß diese Fotos authentische Dokumente waren, die mit der Kamera festgehaltene Geschichte eines Verbrechens. Darin bestärkte mich das Unmaß der Zerstörung, die zerbrochenen Stühle, die am Boden zerschellte, kostbare Vase, aber auch das verzerrte Gesicht der Frau, ihr in der verzweifelten Flucht entblößter Körper, die lautlosen, für mich aber gellenden Schreie, die mir unvergeßlich blieben. Auch der so vornehm gekleidete Herr, der Mörder, schien meine Annahme zu bestätigen, denn auf keinem der Bilder war sein Gesicht klar zu erkennen. Er wollte unerkannt bleiben.

Ich vermutete sogar, daß mein Vater in das Verbrechen verstrickt war. Der Besitz und das Verbergen dieser Folge von Fotos konnte ich mir nur so erklären. Nicht daß ich annahm, mein Vater sei der fotografierte Mann, der Geliebte und Mörder der Dirne. Hier waren meiner Fantasie Grenzen gesetzt. Es war mir unvorstellbar, daß mein Vater, mit dem ich allsonntäglich durch den Park zu spazieren hatte, den eine umgestoßene Kaffeekanne beim Frühstück so sehr erzürnte und anwiderte, daß er sofort den Tisch verließ und in sein Zimmer ging, es war mir unvorstellbar, daß er diesen Mord und diese Unordnung verschuldet haben könnte. Ich vermutete ihn vielmehr als Mitwisser, als den durch tragische Umstände an den Mörder gekoppelten unfreiwilligen Verbündeten.

Die Hauptrolle hatte ich meinem Vater in einem anderen Buch bestimmt. Es war ein Briefroman, eine Liebesgeschichte. Auch bei diesem Buch war ich davon überzeugt, daß es wirkliche Ereignisse berichtet. Es gab für mich unwiderlegliche Beweise: die scheinbar handgeschriebenen Seiten, die eingeklebten, abgerissenen Eintrittskarten von einem Theaterbesuch, der in einem der Briefe beschrieben wurde, eine ebenso eingefügte Seite aus einem Kalender mit einer Nachricht für Bella, wie die in der Schweiz lebende junge Heldin hieß, die Fotos des Paares vor schneebedeckten Bergen oder auf weißen, holzgeschnitzten Pferden eines Karussells, die mit einer Büroklammer befestigte Locke der Frau, richtiges Haar, das ich anfassen konnte, und schließlich die Rechnung für ein Mittagessen mit dem aufgedruckten Namen und der Adresse eines Genfer Grandhotels – ich zweifelte keinen Moment an dem wirklichen Leben Bellas und ihres namenlosen, in München wohnenden Verlobten. Und ich war sicher, Vater war damals Bellas Verlobter gewesen. Wie sollte er sonst in den Besitz dieser Briefe und Dokumente gekommen sein?

Die Fotos des Bandes konnten mich nicht widerlegen. Sie waren ebenso gestelzt und lächerlich und verblichen wie die übrigen Fotografien aus der Jugendzeit meiner Eltern, auf denen ich sie ebensowenig erkannte. Fremde, unvertraute Gesichter, deren häufig beteuerte Schönheit für mich nicht ersichtlich war, die durch ihre mir seltsame Frisur und Kleidung beliebig austauschbar waren, eine vergangene, tote Welt. Warum sollte der eine fremde Mann aus dem Buch nicht mit dem anderen, mir ebenso fremden, den ich aus Mutters Fotokästchen kannte, identisch sein?

Hinzu kam, daß meine Mutter gelegentlich Vater an eine frühere Liebschaft erinnerte. Freundlich oder ironisch, zuweilen auch spitz und böse sprach sie dann in Andeutungen, sei es, um für uns Kinder unverständlich zu bleiben oder auch um damit auszudrücken, daß sie weit mehr darüber wisse, als ihr Mann ahne. Für mich wiesen diese verschleierten Bemerkungen, diese Gespräche voller Anspielungen und Verschweigen auf gewichtige Ereignisse im früheren Leben der Eltern, auf eine Zeit, die mir unerreichbar blieb, da sie gekoppelt war mit der mir unbegreiflichen Tatsache einer Welt, in der ich noch nicht existierte.

Da Vater stets abweisend und verärgert auf die Sticheleien meiner Mutter reagierte und ihr sogar den Mund verbot, er niemals auch nur ein Wort über diese Frau verlor, wuchs in mir die Gewißheit, daß der Briefroman von Bella und dem unbekannten Mann eben jene frühere Liebschaft meines Vaters war und – wie die in seinem Bücherschrank versteckten Romane und Fotos, die ich für Dokumente seiner Jugend hielt – sein anderes, eigentliches Wesen offenbarte. Hinter dem strengen, pedantischen Mann, der jeden Morgen überaus pünktlich das Haus verließ, um zu seiner Apotheke zu gehen, hinter der in der ganzen Stadt geachteten Persönlichkeit, auf deren vorbildliche

Pflichterfüllung mich meine Lehrer regelmäßig verwiesen, hinter dem gefürchteten, ungeliebten Vater entdeckte ich den Abenteurer, der ein wildes, ausschweifendes Leben geführt hatte, den Verbündeten von Dirnen und Verbrechern. Wobei ich mit Verbrechern das Bild buntgekleideter Seeräuber verband, der verwegenen Figuren meiner Indianer- und Räuberromane. Und eine Dirne erschien mir geradezu als ein Fabelwesen, ein wenig wie die kleine Seejungfrau aus dem Märchen und wie die kühl blickenden, stolzen Zigeunermädchen, die ihre Zigaretten mit langen Bernsteinspitzen rauchten und deren Fotos ich in Mutters Sammlung alter Theaterprogramme gefunden hatte. Nie wäre ich bereit gewesen, diesen ehrenvollen Titel dem Fräulein Mercker zu verleihen, einer ältlichen, stark geschminkten Frau aus der Siedlung, die von Mutter als Flittchen bezeichnet wurde und von der es in der Schule hieß, sie würde es für Geld machen. Und wenn ich auch nur ahnte, was da für Geld gemacht wurde, Fräulein Mercker erschien mir gewöhnlich und abstoßend und hatte für mich nichts von dem Glanz des Namens: Dirne. Viel eher konnte die Frau unseres Bürgermeisters meine Bedingungen erfüllen. Der Bürgermeister und seine Frau waren manchmal Gäste meiner Eltern. Sie erschienen abends, kurz bevor mein Bruder und ich ins Bett gehen mußten. Wir hatten sie zu begrüßen und ein paar Minuten danach, gewaschen und im Schlafanzug, ihnen ebenso korrekt eine gute Nacht zu wünschen. Die junge Frau gefiel mir. Sie sprach aufmerksam mit mir und war herzlich ohne die herablassende Freundlichkeit der Erwachsenen. Und sie war schön, sehr schön. Da sie häufig allein nach Leipzig fuhr, um – wie Mutter sagte – sich zu vergnügen und ein sündhaftes Geld für Kleider rauszuschmeißen, und allein oder mit ihrem Mann zweimal im Jahr Urlaub machte, was meinen Eltern als eine unsinnige, mir aber als eine wunderbare Verschwendung erschien, erhöhte ich sie in meinen Gedanken zu einem dieser zauberhaften Wesen, für die ich Dirnen hielt.

So hatte ich meinen Vater in wilde Affären verstrickt und dunkle Unternehmungen, in eine geheimnisvolle Welt des schönen Schreckens. Es war nicht die sich in Träume rettende Abenteurerlust, nicht die aus bedrückenden Nöten eines Kindes weitgespannte Fantasie, die mich dazu verführten, sondern allein der Wunsch, die im Arbeitszimmer aufgefundenen Mysterien zu erhellen und das Schweigen der Eltern, ihre Anspielungen auf scheinbar Unaussprechbares zu deuten. Ich war von der von mir selbst entworfenen Jugend meines Vaters so ergriffen und irritiert, daß ich nicht fähig oder bereit war, den jetzigen Mann und Familienvater völlig aus diesem schillernden Vorleben zu entlassen. Ganz gewiß würden eines Tages Bella, die schöne Heldin des Briefromans, und der korrekt gekleidete Mörder meinen Vater aufsuchen und ihn möglicherweise mit sich nehmen. Sie würden an unserer Haustür klingeln, meine ahnungslose arme Mutter würde sie einlassen und – wie die anderen Besucher – in den Wintergarten führen, wo sie auf Vater warten sollten. Eins der Kinder, natürlich ich, müßte dann in die Apotheke laufen, um Vater nach Hause zu holen. Ich wäre auch dabei, wenn Vater sie begrüßen würde: ein kurzer Moment des Zögerns, das plötzliche Erkennen, ein unterdrückter Aufschrei, eine heftige, verräterische Geste. Selbstverständlich hätten sich Bella und der Mörder überhaupt nicht verändert, selbst ihre Bewegungen entsprächen den Fotos. Vater würde sich zu ihnen setzen und mit ihnen sprechen, nicht ohne mich zuvor hinauszuschicken. Kurz danach würden alle drei – Vater mit dem kleinen schwarzen Lederkoffer, in den er dann auch die sorgsam gehüteten und verborgenen Bücher und Dokumente gesteckt hätte – das Haus ohne Abschied verlassen, um in irgendeiner fernen Stadt das alte, ausschweifende Leben wieder aufzunehmen.

Eigenartigerweise beschäftigte mich die Frage, ob Vater jemals zurückkommen oder für immer mit meinen Fantasiegestalten verschwinden würde, überhaupt nicht. Sein Abschied beunruhigte mich nicht, für mich war es nur entscheidend, jenen Moment, in dem Bella und der Mörder bei uns auftauchen würden, nicht zu versäumen. Ich wollte sie sehen, sie wiedererkennen. Ich wollte es erleben, wenn mein Vater für einige Monate oder

Jahre oder vielleicht für immer verschwand. Nur aus diesem Grund versuchte ich, stets einen Blick auf die Besucher im Wintergarten zu werfen, die dort auf Vater warteten. Waren sie bereits mit ihm ins Arbeitszimmer gegangen, lauerte ich ihnen beim Hinausgehen auf.

Besonders beunruhigten mich unangekündigte, abendliche Besucher. Mehrmals im Monat nämlich kamen Leute zu Vater, die nach Geschäftsschluß noch Medikamente erbaten. Für sie hatte Vater einen verschließbaren Wandschrank im Hausflur anbringen lassen mit Schmerz- und Fiebertabletten, mit Heftpflaster und Binden. Gelegentlich aber reichte diese vergrößerte Hausapotheke nicht aus, und er mußte sich den Mantel überziehen und mit den Besuchern in seine Apotheke am Markt gehen, um eine dringend benötigte Medizin herauszugeben. Lag ich beim Erscheinen dieser Besucher bereits im Bett, so wartete ich, bis Vater in den Flur gegangen war, und schlüpfte dann leise an das Treppengeländer im Obergeschoß, um durch die kleinen, sich ringelnden Säulen die unerwarteten Gäste zu betrachten.

Es waren meistens Frauen. Verlegen standen sie vor meinem Vater und sprachen bittend und sich beständig entschuldigend auf ihn ein. Vater besah sich wortlos das Rezept oder hörte sich die vorgetragene Krankengeschichte an, wobei er den Kopf leicht neigte und die Augen halb geschlossen hielt. Dann entschied er, was zu tun sei. Er ging an den

Wandschrank, um ihm etwas zu entnehmen, eine kleine Schachtel, ein bräunliches Glas, und gab das Medikament dem Besucher, wobei er ihn knapp und bestimmt über den Gebrauch belehrte. War etwas zu bezahlen, so verwies er den Käufer auf die Geschäftsstunden der Apotheke, wo dieser am nächsten Tag das Geld abzuliefern habe. Vater nahm niemals in seinem Haus Geld für Medikamente entgegen. Der abendliche Patient wurde dadurch erneut in Verlegenheit gebracht. Unschlüssig, ob er denn einfach gehen könne, bot er meinem Vater an, seinen Ausweis zu zeigen oder irgendein Pfand zu hinterlegen. Beides lehnte mein Vater gleichfalls ab. Er war überzeugt, daß die Autorität seines Berufes die beste Sicherheit war, und ich bin heute davon überzeugt, daß er die spätere Bezahlung in der Apotheke nur verlangte, um eben diese Anerkennung seiner Person und seines akademischen Berufes auszukosten.

Waren die abendlichen Patienten mir unbekannt, so wartete ich, bis sie allein das Haus verließen, bevor ich wieder ins Bett schlüpfte. Und ging Vater mit dem fremden Besucher zur Apotheke, wartete ich im Bett auf seine Rückkehr, und erst, wenn ich die Haustür schließen hörte und Mutters stets gleiche Frage, ob es denn tatsächlich so dringlich gewesen sei, schlief ich unbesorgt ein.

So entsprangen die heftigsten Beunruhigungen und die erregendsten Tagträume dem geheimnisvollen, verbotenen Arbeitszimmer meines Vaters und dessen Schätzen. Hier war es auch, wo mein Bruder und ich anzutreten hatten, um für unsere Vergehen verurteilt und bestraft zu werden. Wenn Vater uns in sein Zimmer bestellte, um mit uns »ein Wörtchen zu reden«, strandeten meine Träume, und Vater wurde zu einem Mann ohne Vergangenheit, zu dem strengen und jähzornigen Mann, der nur mein Vater war, nichts weiter, der seine Kinder bestrafen konnte, aber niemals von einer Bella oder einem Mörder mit einem steifen schwarzen Hut aufgesucht werden würde.

Dr. Spodeck

Ende Juni schloß ich die Praxis und zog für drei Monate mit meiner Familie und Christine aufs Vorwerk, einem Gehöft mitten im Wald, wenige Kilometer von Guldenberg entfernt. Ich hatte es ein Jahr vor Kriegsbeginn gekauft, um dort meinen Urlaub zu verbringen. Seit ich meine Sprechstunden eingeschränkt hatte, lebte ich jedes Jahr den Sommer über auf dem Vorwerk. Ich brauchte die Ruhe der Wälder und die vollständige Einsamkeit. Vielleicht war es diese stille Abgeschiedenheit, die ich mein Leben lang vergeblich gesucht hatte. Vielleicht wäre ich glücklich geworden, hätte mein Vater es sich nicht in den Kopf gesetzt, ausgerechnet mich weiter ausbilden zu lassen, und hätte ich in meiner aussichtslosen Bedürftigkeit und mit den dummen Hoffnungen eines jungen Mannes auch nur eine Chance gehabt, mich gegen sein Geld zu wehren, hätte ich weniger korrumpierbar sein dürfen.

Nun war es zu spät. Nun konnten die sich im Wind bewegenden Blätter mir keinen Seelenfrieden mehr geben, nun brauchte ich ihre Ruhe nur noch, weil ich ein alter Mann geworden war, zu schwach, um noch irgendein Ruder herumzureißen, nach irgendeinem anderen Weg zu suchen, aber auch einsichtsvoll genug, zu wissen, daß man einem vertanen Leben nicht noch mit wilder Empörung einen nachträglichen Sinn verleihen kann, sondern es in all seiner Vergeblichkeit mit Würde zu einem Ende zu bringen hat.

Im Vorwerk hatte ich den Giebel zu einem geräumigen Arbeitszimmer ausbauen lassen, mit je zwei Fenstern an der Süd- und Nordseite. Dort oben verbrachte ich die Vormittage. Drei, vier Stunden saß ich täglich und übertrug und ergänzte die wenigen Krankengeschichten, die mich über die Jahre interessiert hatten. Es waren ein paar Fallstudien zusammengekommen, die weder als Krankenbild noch meiner Kommentare wegen besondere Originalität beanspruchten, mir aber Gelegenheit gaben, sie mit meinen Studien bei Professor Rausch und mit den publizierten Arbeitsberichten zu vergleichen und einzuordnen und so meinem unschuldigen Laster zu frönen. Ich beabsichtige nicht, diese Blätter irgendwo zu veröffentlichen. Ich fürchte, man würde sehr bald den wissenschaftlichen Hinterwäldler erkennen, der gezwungen war, vor allem mit der Hilfe des Zufalls zu arbeiten. Mein Leben war erbärmlich genug, ich möchte es nicht auch noch der Lächerlichkeit preisgeben.

Die Fälle, die für mich abgeschlossen waren, sei es, weil der Patient gestorben war oder weil ich ihn schließlich doch in die Leipziger Psychiatrie überwiesen hatte, ließ ich abschreiben und binden. Sie stehen nun in meinem Arbeitszimmer im Vorwerk. Es sind elf schwarze, sauber gebundene Bücher, denen meine Liebe und Zärtlichkeit gehört. In diesen elf dünnen Bändchen, zwischen den mit Leinwand überzogenen und an den Ecken versteiften Pappdeckeln, steckt nicht allein meine Arbeit, sondern auch meine ganze vergebliche, immer wieder aufgekochte Hoffnung. Ich wünsche, daß man diese Bändchen mit mir beerdigt, mit mir verbrennt. Doch ich scheue mich davor, es in mein Testament zu schreiben. Ich scheue mich vor dem blödsinnigen Wunsch. Vielleicht werde ich eines Tages die Kraft aufbringen, Christine darum zu bitten. Vielleicht wird sie all die Hefte in meinen Sarg legen oder am Tag meiner Beerdigung im Feuerloch des eisernen Kanonenofens in ihrem Zimmer verbrennen. Es wird, wie auch immer, ein unsinnig komischer Moment sein, doch ich werde ihn nicht mehr erleben müssen.

Meine andere Arbeit im Vorwerk ist die Geschichte von Bad Guldenberg. Es ist keine Historie der Stadt, die ich schreibe, ich führe keine pathetische Heimatchronik, die den Eitelkeiten obskurer Stadtgrößen schmeicheln will. Was ich auf diesen Blättern notiere, sind lediglich die niederträchtigen Affären und bösartigen Handlungen, durch die sich meine ehrenwerten Mitbürger auszeichneten. Es sind die widerlichen Geschäfte der Einwohner meiner Stadt, die es nie versäumten, ihre eigennützige Boshaftigkeit mit salbungsvollen Reden und achtbaren Motiven zu maskieren. Es ist eine Geschichte der menschlichen Gemeinheit. Ich kann nicht darin lesen, ohne von heftigem Lachen geschüttelt zu werden, von einem Lachen der Menschenverachtung und des Mitleids über einen solchen Aufwand von Energie um ein paar schäbiger Vorteile willen.

Das Anfangskapitel habe ich vollständig meinem Vater gewidmet, dem seinerzeit honorabelsten Mitbürger meiner Stadt, ihrem unermüdlichen Wohltäter. Ich kann nicht behaupten, seine schändlichen Geschäfte vollständig aufgezeichnet zu haben – wer kann die menschliche Niedertracht schon umfassend schildern, diese tiefste Triebfeder unseres Lebens, mächtig, rätselhaft und unentrinnbar wie die Zeit selbst, wem gelingt es, die tatsächlichen Motive der Habgier und der Anmaßung hinter jeder menschlichen Tat zu entdekken? Doch auch in ihrer Unvollkommenheit vermögen diese Seiten sein Lebenswerk, die Bögerschen Heilkurbäder, als einen Koloß der Raffsucht, des Betruges und der Unzucht zu offenbaren. Es ist ein Koloß, dem auch in der Geschichte der Gemeinheit der Respekt kaum zu verwehren ist, der Respekt vor der Leistung, skrupellos und kaltblütig die gesamte Stadt schließlich dahin zu bringen, für seine Tasche zu arbeiten und alle kommunalen Unternehmungen seinen Bedürfnissen und Plänen anzupassen. Der Bahnhof von Guldenberg, diese Kathedrale der Vermessenheit und der gescheiterten Hoffnungen, dieses vor sich hin bröckelnde Monument einer von einem schamlosen Parvenü getäuschten Bürgerschaft, ist nur eins der Wahrzeichen seiner unbändigen Lust, eine ganze Stadt unter Kuratel zu stellen, sie mit der nicht nachlassenden Gewalt des wirtschaftlichen Aufschwungs unerbittlich vorwärtszutreiben in einen Taumel allgemeiner Pflichtvergessenheit und Habsucht, bis endlich das Kartenhaus dieser unersättlichen Bereicherung in den wenigen Wochen eines Frühjahres zusammenfiel und die betrogenen Betrüger, erschreckt und ungläubig, ihre noch immer nicht ermüdete Spielerhoffnung ausgerechnet auf jenen Mann setzten, der der Urheber ihres Ruins und ihrer Schande war, und ihn, den ehrenwerten Dr. Böger, meinen Vater, anstatt wie einen tollgewordenen Hund auf dem Marktplatz zu erschlagen oder an der vierhundertjährigen Eiche vor der Burgbefestigung aufzuknüpfen, zum Wohltäter der Stadt und Ehrenbürger erhoben. De te fabula narratur – wahrlich, Guldenberg, ich spreche von dir.

Dieses abgeschlossene Kapitel der Stadt ist nur der schrille Auftakt meiner Geschichte, und ich darf dankbar sagen, daß meine Zeit diese Stadthistorie der Gemeinheit um prächtige Passagen bereichert hat.

Ich habe in dieser Stadt gelebt, als die Braunhemden in ihr Hof hielten und umjubelt wurden. Ich habe gesehen, wie sich diese Stadt dem alltäglichen Verbrechen öffnete, bereit und willig, und der Heißhunger auf Verrat und Bestialität offenbarte den lange brach gelegenen Blutdurst. Die Denunzianten und Mörder kamen nicht von irgendwo, um dieser Stadt das Gesetz ihres Todes und der Verachtung aufzuzwingen, sie hatten mit uns gelebt, waren Bürger dieses verträumten, sanften Provinzfleckens gewesen, sie sind aus unseren Wohnungen hervorgekrochen, unter unserer Haut.

Einen meiner fremden Brüder, Sohn des allmächtigen Dr. Böger und einer gedemütigten, in ihrer Armseligkeit meiner Mutter gleichenden Frau, schickte mein Vater in die braune Sturmabteilung und erkaufte sich so die Gewogenheit dieser Banditen. Und das schlimme Sterben dieses Bruders, sein Heldentod – er bekam eine grandiose Totenfeier –, wird meinem Vater nicht das Herz abgedrückt haben. Schließlich hatte er genügend Söhne und Töchter und genügend Geld, um sie in ihrer Dürftigkeit und Gier auf Leben zu korrumpieren und in seine maßlosen Pläne einzuspannen.

Ich habe immer bedauert, daß mein Vater, der von der Stadt wie ein Heiliger geehrt wurde, vor dem Zusammenbruch starb und unter schwere schwarze Marmorblöcke verbracht wurde. Ich habe es bedauert, weil ich gern gesehen hätte, wie geschickt er die veränderten Umstände genutzt hätte. Ich bin überzeugt, ich hätte seiner Dreistigkeit meine Hochachtung nicht versagen können.

Ich habe den Zusammenbruch in Guldenberg erlebt und war trotz der beharrlichen Bitten meiner Frau nicht zu bewegen, zum Ende des Krieges auf das Vorwerk, in die kaum versehrte Stille des Waldes zu fliehen. Die herzzerreißende Komik dieser Tage, die für mich vorauszuahnen war, wollte ich mir nicht entgehen lassen, die vielfältigen Wandlungen, die erwarteten wie die unvorhersehbaren. Es war beklemmend und schaurig, und es war schön. Und die Seiten meiner Geschichte der Gemeinheit füllten sich wie von selbst. Ich hatte in diesen Tagen das deutliche Empfinden, mit feurigen Lettern zu schreiben, wie ein alttestamentarischer Prophet seine Verwünschungen.

Nun drängten sich neue Leute in die Amtsstuben, unbeholfen, laut, begriffsstutzig. Ihre Absichten mögen ehrenwert gewesen sein, doch sie waren nicht fähig, die vielen Winkel, Treppchen und Hintertüren eines Rathauses zu erkennen. So fielen sie in ihrer tapsigen Arglosigkeit, und noch im Fallen verstanden sie nichts. Hilflose Fehler und undurchsichtige Beschuldigungen setzten ein Rad des Mißtrauens in immer schnellere Bewegung. In dem Jahrzehnt nach Kriegsende hatte Guldenberg nicht weniger als sechzehn Bürgermeister. Mit ihnen stiegen und fielen die verschreckten, ratlosen Subalternen, die Intrigen ausbrüteten und an Intrigen scheiterten.

Ich habe tatsächlich in Zeiten mein Leben vertan, in denen mehr Ehrgeiz, als mir zur Verfügung stand, mich allein in größere Unwürdigkeiten geführt hätte und in denen mir die Umstände und die sich auf sie berufenden Schurken überreiches Material für meine Geschichte anboten.

Diese Geschichte der Gemeinheit wird nicht wie meine schmalen wissenschaftlichen Forschungen in meinem Sarg enden oder in Christines Kanonenofen. Ich habe sie in drei Exemplaren bei mir, und man wird nach meinem Tod je eins an den Bürgermeister von Guldenberg, den Museumsdirektor und den Pfarrer schicken.

Ich bin überzeugt, daß der Bürgermeister, wer immer es dann sein mag, sein Exemplar unverzüglich verbrennen lassen wird.

Ich weiß nicht, ob der Museumsdirektor soviel Courage oder einfache Pflichterfüllung aufbringen wird, meine Geschichte in sein Archiv aufzunehmen. Nachdem Horn Hand an sich gelegt hat und sein Stellvertreter, ein Dümmling und Agrammatist namens Alfred Brongel, der sich mit feigen Schäbigkeiten den ihm zustehenden Platz in meiner Geschichte sicherte, neuer Direktor des Museums geworden ist, fürchte ich, daß auch dieses Exemplar allein dazu dienen wird, im Kamin des Festsaals die Scheite zu zünden und ein Hohngelächter zu meinem Gedächtnis zu entfesseln.

Gänzlich ahnungslos bin ich hinsichtlich des Pfarrers. Auch er wird sein Exemplar ohne jede weitere Bemerkung von mir erhalten. Wenn es noch Pfarrer Geßling sein sollte, so weiß ich nicht, ob er es aufbewahren, benutzen und gar verbreiten will oder gleichfalls vernichten. Ich weiß nicht einmal, ob er es lesen wird. Ich werde ihm alle Entscheidungen überlassen. Und wenn auch er es verbrennen wird, wenn auch diese Blätter in Rauch aufgehen wie die der beiden anderen Exemplare, so hoffe ich, daß er dabei meiner armen Seele gedenkt und bei den Heiligen für mich bittet.

Bis zum Tage meines Todes aber will ich die Geschichte der Gemeinheit mit dem klaren, unbestechlichen Blick der alten Chronisten ohne Haß und Eifer weiterführen, damit, was ich nicht abwehren konnte, nicht durch mein Schweigen bestärkt wird und ich mitschuldig werde an unser aller Niedertracht.

Die gleiche Chronistenpflicht gebot mir, meine

eigenen Verfehlungen und meine Ehrlosigkeit aufzuschreiben, und ich habe mich dieser Aufgabe nicht entzogen. Ich muß gestehen, daß ich diese persönliche Beichte mit einer selbstzerstörerischen Lust vollzog und fast süchtig darum bemüht war, den tiefsten Bodensatz meiner eigenen Niedertracht zu benennen. In der Geschichte ist verzeichnet, wie ich vor meinem erbärmlichen Vater kläglich versagte, wie willig ich dem sich darbietenden Geld folgte und mit der Liebe zu meiner Mutter die eigene Feigheit bemäntelte, wie ich die wenigen Jahre, die mir zu leben gegeben sind, aus Habsucht vergeudete, wie ich aus Hochmut und Furcht mich nicht der heuchlerischen Gemeinheit meiner Frau widersetzte und es zuließ, daß sie mein einziges Kind in der gleichen Verlogenheit aufzog.

Und ich habe auch meine niederträchtigste Schandtat protokolliert. Mit nüchternen Worten, ohne jede Erklärung oder Entschuldigung, habe ich aufgeschrieben, was ich als erwachsener Mann, der die menschliche Gemeinheit kannte, verachtete und bekämpfte, einem jungen Mädchen antat. Deinetwegen, Christine, werde ich keine Vergebung erlangen. Heilige Maria, Mutter Gottes, bitte für mich Sünder, jetzt und in der Stunde meines Todes.

»Kommt in mein Zimmer«, rief Vater ärgerlich, »du und Wolfgang.«

Dann ging er ins Arbeitszimmer und schlug die Tür hinter sich zu.

Ich mußte meinen Bruder nicht suchen. Er hatte Vaters Stimme gehört und war aufgetaucht, nachdem Vater in seinem Zimmer verschwunden war.

»Was hast du angestellt?« fauchte er mich flüsternd an.

»Wieso ich? Ich hab nichts gemacht«, gab ich ebenso zurück.

»Na, gehen wir«, sagte mein Bruder, und ich nickte. Dennoch blieben wir unentschlossen vor der Treppe stehen. Wir warteten und hatten doch keine Hoffnung. In meinen Ohren rauschte das Blut, ein dumpfes Gefühl kommender Erniedrigung. In der halbgeöffneten Küchentür sah ich Mutter. Sie betrachtete uns besorgt. Sie litt unter Vaters Wutausbrüchen und bemühte sich, den Familienfrieden aufrechtzuerhalten.

»Laßt Vater nicht warten«, bat sie uns.

Mit verzerrtem Gesicht bedeutete ich ihr, in der Küche zu bleiben und die Tür zu schließen. Mutter schüttelte hilflos den Kopf, dann verschwand sie. Ihr stiller Gehorsam erschreckte mich. Ich verstand, daß sie vor der Wut zurückgewichen war, die sie in meinen Augen erkannt hatte.

Wir gingen die Treppe hoch und klopften an die Tür des Arbeitszimmers.

Vater rief uns herein. Wie üblich wies er uns stumm unsere Plätze zu und setzte sich dann an den Schreibtisch, um noch ein paar Sekunden lang weiterzuschreiben, ganz so, als habe er unsere Anwesenheit vergessen.

Währenddessen musterten mein Bruder und ich die verräterischen Zeugen unserer heimlichen Einbrüche. Ich kontrollierte mit einem verstohlenen Blick den Bücherschrank, das Regal, die Apothekerwaage, das polierte Holzkästchen mit den kleinen Messinggewichten, den von unseren Messern zerschrammten Schreibtisch, dessen Wunden wir mit brauner Schuhcreme übertüncht hatten. Die kleinste Veränderung der Ordnung wäre mir aufgefallen und hätte Gefahr signalisiert. Selbst die Reihenfolge der Bücher auf dem offenen Bord hatte ich mir eingeprägt, um mögliche Spuren meiner Streifzüge zu vermeiden.

Auch mein Bruder suchte das Zimmer nach beredten Zeichen seiner Unternehmungen ab. Er wurde flammend rot, als er bemerkte, daß ich ihn beobachtete und verstehend grinste.

Vater schob den Schreibtischstuhl zurück, nahm die Brille ab, steckte sie in die braune Hausjoppe und rieb langsam und lange seine Augen. Dann sah er uns nachdenklich und bekümmert an. Dieser Blick, wußten wir, schloß das immer gleichbleibende Eröffnungszeremoniell ab. Es begann die

Gerichtsverhandlung. Ohne mich umzudrehen, wußte ich, daß mein Bruder nun zusammengesunken im Sessel saß und jene eigentümlichen Augen machte, die Vater angewidert als »stieren Blick« bezeichnete.

»Ich vermute«, begann Vater, »es ist euch nicht entgangen, daß die Zigeuner wieder hier sind.«

Er blickte aus dem Fenster und fuhr fast träumerisch fort: »Nun schön, das ist unangenehm, aber es ist eine Angelegenheit der Stadt, nicht meine und schon gar nicht eure.«

Er wandte sich zu uns. Er sah mich durchdringend an, danach ebenso meinen Bruder. »Allerdings halte ich es nicht für redlich, der Stadt dabei in den Rücken zu fallen.«

Ich blickte kurz zu meinem Bruder. Er zog den rechten Mundwinkel leicht nach unten. Er ahnte, daß es sich diesmal um mich handeln mußte. Aber er wußte auch, was immer Vater beschlossen hatte, die Strafe würde ihn ebenso treffen wie mich, denn es war einer von Vaters Grundsätzen, bei einer nicht offenbaren Schuld beide Söhne gleichermaßen zu strafen. Nachforschungen anzustellen, hielt er für überflüssig, da nach seiner Ansicht Kinder durchweg kleine Lügner und Betrüger waren. Zudem wollte er uns, wie er sagte, nicht zum gegenseitigen Verrat erziehen, vielmehr durch die gemeinsame und zumindest teilweise ungerechte Bestrafung unser Solidaritätsgefühl füreinander stärken. Und sein forschender Blick, der nun abwechselnd über unsere Gesichter tastete, verriet mir, daß für ihn ein solcher Fall vorlag und daß der Nichtschuldige, also mein Bruder, zu Unrecht bestraft werden würde.

»Man hat mir heute berichtet, daß meine Söhne«, er machte eine kleine Pause, fixierte uns beide und fuhr, sich korrigierend, fort, »daß einer meiner Söhne bei den Zigeunern Handlangerdienste verrichtet. Ein Sohn des Apothekers spielt den Ziegenhirt der Zigeuner! Vor den Augen meiner Patienten!«

Vater nannte seine Kundschaft stets Patienten, um den Unterschied einer Apotheke zu einem beliebigen Krämerladen zu verdeutlichen. Aus dem gleichen Grund war es ihm nicht unlieb, wenn die Leute, seine Patienten, zumal diejenigen aus den umliegenden Dörfern, ihn mit Herr Doktor anredeten.

Er war aufgestanden und lief vor unseren Sesseln hin und her. Er sprach von peinlichen Situationen, in die ihn seine Kinder durch unüberlegte Eseleien brächten. Er sprach lange darüber. Mein Bruder wußte nun, daß ich es war, der sich vergangen hatte. Ich hatte ihm wenige Tage zuvor ein fremdes Geldstück gezeigt. Ich behauptete, es auf der Straße gefunden zu haben, aber er hatte es mir nicht geglaubt. Er dachte, ich hätte es eingetauscht, gekuppelt, wie wir es nannten. Nun wußte er, daß das fremde Geldstück von den Zigeunern war. Und er wußte, daß ich es ihm verschwiegen hatte, damit er nicht dort auftauchte und mir die Arbeit und den Verdienst wegnähme.

Vater sprach noch immer über die Schande, doch ich hörte ihm nicht mehr zu. Ich beschäftigte mich damit, die zu erwartende Strafe zu erraten.

Vater sprach gern über seinen Beruf. Sein Studium und die Apotheke waren der Stolz seines Lebens, der in Erfüllung gegangene Traum eines Bauernjungen. Und er erwartete von seinen Söhnen, daß sie sich ihres Vaters würdig erweisen. Die Söhne des Apothekers. Er ahnte nicht, daß wir nur darunter litten, Kinder einer stadtbekannten Person zu sein. Die Schulkameraden aus der Siedlung, die Kinder von Arbeitern und Angestellten, wuchsen in einer von uns beneideten Namenlosigkeit auf. Für die Lehrer und die anderen Erwachsenen waren es einfach irgendwelche Kinder. Wenn sie etwas anstellten, drohte man ihnen, es den Eltern zu melden, und jeder wußte, daß dies nicht geschehen würde. Wer kannte schon ihre Eltern. Doch bei uns war es anders. Bei uns hieß es: Das hätte ich nicht von dir erwartet, nicht von dir, dem Sohn des Apothekers. Uns drohte man nicht, es den Eltern zu erzählen, bei uns hieß es: Was würde dein Vater dazu sagen. Und wir wußten, sie kannten Vater und würden es ihm erzählen, und sei es nur aus dem einzigen, dummen Grund, einen Anlaß für ein Gespräch mit ihm zu haben.

In eingezäunten Ruinen zu spielen, in denen noch unaufgespürte Blindgänger aus dem Weltkrieg liegen konnten, oder auch nur abends in Gärten einzusteigen, um Erdbeeren oder Pflaumen zu stehlen, waren für uns gewagte Unternehmungen. Wurden wir erwischt, so hieß es nur, der Sohn des Apothekers war auch dabei. Die anderen hatte man nicht erkannt. Sie konnten falsche Namen angeben oder ausreißen, ohne befürchten zu müssen, daß man ihre Eltern informierte. Ja, man konnte sie sogar laufenlassen, denn man hatte uns erkannt. Man mußte am nächsten Tag nur in die Schule kommen und uns im Beisein eines Lehrers nach den Mittätern befragen. Und wie selbstverständlich ging man davon aus, daß wir, die Söhne des Apothekers, nur die Verführten waren, die leichtsinnigen, aber schuldlosen Opfer der eigentlichen Bösewichte, bei denen man es im Unterschied zu den Freunden mit einer vor Hochachtung strotzenden Mitteilung an die Eltern, den verehrten Herrn Akademiker nebst Gattin, bewenden lassen konnte. Vergeblich bemühten wir uns, ebenso streng und unpersönlich wie unsere Schulfreunde bestraft zu werden.

Einmal versuchte ich sogar, eine Bestrafung zu erzwingen. Am Schwarzen Brett der Schule war eine bösartige Karikatur des Direktors angeheftet worden. Als man nach dem Urheber forschte, meldete ich mich, obgleich ich den Zettel nicht einmal gesehen hatte, da er schnell konfisziert worden war. Ich meldete mich, weil ich hoffte, unnachsichtig verurteilt zu werden, weil ich hoffte, einmal so behandelt zu werden wie jedes andere Kind. Und ich wollte die Anerkennung meiner Klasse und den Dank des eigentlich Schuldigen, für den ich mich opferte. Ich stellte mir vor, es sei ein Junge aus einer höheren Klasse, der mir auf dem Schulhof stumm die Hand auf die Schulter legen würde, um für immer mein Freund zu sein.

Der Versuch mißlang. Eine ganze Stunde lang wurde mir im Direktoratszimmer bewiesen, daß ich unmöglich jener Schmierfink sein könne. Ich mußte nach Diktat den Wortlaut der Unterschrift jener Karikatur aufschreiben, und der Direktor und mein Klassenlehrer verglichen die Handschriften. Dann schüttelten sie die Köpfe. Sie waren sich einig, ein Sohn des Apothekers verfaßte nicht solch eine Schmähschrift. Daß ich aus Kameradschaft, aus falsch verstandener Kameradschaft natürlich, mich aufopferte, Hintermänner deckte, vielleicht zu einem falschen Geständnis erpreßt wurde, all das schien ihnen denkbar, weil sie dahinter ehrenhafte Haltungen vermuten durften.

Ich ereiferte mich und war enttäuscht, weil man mir die Lüge nicht glauben wollte. Tränen der Wut standen mir in den Augen, und ich vergaß, daß ich tatsächlich nicht der Urheber der Karikatur war. Ich bestand darauf, jener unbekannte Zettelschmierer zu sein. Ich wollte dieser andere sein, der nicht aus einem geachteten Elternhaus stammte, bei dem alles denkbar war, dem man jedes Geständnis sofort geglaubt hätte. Mein Traum, ein Findling zu sein.

Vater setzte sich an seinen Schreibtisch. Wir wußten, nun folgte der entscheidende Satz, das Urteil. Wie üblich nahm er die unterbrochene Schreibarbeit wieder auf – wenn er zuvor gelesen hatte, so griff er nach dem aufgeschlagenen Buch und lehnte sich im Sessel zurück – und sagte, scheinbar in seine Arbeit vertieft, mit ruhiger, unbeteiligter Stimme: »Mutter kann nicht allein die Beeren pflücken. Die nächsten zwei Wochen geht ihr jeden Nachmittag für drei Stunden in den Garten und helft ihr.«

Dann sah er auf und blickte fragend zu uns, als ob ihn unsere Ansicht interessiere.

»Ihr könnt gehen«, sagte er endlich.

Wir liefen in unser Zimmer. Mit der Schuhspitze trat mir mein Bruder in die Kniekehle, so daß ich umknickte und mich auf den Hintern setzte.

»Verrückt geworden«, fauchte ich.

»Du Idiot«, flüsterte er, »deinetwegen darf ich in die Scheißsträucher.«

»Schicksal«, murmelte ich und versuchte trotz des Schmerzes zu grinsen, als er an mir vorbeiging. Ich wußte, er war nicht wirklich auf mich wütend. Das Schicksal, wie wir das nannten, hätte auch seiner Sünden wegen zuschlagen können. Und den Fußtritt hatte ich verdient, weil ich ihn über das fremde Geldstück belogen hatte.

Eine Viertelstunde später kam Mutter in unser Zimmer und stellte zwei Blecheimer vor uns hin.

»Ich gehe schon«, sagte Mutter und verschwand, ohne eine Antwort abzuwarten.

Wir saßen auf unseren Betten und betrachteten schweigend die stumpfen, verbeulten Behälter, deren verlorengegangene Henkel durch eine kräftige Schnur ersetzt worden waren. Zwei leere Eimer, die bis zum Abend mit kleinen Trauben staubbedeckter Johannisbeeren gefüllt sein mußten. Für zwei lange Wochen warteten graue, ausgeglühte Beerensträucher Tag für Tag auf uns.

5. KAPITEL

Gut, gut. Aber es ist nicht alles.
Es war das, was ich gesehen habe.
Dann erinnere dich an das Ungesehene.
Das ist unmöglich. Wie soll ich wissen . . .
Streng dich an. Du hast viel gesehen. Mehr als du weißt.
Es ist zu lange her.
Nein. Dein Gedächtnis hat alles festgehalten. Nur wenn du dich nicht erinnerst, wenn du das unendliche Netz nicht weiterknüpfst, dann falle ich ins Bodenlose. Aber dann wird auch dich keiner halten können.
Was lebt, ist vergänglich. Wir müssen alle sterben und werden vergessen.
Falsch, ganz falsch. Das sind abgeschmackte Dummheiten. Solange es ein menschliches Gedächtnis gibt, wird nichts umsonst gewesen sein, ist nichts vergänglich.
Dann ist die Ruhe der Toten nicht mehr wert als die Unruhe der Lebenden.
Natürlich. Denn auch die Toten waren einmal lebendig. Du kannst sie nicht einfach vergessen. Was war mit dem Sommer?
Ich versuche, mich zu erinnern. – Es war . . .
Was war? Sprich!

Gertrude Fischlinger

Mich weckten Vogelgesang und die Hitze. Ich lag reglos im Bett, ohne die Augen zu öffnen. Ich war unausgeschlafen und verschwitzt, und es bereitete mir Mühe, die verbrauchte, heiße Luft zu atmen. Mein ganzer Körper war wie betäubt, und die Krampfadern waren geschwollen, als sei ich die ganze Nacht auf den Beinen gewesen. Ich sah auf die Uhr, und als die Zeit gekommen war, stand ich auf. Ich machte mir Frühstück und trank eine Tasse Kaffee.

In der Stille der Küche war nur das laute Ticken des Weckers zu hören. Dann wusch ich mich, zog mich an, deckte für Paul den Tisch und stellte auf das kleine, abgeschabte Holztablett das Frühstück für Herrn Horn. Bevor ich das Haus verließ, klopfte ich leise gegen Pauls Tür und wartete, bis er mir antwortete.

Im Laden war es stickig. Ich öffnete alle Fenster und ging dann in den Vorratskeller. Vor zwei Tagen war ein Faß mit Schmierseife zerschellt, weil die Fahrer es einfach durch die Luke hatten fallen lassen. Ich scheuerte den Fußboden in jeder freien

Minute, dennoch war es im Keller noch immer glitschig, und das Wasser schäumte.

Um neun schloß ich die Ladentür auf. Zwei alte Frauen, die direkt über meinem Geschäft wohnten, waren die ersten Kunden. Sie kauften ein paar Gramm Butter, Mehl und ein wenig Kaffee, den ich in den großen Metalltrichter der Kaffeemühle schüttete, um ihn zu mahlen. Wir sprachen nur über die Hitze. Auch die beiden alten Frauen klagten, nicht schlafen zu können.

Später kamen Schulkinder. Sie rannten in der Pause heimlich vom Schulhof, um bei mir Kekse und lose Bonbons zu kaufen. Die Pfennige, die sie auf den Ladentisch legten, waren heiß und klebrig.

Kurz vor der Mittagspause kamen die Zigeunerinnen. Sie erschienen zweimal in der Woche in meinem Geschäft, am Montag und am Donnerstag. Sie kamen stets in der Mittagsstunde, wenige Minuten bevor ich die Tür verschloß. Wie immer war es die alte Zigeunerin mit der schmalen Geiernase und den wenigen schwärzlichen Zähnen und zwei jüngere Frauen mit strähnigem schwarzem Haar. Sie stellten sich an die Schränke gegenüber dem Ladentisch und warteten, bis meine anderen Kunden bedient waren und den Laden verlassen hatten. Dann trat die alte Zigeunerin ein paar Schritte vor. Sie wies mit dem Zeigefinger auf die gewünschte Ware, und ich füllte die Tüte auf der Waage, bis sie abwinkte. Ich schrieb die Preise untereinander auf einen Zettel. Nach jedem Betrag drehte sie den Zettel um, besah sich unzufrieden die neu hinzugekommenen Zahlen und sagte mit dunkler, kehliger Stimme: »Teuer.«

Dann schob sie den Zettel wieder zu mir und wies mit dem von Nikotin gelben Finger auf die nächste Ware. Die jungen Frauen waren am Schrank stehengeblieben. Wenn sie zu laut miteinander sprachen oder lachten, wandte sich die Alte zu ihnen und sagte ein paar Worte, die ich nicht verstand. Sie sprach leise mit ihnen, aber streng, und die beiden Frauen verstummten augenblicklich.

Wenn ich etwas von hinten oder aus dem Keller holen mußte, ließ ich die Tür offenstehen. Ich befürchtete nicht, daß die Zigeunerinnen mich bestehlen würden – sie kauften schon so viele Jahre bei mir –, ich ließ die Tür aus Gewohnheit offen. Auch die Klage der Alten, daß alles teuer sei, kränkte mich nicht. Ich verstand sie ja.

Nachdem sie bezahlt hatten, kamen die jungen Frauen mit ihren großen Einkaufstaschen an den Ladentisch und packten die Nahrungsmittel, die billigen Bonbons, den Schnaps und den süßen Rotwein ein. Dann verließen sie mein Geschäft. An der Tür nickte mir die alte Zigeunerin zu. Ihr Gesicht war ohne jede Freundlichkeit, als wollte sie sagen: Teuer, das Leben ist teuer.

Ich verschloß die Tür hinter ihnen und ging ins Ladenzimmer. Ich sortierte die Lieferscheine und machte die Abrechnung für die Bank fertig. Währenddessen kochte auf einer Elektroplatte mein Mittagessen. Nach der Mahlzeit füllte ich die Regale auf und ging wieder in den Keller, um ihn nochmals zu scheuern. Ich befürchtete, die Lebensmittel würden den Geruch der Schmierseife annehmen, und so schrubbte ich gründlich alle Ekken. Das schaumbedeckte Wasser goß ich über den Bürgersteig vor meinem Geschäft. Auf den heißen Pflastersteinen verdampfte es bald.

Nachmittags kamen Kinder. Sie legten Zettel mit den Bestellungen und das Geld auf den Tisch, und ich packte ihnen die gewünschten Waren in ihre Netze und Taschen, nahm mir von dem Geld, was mir zustand, und schrieb ihnen die Preise auf.

Eine Stunde vor Ladenschluß füllte sich das Geschäft. Nun kamen die Frauen und Männer aus der Fabrik. Ihr Heimweg in die Siedlung führte sie an meinem Laden vorbei, und sie kauften bei mir, was sie benötigten. Viele von ihnen ließen anschreiben. Sie beglichen ihre Rechnungen freitags, wenn die Fabrik den Wochenabschlag auszahlte. Ich kannte inzwischen jeden von ihnen und wußte, bevor sie es aussprachen, was sie verlangen würden. So lief ich zwischen Ladentisch und Regalen hin und her, um die Tüten und Flaschen zu holen, kletterte die Trittleiter hoch oder eilte nach hinten und in den Keller. Die Kunden sprachen halblaut miteinander. Ich konnte auf ihre Gespräche nicht achten, ich war damit beschäftigt, ihre Bestellungen nicht zu vergessen.

Um sechs Uhr, beim Abendläuten, verschloß ich die Ladentür, hängte die hölzernen Fensterläden ein und verriegelte sie mit dem Querbalken. Auf der Kochplatte setzte ich Wasser auf und brühte mir einen Kaffee. Für eine Viertelstunde saß ich dann bewegungslos am Tisch im hinteren Zimmer. Ich dachte an nichts, ich spürte nicht einmal meine Erschöpfung. Ich war ganz leer und ohne jeden Gedanken. Irgend jemand hämmerte gegen den Fensterladen. Dann fuhr ein Trecker vorbei. Jemand rief meinen Namen, doch ich nahm es nur unwirklich wahr, als seis eine ferne Erinnerung. Dann stand ich auf, schaltete Licht an und füllte wieder die Regale auf. Ich fegte den Laden aus und setzte mich, um meine Bestellungen in die Listen einzutragen. Als ich damit fertig war, steckte ich die Blechschachtel mit den Lebensmittelmarken in meine Einkaufstasche und verschloß den hinteren Eingang zum Geschäft.

Gegen acht war ich daheim. Ich hörte Herrn Horn in seinem Zimmer, er sprach leise mit sich selbst. Ich schaute zu Paul rein. Er saß auf dem Bett und bastelte an einem Plattenspieler, den er auf einer Müllhalde gefunden hatte. Jedenfalls behauptete er das. Statt mich zu begrüßen, verlangte er Geld von mir. Er müsse Schulden bezahlen. Ich gab es ihm. Ich gab es ihm, weil ich nicht wollte, daß er mich bestahl. Dann ging ich in die Küche, bereitete das Essen für den nächsten Tag und wusch ab. Zwischendurch aß ich mein Abendbrot.

Paul kam in die Küche und sagte, daß er noch eine Stunde vors Haus gehe. Ich erwiderte nichts, er war ja fast erwachsen. Dann legte er mir sein Schulheft vor, ich sollte eine Eintragung unterschreiben. Sein Klassenlehrer verlangte bereits zum drittenmal, daß ich ihn Pauls wegen aufsuche. Aber tagsüber kam ich nicht aus dem Geschäft, und abends war sein Lehrer nicht mehr in der Stadt. Er wohnte in einem der Dörfer um Guldenberg. Ich wußte nicht, was ich tun sollte. Ich fürchtete, daß Paul etwas angestellt hätte, daß er die Schule nicht beenden würde. Paul sagte mir nichts.

Irgendwann kam Herr Horn in die Küche, um sich einen Tee zu brühen. Mit verlegenem Lächeln stand er am Herd und wartete mit der entsagenden Geduld eines Enttäuschten darauf, daß das Wasser zu brodeln begann. Er erkundigte sich nach meinem Geschäft, und ich antwortete ihm freundlich, aber einsilbig. Wir waren beide befangen in der Erinnerung einer Leidenschaft, die diesen Namen nicht verdiente, einer Leidenschaft, über die ich ohne Verbitterung nachgrübelte, die ihn jedoch beschämte.

Nachdem er den Tee abgegossen und säuberlich die Teeblätter in den Abfalleimer geworfen hatte, nahm er die Kanne auf, lächelte mich an und sagte: »Ich habe nie besseren Tee getrunken als bei Ihnen.«

»Das ist das weiche Wasser«, antwortete ich.

Er schüttelte den Kopf und beugte sich über die Kanne. Als er sich aufrichtete, verkündete er: »Nein, Sie irren sich, Gertrude. Alle Dinge, die wir zu uns nehmen, haben den Geschmack des Hauses. Und bei Ihnen schmeckt alles sanft. Sehr sanft.«

Noch als ich im Bett lag, ging mir seine merkwürdige Feststellung durch den Kopf. Ich dachte an meine schmerzenden Beine, an meinen Sohn und die wenigen Monate, die ich mit meinem Mann zusammen gewesen war. Ich dachte an den Tag, an dem ich mit einem ausgeliehenen Schleier und einem Strauß wachsgelber Rosen vor den Altar unserer Marienkirche trat. Und ich war überrascht, daß die wenigen, ohnmächtigen Jahre meines Lebens die Kraft haben sollten, den Dingen in meiner Wohnung den nachsichtigen Geschmack von Sanftmut zu geben.

Kruschkatz

Ich erwarte nicht, daß mich irgend jemand verstehen kann, wenn ich sage, diese Stadt war eine Siedlung von Verrückten. Ich weiß, was ich sage, ich bin noch nicht senil, und ich bleibe bei meiner Behauptung. Andere mögen anderes sagen. Vielleicht konnten sie mehr Verständnis für diese Kleinstadt aufbringen, vielleicht haben sie diese Leute für einen Ausbund von Tugend gehalten. Und vielleicht werden sie mich für verrückt erklären. Ich erwarte also nichts. Aber man soll nicht versuchen, mir meine Meinung auszureden.

Ich war neunzehn Jahre Bürgermeister von Guldenberg, aber ich habe die Stadt nie verstanden. Und es bleibt mir noch immer ein Rätsel, warum aus allen Ecken des Landes die Leute ausgerechnet in dieses Nest kamen, um sich kurieren zu lassen. Es müssen noch Verrücktere gewesen sein oder arme Teufel, die anderswo die Hölle hatten.

Mir jedenfalls hat diese Stadt alles genommen, was mir in meinem Leben wichtig war. Und ich habe, als ich endlich mein Amt niederlegen durfte, Bad Guldenberg schnell den Rücken gekehrt, um nicht zu verlieren, was mir allein verblieben war: meinen Verstand. Denn zuletzt konnte ich kaum noch atmen, und meine Abreise aus dieser Stadt glich einer überstürzten Flucht.

Die Habsucht konnte ich begreifen und die Mißgunst, die Lust am Denunzieren und das argwöhnische gegenseitige Belauern, um nicht den Moment für den kleinen, eigennützigen Vorteil zu verpassen. Ich verstand auch ihre Hilfsbereitschaft, ihre freimütige und naive Offenheit und das sorglose, verschwenderische Vergeuden der Zeit, ihren ausgeprägten Sinn für Bürgertugenden und ihr unbeirrbares Festhalten an Grundsätzen, die sowohl Ehrgefühl wie Prägung durch die Gesetze der Väter verrieten. Was mich bestürzte und verwirrte, war die Entdeckung, daß die Einwohner von Guldenberg, und zwar jeder einzelne von ihnen, ohne jeden Beweggrund und offenbar ohne Bewußtsein der Unangemessenheit ihres Treibens die schäbigsten Interessen mit ihrer erstaunlichen Großzügigkeit verbinden und empfindungslos einer Geste selbstloser Herzlichkeit die filzigste Lumperei folgen lassen konnten.

Nachdem ich in den ersten Jahren meiner Amtstätigkeit diesen mir undurchschaubaren Charakter der Kleinstadt verwundert und erschreckt wahrgenommen hatte, erzog ich mich zu teilnahmslosem Gleichmut, da ich belehrt war, daß dieses Tun und Handeln von einem planlosen Instinkt bestimmt wurde und keinesfalls logischen oder moralischen Werten folgte und sich somit jedem Urteil entzog, jeder Folgerung, die sich aus dem Denken oder den menschlichen Gewohnheiten herleitete. Sie waren wie Tiere, wie Katzen, die mit unerwarteter Grausamkeit einen kleinen Vogel zerreißen, nachdem sie eben noch hilflos und wärmebedürftig geschnurrt oder sich dem Rhythmus ihrer eleganten Bewegungen hingegeben hatten.

Ich spreche nicht von den psychisch Kranken. Von ihnen lebten in Guldenberg gewiß nicht mehr als in irgendeiner anderen Kleinstadt. Ich spreche nicht einmal von jenen Sonderlingen, die mit zunehmendem Alter ihre Eitelkeiten und Marotten so vollendet ausbildeten, daß sich schließlich jedes Gespräch mit ihnen verbot, weil es zu einer absurden Folter der Widersinnigkeit wurde. Auch hier untersagte mir mein Amt jede natürliche Regung und nötigte mich zu einer würdevollen Zurückhaltung, die meinen gesunden Menschenverstand entehrte, nur damit ich die unsinnigsten Anschuldigungen von Leuten wie Dr. Spodeck geduldig anzuhören und gelassen zu erwidern vermochte.

Nein, ich bin heute mehr denn je davon überzeugt, daß nur Verrückte in dieser Stadt lebten und meine Bemühungen – meine vergeblichen Bemühungen, wie ich jetzt gestehen muß, denn Verrückte benötigen keinen Bürgermeister, sondern einen dickfelligen Arzt und zwei kräftige Pfleger –, daß all meine Bemühungen lediglich dazu beitrugen, Irene zu verlieren. Ich hätte vorhersehen müssen, daß diese empfindsame Frau, die noch heute für mich die Schönheit der Welt bedeutet, den verwirrten Reden und den grotesken Gedanken dieser Leute nicht genügend Widerstand entgegensetzen konnte, so daß der Irrsinn schließlich auch in ihrem Kopf Eingang fand und das dunkle Gewächs wahnsinniger Beschuldigungen in ihr aufblühte und sie mich jeder Gemeinheit verdächtigte. Was immer ich tat, um sie mir zu erhalten, es nahm sie gegen mich ein, bis endlich statt meiner Frau eine Fremde mit mir lebte, die gefühllos meine Liebe ertrug.

Guldenberg hatte in den Nachkriegsjahren über ein Dutzend Bürgermeister. Die längste Zeit hielt es mein Vorgänger Franz Schneeberger aus, ich löste ihn nach anderthalb Jahren ab. Mehrere waren nur für ein paar Monate im Amt, einer war es nur sechs Wochen. Ich setzte alle Kraft, meine Erfahrung und meine Geschicklichkeit ein, um nicht vorzeitig aus dem Amt gejagt zu werden. Das erreichte ich. Ich war bis zu meiner vorzeitigen Pensionierung Bürgermeister in Guldenberg, neunzehn lange Jahre. Und erst am Tag meines Abschieds, an dem ich gelangweilten Rednern zuhören mußte und eine wertlose bronzefarbene Plakette mit dem Relief der Guldenburg erhielt, eine Plakette, deren Prägung ich selbst vor Jahren veranlaßt und die ich unzählige Male für belanglose Verdienste um die Stadt an Mitbürger verliehen hatte, erst an diesem Tage begriff ich, daß all meine Mühe einer Handvoll Schnee galt, für die ich mein Leben hingegeben habe. Einer Handvoll Schnee, der mir die verbleibenden wenigen Wochen und Tage meines Lebens beschmutzt und in meinem Mund bitter schmeckt.

Heute verfluche ich Guldenberg und seine Verrückten, die mir alles nahmen und mich selbst fast verrückt machten. Weit heftiger aber verfluche ich mich, weil Ehrgeiz und Eitelkeit mich dahin brachten, tatenlos und sehenden Auges in meinen Ruin zu gehen.

Ich habe diese Stadt nie gemocht, und ich weiß, daß ich in dieser Stadt nie Freunde hatte. Ich wurde als ein unvermeidliches Übel toleriert oder gefürchtet. Das einzige Verdienst, das mir die Stadt stillschweigend zugesteht, kommt mir nicht zu: Nach dem Sommer, in dem Horn starb, kamen die Zigeuner nie wieder nach Guldenberg.

Es gab keinen Zusammenhang zwischen ihrem Verschwinden und Horns Tod. Alles, was man sich in der Stadt darüber erzählte, waren Lügen und Gerüchte, das übliche wirre Geschwätz. Nicht Horns wegen verschwanden sie aus der Stadt und auch nicht wegen einer von mir angeordneten Maßnahme. Dieses Verdienst oder diese Schuld trage ich nicht. Ich habe die Zigeuner nicht genötigt, Guldenberg zu verlassen. Ich hatte mich stets geweigert, mit der städtischen Gewalt gegen sie vorzugehen, so hartnäckig mich auch die Bürger und der Stadtrat bedrängten.

Es gab in jedem jener Sommer eine Ratsversammlung, in der bis in die Nacht ergebnislos über die Zigeuner diskutiert wurde. Bachofen verlangte immer energischer ihre Vertreibung aus der Stadt. Er wollte sie auf die Flutwiesen hinter der Burg verwiesen haben.

»Sie tanzen dir auf der Nase herum, Genosse Kruschkatz.«

»Was hast du gegen die Zigeuner?«

»Nichts. Aber wir haben eine Stadt- und Gemeindeordnung, die das wilde Campieren verbietet.«

»Es gibt tausend Bestimmungen, die wir nicht einhalten. Wenn wir anfangen wollen, uns nach allen Bestimmungen zu richten, haben wir ein Chaos.«

»Es ist Gesetz, Kruschkatz.«

»Es gibt kein Gesetz, das uns zwingt, die Zigeuner aus der Stadt zu treiben. Die Zeit ist vorbei, Bachofen.«

»Jedenfalls war da noch Ordnung.«

»Vorsicht, Bachofen.«

»Ich habe mir nichts vorzuwerfen, ich war nie ein Nazi. Im Gegenteil. Aber was Recht ist, muß Recht bleiben.«

»Ja, und solange ich Bürgermeister dieser Stadt bin, werden auch die Zigeuner ihr Recht bekommen.«

»Nimm nicht den Mund zu voll, Kruschkatz. Du wärst nicht der erste Bürgermeister, der hier vorzeitig ging. Die Stadtverordneten teilen nicht deine Ansicht.«

»Du meinst, deine Krämer!«

»Ich spreche von den gewählten Vertretern der Bürger Guldenbergs.«

»Wenn du so sicher bist, dann versuch es. Versuch, mich abzusetzen.«

»Davon redet doch keiner. Versteh mich doch, Genosse Kruschkatz, ich habe genausowenig wie du etwas gegen die Zigeuner. Von mir aus, ich schenke ihnen die Wiese. Aber wir haben einen Plan zur Verschönerung unserer Stadt verabschiedet, der ein Blatt Makulatur bleibt. Man boykottiert den Wettbewerb. Kein Einwohner macht freiwillig einen Finger krumm, solange die Zigeuner in der Stadt hausen. Wozu Blumenbeete und Papierkörbe, sagen sie, wir brauchen vor allem eine saubere Bleicherwiese. Hör dich um. Was ist das für ein Kurort, heißt es, in dem Zigeuner die Luft verpesten!«

»Heißt es so?«

»Ja.«

»Seltsam. In meinem Büro hat sich noch niemand über die Zigeuner beschwert.«

»Natürlich nicht, weil du ihnen übers Maul fährst. Außerdem bist du für sie noch immer der Fremde, der Mann vom Bezirk. Geh auch mal in die Kneipe, red dort mit den Leuten.«

»Was deine Leute mit den Zigeunern am liebsten anstellen würden, weiß ich auch so.«

»Rede mit ihnen. Es sind keine Nazis.«

»Natürlich nicht. Hier hat sich keiner etwas vorzuwerfen, Bachofen. In dieser Stadt hat es nie Nazis gegeben.«

»Du wirst unsachlich.«

»So? Und warum kommen sie nicht zu mir? Warum sagen sie nicht offen ihre Meinung? Nein, Bachofen, ich werde nicht in die Kneipen gehen, nicht deswegen. Wir haben die Macht, und ich werde dafür sorgen, daß wir sie nicht aus den Händen geben.«

»Stell dich nicht gegen eine Stadt, Kruschkatz.«

»Ich stehe nicht allein. Ich habe auch hier Freunde, Verbündete, Genossen. Die Parteileitung und der Kreis teilen meine Ansicht.«

»Vielleicht nicht mehr lange.«

»Willst du mir drohen, Genosse Bachofen?«

»Nein.«

Er machte eine Pause und besah sich seine Fingernägel. Später wurde mir klar, daß er in diesem Moment darüber nachdachte, wieviel er mir erzählen sollte.

»Ich habe den Bericht von Martens gelesen«, sagte er endlich.

Martens war der Stadtrat für Landwirtschaft. Er war für die paar Bauern von Guldenberg zuständig und die umliegenden Dörfer. Er war einer der fünf hauptamtlichen Stadträte, die ich hatte. Nach dem Krieg war er als Umsiedler in die Stadt gekommen. Man hatte ihm etwas Land gegeben, und er versuchte, wieder einen Bauernhof aufzubauen, doch nach drei verzweifelten Jahren warf er das Handtuch. Er gab den Acker zurück und wurde Angestellter des Landwirtschaftsamtes beim Kreis. Zwei Jahre später war er Stadtrat in Guldenberg.

Bachofen betrachtete wieder seine Fingernägel. Er wartete, daß ich ihn drängte zu erzählen, doch ich schwieg. Aus dem Vorzimmer drang das ungleichmäßige Hacken der Schreibmaschine. Ich hoffte, Bachofen würde, was er zu berichten hatte, schnell sagen und mein Zimmer verlassen. Ich wollte jetzt allein sein. Ich wollte mir die Ärmel aufkrempeln und an dem kleinen Waschbecken hinter dem Kleiderschrank Wasser über meine Handgelenke laufen lassen.

Bachofen holte mit zwei Fingern eine einzelne Zigarette aus der Hemdtasche und entzündete sie mit leicht zitternder Hand. Als er den Rauch ausstieß, sagte er: »Martens benennt in seinem Bericht die Zigeuner als Haupthindernis für die Erweiterung und Stärkung der Genossenschaften.«

»Blödsinn.«

»Wenn die Zigeuner nicht Jahr für Jahr mit ihren Pferden kämen, könnten die Bauern ihre Nase nicht so hoch tragen.«

»Das ist lächerlich.«

»Du kannst nicht bestreiten, Kruschkatz, ohne die Zigeunerpferde würden es sich einige Bauern gründlicher überlegen, ob sie nicht doch der Genossenschaft beitreten.«

»Es ist eine Lüge. Martens weiß so gut wie ich und du, wo die eigentlichen Schwierigkeiten liegen. Wieviel Bauern sind schon in der Genossenschaft! Ein paar Hungerleider!«

»Ohne die Zigeuner . . .«

»Dummheiten! Es gib tausend Dörfer, wo noch nie ein Zigeunerpferd war und die Genossenschaften genauso dahinkrebsen.«

»Es ist vielleicht nicht die ganze Wahrheit, Genosse Kruschkatz, aber es ist auch keine Lüge.«

»Ein solcher Bericht geht nicht von meinem Schreibtisch an den Kreis. Das werde ich nicht zulassen. Martens soll uns keine Märchen auftischen, sondern die Lage analysieren.«

»Dann sehen wir nicht besser aus.«

»Das interessiert mich nicht. Ich will einen korrekten Bericht. Wenn der Kreis Martens wegen schlechter Arbeit absetzt, hat er sichs selbst zuzuschreiben.«

»Was willst du, Kruschkatz, auch dir ist das Hemd näher als der Rock. Und die Zigeunerpferde sind der Genossenschaft hinderlich.«

»Ich werde den Bericht so nicht unterschreiben. Bestells Martens.«

»Der Bericht geht auch ohne deine Unterschrift an den Kreis. Der gesamte Stadtrat wird unterschreiben. Dein Name wird also nicht allzusehr fehlen. Ich werde dafür sorgen, daß der Bericht während deines Urlaubs verabschiedet wird, so mußt du dich dazu nicht äußern. Nimm mein Angebot an, halte dich raus. Der Kreis wird sich nicht gegen den ganzen Stadtrat stellen, nur um dir zustimmen zu können.«

»Laß mich allein.«

»Überlegs dir, Kruschkatz. Ich würde dich ungern gehen sehen. Wir hatten hier noch keinen besseren Bürgermeister.«

»Raus.«

Nachdem er gegangen war, saß ich in meinem Sessel und brütete vor mich hin. Ich war nicht fähig, einen klaren Gedanken zu fassen. Als die Sekretärin ins Zimmer kam, um mir die Briefe vorzulegen, brüllte ich sie wegen eines Tippfehlers an. Später entschuldigte ich mich bei ihr. Ich sagte, ich sei durch die Hitze nervös und unausgeschlafen, und sie nickte dankbar und erzählte, daß sie Kreislaufbeschwerden habe.

Auf dem Nachhauseweg blieb ich bei der Bleicherwiese stehen. Ich betrachtete die Wohnwagen und die zerlumpten Kinder. Ein Häufchen Elend, das mit seiner schmutzigen Armut und den unverständlichen, kehligen Lauten die kleine Stadt verstörte.

Als mich die Frauen bemerkten, riefen sie ihren fetten Häuptling. Mit einem leichten, herablassenden Lächeln stellte er sich in die Tür seines Wohnwagens und winkte mir mit seiner Pranke gönnerhaft zu. Ich betrachtete ihn reglos. Ich wußte, ich würde nichts für ihn tun.

Dr. Spodeck

Christine kam ein paar Jahre nach Kriegsende in unser Haus, im November 1950, an einem Samstag.

Ich öffnete selbst die Tür, als es klingelte.

Vor mir stand ein Mädchen von fünfzehn, sechzehn Jahren mit einem zerschrammten Lederkoffer und einem Rucksack. Es sah mich nicht an, die Augen starrten verlegen auf die Türschwelle.

»Ich bin die Christine«, sagte die Kleine und verstummte.

»Und Sie wollen zu mir?« fragte ich, sie ermunternd, »kann ich etwas für Sie tun, Fräulein Christine?«

Ich kannte das Mädchen nicht, ich hatte sie nie zuvor gesehen. Nach dem Krieg waren viele neue Gesichter in der Stadt aufgetaucht, Umsiedler mit der schweren, wortkargen Sprache des Ostens und Ausgebombte aus den Städten. Sie wohnten zusammengepfercht als Untermieter oder in den schnell errichteten Neubauten der Siedlung am Stadtrand. Es waren so viele Fremde in unserer kleinen Stadt aufgetaucht, daß ich es aufgab, mir ihre Gesichter einzuprägen oder sie auch nur zu betrachten.

Das Mädchen wurde bei meiner Frage flammend rot. Sie hob den Kopf und sah mich entsetzt an. Fast flehend stieß sie hervor: »Ich bin die Christine Hofberg. Meine Mutter schickt mich zu Ihnen.«

Sie verstummte erneut. Sie blickte mich noch immer in verzweifelter Hoffnung an. Von den kindlich runden Wangen wich langsam und sanft die Röte.

Es war kalt. Ich hatte das Gefühl, feuchten Nebel zu atmen, der meine Lungen in einen eisigen Panzer einschloß. Über das Kopfsteinpflaster des Marktes zog eine ältere, schwarzgekleidete Frau einen Handwagen. Die blechbeschlagenen Räder klingelten aufdringlich. Ich bemerkte plötzlich, daß das Mädchen vor Kälte zitterte.

»Kommen Sie bitte«, sagte ich zu ihr und ging voraus.

Die Hofbergs waren Bekannte meiner Frau. Sie wohnten in Kretsch, einem Dorf in der Nähe unseres Vorwerks. Meine Frau war in der schweren Zeit häufig zu ihnen gefahren, um ein paar Eier und etwas Speck zu kaufen oder einzutauschen. Sie hatte mir von dem Mädchen erzählt. Ihre Mutter wollte sie in die Stadt geben, und meine Frau hatte sich bereit erklärt, sie als Küchenhilfe aufzunehmen. Ich wußte nicht, warum Christine ihr Dorf verließ. Nur dunkel erinnerte ich mich an die ausschweifenden Erzählungen meiner Frau. Ein Bruder Christines hatte wohl geheiratet und wollte die Kleine vom Hof haben.

Als ich ihr die Küchentür öffnete und sie vorbeigehen ließ, fiel mein Blick auf ihre Beine, auf die von festen Garnstrümpfen eingeschnürten, arglosen Waden des Mädchens. Der Anblick stimmte mich vergnügt. Ich glaube, ich legte sogar meinen Arm um die Schultern der Kleinen, als ich zu meiner Frau sagte: »Wir haben eine große Tochter geschenkt bekommen. Paß auf, daß sie nicht allen Jungen in der Stadt den Kopf verdreht.«

Christine wohnte seit diesem Samstag bei uns. Sie bekam das Zimmer neben der fünfjährigen Johanna. Sie half meiner Frau bei der Hausarbeit und betreute unsere kleine Tochter. Sie lebte mit uns, und bald war mir, als sei sie schon immer in meinem Haus gewesen, als sei sie tatsächlich meine Tochter.

An den Sonntagen fuhr sie für ein paar Stunden

zu ihren Eltern, doch diese Besuche wurden seltener, und wir mußten sie fast drängen, gelegentlich ins heimatliche Dorf zu fahren. Sogar das Weihnachtsfest verbrachte sie bei uns. Sie bat uns darum, und ich gestattete es ihr gern. Ihre Bitte erfüllte mich mit einem beruhigenden Stolz, den ich mir selbst nicht erklären konnte.

Als sie siebzehn wurde, nahm ich sie in meine Praxis und bildete sie zur Sprechstundenhilfe aus. Ich sorgte auch dafür, daß sie einmal in der Woche zur Berufsschule ging, nur um nichts von der ihr zumutbaren Ausbildung zu unterlassen. Ich konnte Christine jedoch nicht davon abhalten, daß sie, obwohl sie täglich sechs Stunden in meiner Praxis arbeitete, weiterhin meiner Frau im Haushalt half und sich mit der kleinen Johanna beschäftigte. Vergeblich erklärte ich ihr, daß sie nach der Sprechstunde einen Anspruch auf Ruhe und freie Zeit habe, daß sie sich in ihrem Zimmer oder unserer Wohnung ohne weitere Verpflichtungen aufhalten könne. Selbst die entsprechenden Texte des Arbeitsgesetzbuches las ich ihr vor, um ihr mein schuldhaftes Verhalten vor Augen zu führen, wenn ich ihre unbezahlten Dienstleistungen in meinem Haus zuließ.

Christine lachte über meine wiederholten Vorhaltungen laut auf.

»Geben Sie sich keine Mühe, Doktor«, sagte sie belustigt, »Sie werden mich nicht davon abhalten können zu tun, was mir Spaß macht.«

»Aber vielleicht haben Sie einen Freund, der auf Sie wartet, Christine«, wandte ich ein, »einen netten, hübschen Jungen.«

Ich war über meine eigene Bemerkung erstaunt, und verwundert lauschte ich dem ängstlichen Ton der Worte nach, beunruhigt von dem Gedanken, Christine könnte mich verstanden haben. Doch sie erwiderte unbefangen: »Ich habe keinen Freund, Doktor, wissen Sie das nicht? Und wenn Sie mich nicht davonjagen, möchte ich immer bei Ihnen bleiben.«

Sie sagte es mit so kindlichem Ernst, daß ich das Ausmaß ihrer Arglosigkeit begriff. Ich fühlte mich von ihren Worten gedemütigt, und ich schloß meine Augen, um mich ihr nicht weiter zu offenbaren, denn das scheue Lächeln, mit dem sie mich ansah, rührte und beschämte mich.

»Lassen Sie mich jetzt allein, Christine«, bat ich und setzte mich rasch auf den Patientensessel. Die geschlossenen Augen verbarg ich hinter meinen Händen, und einer plötzlichen Eingebung folgend, fügte ich, in dem Wunsch, sie zu belügen, und in der Hoffnung, mich selbst zu täuschen, hastig hinzu: »Ich brauche Sie nicht mehr.«

Seitdem Christine gemeinsam mit uns die Mahlzeiten einnahm, ertrug ich selbst das unaufhörliche Geplapper meiner Frau mit Gleichmut. Christines Anwesenheit beruhigte mich und stimmte mich heiter. Mein Jähzorn, dessen Ausbrüche nicht allein meine Frau und Johanna erschreckten, sondern unter denen ich selbst litt und die mich im nachhinein folgenlos peinigten, denn ich war unfähig, mich bei einer erneuten, heftigen Mißstimmung den mich mitreißenden Wellen meiner Wut entgegenzustemmen, dieser Jähzorn übermannte mich nie, wenn Christine mit uns am Tisch saß. Es war, als könne allein die Gegenwart dieses vertrauensseligen stillen Mädchens mich von all meinen Launen und schlimmen Neigungen befreien.

Das etwas tapsige Kind vom Lande wuchs in wenigen Jahren zur Frau heran. Sie wurde keine Schönheit, ihr Gesicht war ein wenig zu breit, und ihr Lachen verriet die dörfliche Herkunft, doch ihre außerordentlich schönen dunklen Augen, ihre verblüffend grenzenlose Herzlichkeit und ein Verständnis selbst für die ihr unbegreifbaren Dinge in meiner Wohnung und in dieser Stadt überstrahlten jeden Makel. Meiner Tochter war sie eine große Schwester geworden und meiner Frau und mir eine erwachsene Tochter. Das jedenfalls redete ich mir ein, und es bedurfte erst meines unentschuldbaren Vergehens, um zu begreifen, daß sie mir mehr war als eine Tochter, daß sie mir stets mehr bedeutet hatte, als ich mir selbst einzugestehen bereit oder fähig gewesen war.

Das Ereignis, oder vielmehr die Katastrophe, denn nicht anders kann ich benennen, was mein Gewissen seit diesem Tag fortgesetzt bedrückt, mir die Augen für mich selbst öffnete und mich erkennen ließ, daß ich nichts weiter war als der unehrenhafte Sohn eines unehrenhaften Vaters, nicht weniger gierig, rücksichtslos und verächtlich, nur viel weniger erfolgreich, was vielleicht die einzige Erklärung meines Hochmutes und meines jahrelangen, unnachsichtigen Hasses war, einer Vermessenheit, die, wie ich bekenne, möglicherweise allein auf die ausgebliebene Chance zur Schäbigkeit sich gründet und mein Leben heuchlerisch und nichtswürdig machte – das erschreckende, mich ebenso verstörende wie aufklärende Ereignis geschah am Tage des Todes meiner Mutter. Christine war zu dieser Zeit neunzehn Jahre alt.

Als ich später die Geschehnisse des Tages überdachte und die Unausweichlichkeit ihrer Aufeinanderfolge erkannte, begann ich zu ahnen, daß alles, was sich an diesem Tag ereignete, so zufällig jedes Detail auch sein mochte wie der Anlaß, der Ort und die Stunde, das lange ersehnte Ziel meiner uneingestandenen Wünsche war und das Ergebnis eines mir unbewußten und nicht wahrnehmbaren Schicksals, das ich dennoch gewollt und herausgefordert hatte. Diese Katastrophe, sosehr sie mich erschreckte, ich hatte sie herbeigesehnt. Und ich habe sie gebraucht, weil ich anders nicht und nicht gründlicher meinen Selbstbetrug zerstören konnte. Mit offenen Augen war ich hineingerannt, unfähig und unwillig, das mechanisch ablaufende Uhrwerk des Unheils anzuhalten. Ich habe alles zuvor gespürt, ohne es wahrhaben zu wollen, ich habe es gewußt und mich lediglich bemüht, es nicht zu verstehen. Ich sahs mit geschlossenen Augen. Und als wollte das Schicksal mich um meiner Mißachtung willen verhöhnen, trieb schließlich alles – und wie mir schien, selbst jedes unbelebte Ding – mich rascher und rascher in mein unvermeidliches Geschick, in diesen Schritt meiner Verzweiflung, meiner Einsamkeit und meiner Einsicht. Sogar meine Frau wurde zu einem blinden Werkzeug dieses unaufhaltbaren Geschehens.

Meine Mutter starb im Krankenhaus von Wildenberg. Sie war nach einem zweiten Herzinfakt eingeliefert worden und hatte ihn, wie die behandelnden Ärzte und ich selbst glaubten, bereits gut überstanden, als sie nach einem nächtlichen Kollaps friedlich und ohne zu erwachen verschied. Ein Arzt des Krankenhauses kam in meine Sprechstunde, um mir die Todesnachricht persönlich zu überbringen. Er fragte mich, wo ich meine Mutter beerdigen lassen wolle und ob das Krankenhaus die erforderlichen Maßnahmen übernehmen solle. Ich dankte ihm. Ich sagte, daß ich am Nachmittag nach Wildenberg käme.

Meiner Frau entfuhr ein Seufzer mitleidiger Erleichterung, als ich ihr von Mutters Tod erzählte. Sie sah mich mit ihrem Leiden-Christi-Gesicht an und sagte: »Gott nehme ihre Seele gnädig auf. Sie hat es sich wahrhaftig verdient.«

Dann setzte sie sich aufs Sofa, kramte ihr Taschentuch aus dem Ärmel und begann ein wimmerndes Heulen, das sie nur gelegentlich durch ein energisches, kräftiges Schneuzen der Nase unterbrach.

Ich sagte, daß ich am Nachmittag nach Wildenberg fahre, und bat sie, mich gemeinsam mit Johanna zu begleiten. Ihr fast tonloses Wimmern war die einzige Antwort. Ich stand vor ihr und wartete. Endlich erhob sie sich, verstaute das Taschentuch im Ärmel – mit dem Zeigefinger stocherte sie zwischen ihrem Unterarm und dem Ärmel des Wollkleids, bis das Tuch vollständig verschwunden war und eine kaum sichtbare Wölbung bildete – und erwiderte: »Ich bitte dich, fahr allein. Es geht über meine Kräfte. Und dem Kind können wirs auf keinen Fall zumuten.«

Sie ging aus dem Zimmer. Ich sah ihr nach, und hilflose Wut durchflutete meinen Kopf, verdunkelte den Blick und nahm mir für Sekunden den Atem. Sie lügt, dachte ich erschöpft, und in kindischem Trotz drehten sich meine Gedanken um dieses Wort: Sie lügt, wie gemein sie lügt.

Sie hatte meine Mutter vom ersten Tag an verachtet. Sie verachtete sie um ihrer Einfalt willen, ihrer Armut und ihrer tausend Ungeschicklichkeiten. Und nun, als ob sie auch noch der Leiche meiner Mutter ihre Geringschätzung offenbaren müsse, hüllte sie sich in ihr geheucheltes Mitgefühl und ließ mich allein. Es kränkte mich, daß meine Tochter Johanna nicht Abschied nehmen sollte von ihrer Großmutter. Johanna war erst neun Jahre alt, und es war gewiß vernünftig, einem kleinen Mädchen nicht den furchteinflößenden Leichnam eines nahen Verwandten zu zeigen. Dennoch war es mein Wunsch gewesen, und ich verspürte jetzt nur den verletzenden Spott der Entscheidung meiner Frau, ihren aufgestauten Widerwillen gegen meine Mutter und meine Herkunft, gegen mich. Ohnmächtig und verzweifelt stand ich noch immer im Wohnzimmer, als sich die Tür öffnete und meine Frau wieder hereinkam. Bedauernd sah sie mich an und sagte mit leiser, sanfter Stimme: »Nimm Christine mit. Sie kann dir vielleicht helfen.«

Nach dem Mittagessen fuhren wir los. Wir saßen stumm nebeneinander. Ich dachte über meine Frau nach, unsere Ehe, über mein Leben, und ich versuchte mir vorzustellen, wie sich das Gesicht meiner Mutter im Tod verändert haben würde. Christine saß mit ernstem Gesicht neben mir. Mir ging durch den Kopf, daß ich in all den Jahren, die sie bei uns lebte, noch nie allein mit ihr im Auto gefahren war. Ein alter Mann und ein junges Mädchen, dachte ich, ein alter und sehr müder Mann und ein Mädchen, das seine Tochter sein könnte.

»Sie mußten nicht mit mir fahren, Christine«, sagte ich, »vielleicht haben Sie Angst, die Leiche meiner Mutter zu sehen.«

»Nein«, sie schüttelte den Kopf, »ich habe schon viele Tote gesehen. In den Wäldern um unser Dorf fanden wir Kinder immer wieder tote Soldaten. Sie sahen schrecklich aus.«

Sie saß kerzengerade auf ihrem Sitz und schaute auf die Landstraße. Ich beobachtete sie und frage mich, ob sie wohl ahnte, wieviel sie für mich bedeutete, wie schmerzlich ich wünschte, daß sie meine Tochter wäre.

»Nein, ich habe keine Angst«, sagte sie dann, »meine tote Großmutter mußte ich ganz allein waschen. Ich war damals erst zwölf.«

Bei ihren Worten fühlte ich die Kraft und Überlegenheit des Mädchens. Ich wußte, ich war nutzlos für sie, überflüssig wie all die vielen Toten, die ihr nichts anhaben, aber auch nicht helfen konnten. Ich war voller Selbstmitleid, und Rührung übermannte mich, daß mir Tränen in die Augen traten. Und ich verfluchte im stillen meine Sentimentalität, die vergeblichen Hoffnungen eines alten, widerwärtigen Idioten, der keiner Zuneigung wert war und alt genug, um zu begreifen, daß er sein Leben längst verspielt hatte, verschenkt für Dummheiten und Erfolge, die geringer wogen als ein Linsengericht, und der daher keinen Anspruch auf Liebe, auf irgendein Lebewesen geltend machen durfte. Denn die einzige, die mich um nichts geliebt hatte, meine Mutter, war tot.

Im Krankenhaus wurde ich in den Keller geführt. Meine Mutter war in einem engen, naßkalten Raum aufgebahrt. Er war niedrig und roch streng; er war wie die beiden Zimmer, in denen sie die meiste Zeit ihres Lebens verbracht hatte. Ich setzte mich zu ihr, legte meine Hand auf jene Stelle des weißen Lakens, unter der sich ihre Hände abzeichneten, und begann, nun endlich mit der Toten allein, haltlos zu heulen. Und obgleich ich erst hier das ganze Ausmaß meiner Einsamkeit erfaßte, war ich in dieser letzten gemeinsamen Stunde mit meiner Mutter fast glücklich.

Christine war zur Verwaltung gegangen. Sie hatte meine Vollmacht, die Überführung zu vereinbaren und die erforderlichen Papiere zu unterzeichnen. Ich wartete, nachdem ich das Laken wieder über den Kopf meiner Mutter gelegt und den Kellerraum verlassen hatte, vor dem Krankenhaus auf sie. Als sie herauskam und mir berichtete, dankte ich ihr und küßte ihre Hände. Meine Geste verwirrte sie. Um meine Ungeschicklichkeit gutzumachen, legte ich väterlich den Arm um ihre Schultern. Plötzlich hatte ich den heftigen Wunsch, sie zu beschenken, sie mit Kleidern und Schuhen zu überhäufen, aber alles, was ich über meine Lippen brachte, war die alberne, verlegene Einladung zu einem Kaffee. Mit noch immer geröteten Wangen lehnte sie ab.

Auf der Heimfahrt sprachen wir über unsere Mütter. Es war ein warmer Oktobertag, Altweibersommer. Die Blätter der Chausseebäume verfärbten sich, gelbe und bräunliche Farbtöne durchbrachen das erschöpfte Grün. Auf der sich schlängelnden, sonnenwarmen Teerstraße lag der feine Erdstaub der umgebrochenen Äcker.

»Als junges Mädchen zeichnete sie. Sie besitzt

noch heute dicke Mappen mit wundervollen Arbeiten.« Christine sprach über ihre Mutter. »Sie war sehr begabt und hat alles aufgegeben. Seit Jahren hat sie keinen Stift mehr angefaßt.«

»Alle jungen Menschen sind begabt. Und was wird daraus!«

»Der Hof und die Wirtschaft haben Mutter aufgefressen.«

»Vermißt sie die Malerei?«

»Ich weiß es nicht. Sie hätte damals davonlaufen müssen. Aber dazu fehlte ihr wohl die Kraft.«

»Davonlaufen wie Sie, Christine?« scherzte ich.

»Ja.« Christine sah mich an, ohne zu lächeln.

Wir fuhren auf der menschenleeren Chaussee durch den Wald. Hohes Farnkraut verbarg das Unterholz. Auf der Höhe der Kohlenmeiler war der Teerbelag von den Rädern der Pferdefuhrwerke aufgerissen. Durch die dicht stehenden Bäume schimmerten wie riesige Hünengräber die Meiler. Hier war es dunkel und kühl, die Sonne vermochte nicht das Blätterwerk zu durchbrechen.

Wir hatten gerade den Wald verlassen, als der Motor zu stottern begann und gleich danach versagte. Ich steuerte den ausrollenden Wagen an den Straßenrand, stieg aus, öffnete die Motorhaube und suchte nach dem Fehler. Nach zwanzig Minuten gab ich es auf. Ich reinigte mit Gras die geschwärzten Finger, schloß die Motorhaube und sagte zu Christine: »Hoffen wir, daß jemand vorbeikommt, der uns abschleppen kann.«

Und mit einem Blick auf die abgelegene Landstraße fügte ich hinzu: »Ich fürchte, wir werden lange warten müssen.«

Christine stieg aus. Wir standen unschlüssig am Wagen. In der Nachmittagssonne war es so warm, daß ich mein Jackett auszog und auf den Sitz legte. Wir setzten uns in den Straßengraben und spielten mit Grashalmen. Das Klopfen eines Spechts aus dem nahen Wald war zu hören. Ein heftiges Hämmern, danach eine plötzlich einsetzende Stille, die von einem erneuten Klopfen, erst zögernd und vereinzelt, dann im schnellen, regelmäßigen Rhythmus, zerrissen wurde. Ich dachte an den Tod meines Vaters, an seine prächtige Beerdigung. Mutter bat mich damals, sie zum Grab zu begleiten, und ich lehnte es ab. Sie war allein in der riesigen Trauergemeinde seinem Sarg gefolgt, den die Honoratioren der Stadt trugen, allein in dem Zug seiner Geschäftspartner und Freunde, seiner dankbaren Patienten und der von ihm betrogenen Betrüger. Sie lief allein, eine Schwester all der anderen von ihm mißbrauchten und verlassenen Frauen, die so einsam wie sie meinem toten Vater das letzte Geleit gaben, begleitet vielleicht von ihren Kindern, meinen unbekannten Geschwistern, die wie ich mit von Haß aufgezehrten Gefühlen und empfindungslos ihres monströsen Erzeugers gedachten. Und nun war meine Mutter gestorben, und wie ein Kind fühlte ich jetzt, was es bedeutet, eine Waise zu sein, verlassen von allen und von allem befreit.

Christine schien mit offenen Augen zu träumen. Ihr Oberkörper verdeckte mir die niedrig stehende Sonne, und um ihren Kopf, in ihrem Haar flirrte gleißendes Licht und machte sie unwirklich schön. Ich stand auf und folgte mit den Augen dem sich im Dunkel des Waldes verlierenden, glänzenden Band der Teerstraße. Dann stieg ich in den Wagen und versuchte erneut und wiederum vergeblich, den Motor zu starten.

Ich sagte Christine, daß ich ein paar Schritte laufen wolle; wenn ein Fahrzeug käme, möge sie nur laut rufen, ich würde sie hören. Dann ging ich über die Weide, die verbliebenen Reste der von Kühen abgegrasten Wiese. Ich sah Disteln, wunderliche, eigentümliche Gewächse in vielfältigen Formen. Ich sah die hochgewachsenen Grasbüschel mit kräftigen, scharf geränderten Blättern, die das Vieh verschmäht hatte. Ich sah Maulwurfshügel und die Löcher der Feldmäuse. Ich lief mit halb geschlossenen Augen gedankenlos über das Feld, bis mir ein Wassergraben den Weg versperrte. Dort fand mich Christine.

Ich hörte ihre Schritte und das leise Knistern des Kleides, als sie sich neben mich setzte. Ich spürte, daß sie mich ansah, und in einer ersten Regung stützte ich den Kopf zwischen die Hände, um mein Gesicht zu verbergen. Es war eine Regung von Scham, der ich nachgab, und es bedurfte aller Kraft, die ich noch besaß, die Hände von meinem Gesicht zu nehmen. Und wie in einer übermütigen

Verzweiflung und dem Wunsch, die anfängliche Befangenheit vollends zu widerlegen, ließ ich mich nach hinten fallen, ungeschützt und mich preisgebend. Ich spürte durch das dünne Hemd das Gras und die ausgetrockneten Früchte der Wiesenblumen, und ich spürte Christines Hand, die mir die Tränen aus dem Gesicht streichelte.

»Wein nicht«, sagte sie und streichelte weiter über meine Stirn und Wangen.

Ich hielt die Augen geschlossen und überließ mich einem Kummer, den ich nicht benennen konnte, und der erlösenden Zärtlichkeit dieses Mädchens.

»Du hast deine Mutter sehr geliebt?« fragte Christine.

»Ich weiß es nicht«, sagte ich wahrheitsgemäß, »ich weiß nicht, ob ich meine Mutter geliebt habe. Ich weiß nicht, ob ich je einen Menschen liebte und ob ich je von einem Menschen geliebt wurde.«

»Das ist schlimm. Sehr schlimm und sehr traurig.«

»Und ich weiß nicht einmal, ob ich traurig bin, Christine. Ich weiß nur, daß ich entsetzlich allein bin. Ach, dieses lange, einsame Leben.«

»Du bist nicht allein. Ich bin bei dir. Ich liebe dich.«

»Ach, Christine«, seufzte ich leise.

Ich fühlte mich erleichtert und sterbensmüde. Ein Gefühl väterlich sanfter Zuneigung für dieses Kind durchströmte mich, als ich unerwartet auf meinem Gesicht den Schatten ihres Körpers spürte. Christine preßte ihre Lippen auf meinen Mund, ihre Hände umfaßten meinen Kopf und glitten wie ein mich fest umschließender Ring um meinen Hals und um meine Brust. Bedeckt von ihren Küssen, ihren Händen, ihrem Körper verspürte ich das Schlagen meines Herzens, das dumpf und heftig in meinem Brustkorb tobte und wuchs und zu zerspringen drohte. Ich hielt den Atem an, um in der mich davontragenden Flut nicht unterzugehen. Und plötzlich riß der barmherzige Schleier, in dem ich mich schützend verborgen gehalten hatte, und ich erkannte mit einer nie erlebten, drängenden Heftigkeit, daß ich Christine liebte, sie immer geliebt hatte, daß sie nicht meine Tochter war, sondern meine Frau. Es war keine Erkenntnis des Kopfes, die in Worte zu fassen wäre, sondern ein Gedanke meines die Adern aufblähenden Blutes, der tausenden sich öffnenden Augen meiner Haut. Die Begierde überschwemmte meinen Körper, jede Windung meines Gehirns, sie überrollte mit versengendem Feuer meine Augen und lief in rasender Wut durch jeden Muskel und jede Faser. Ich sah reglos zu, wie Christine sich entkleidete und ihre schmale, zerbrechliche Nacktheit an mich schmiegte. Willenlos überließ ich ihr meine Hände, die sie zu ihren Brüsten führte, zu den großen, samtenen Frauenbrüsten, die ihrem schüchternen Mädchenkörper eine bestürzende, ungeduldige Sinnlichkeit gaben. Ich spürte die nachgiebige, sanfte Haut, unfähig mich zu rühren und darum besorgt, nicht die Glorie ihres Körpers zu verletzen. Ich fühlte das Zittern, das meinen Körper erschütterte, und erwartete ruhig und glücklich das Zersplittern meines Herzens, den Moment, an dem dieser kleine, klopfende Muskel von meinem dahinjagenden Blut zerfleischt werden würde. Ich überließ ihr meine Hand, die, von Christines Fingern geführt, über ihre Hüften glitt, ihre Schenkel und sich, von ihr gedrängt, in ihrem Schamhaar verkrallte und der schwarzroten Blume ihres Fleisches. Gelähmt von dem Unmaß meines Glücks ließ ich Christine mein Hemd und meine Hose öffnen. Ich ließ mich willenlos entkleiden und wagte kaum zu atmen. Und als sich mein Atem endlich ungehindert einen Weg brach und mit einem ersterbenden Ton aufstöhnend die Lungen verließ, war mir, als risse mein Brustkorb auf und ich sänke zum tiefsten Grund meines Lebens, zum Grund der Lust und des Todes. Und über mir und sehr fern vernahm ich den fast unhörbar verklingenden Klagelaut des Mädchens Christine.

Es dämmerte, als wir endlich fähig waren, uns voneinander zu lösen. Von einem nicht erschöpften Glück berauscht, stiegen wir in das Auto und nahmen lächelnd und ohne uns zu wundern wahr, daß der Motor des Wagens nun augenblicklich ansprang. Wir schwiegen während der Heimfahrt, aber es war die Stille eines heiteren Plauderns.

Wortlos sprachen wir miteinander mit den leichten Zauberzeichen der Liebe, und nur unsere Fingerspitzen berührten sich.

Ich war einundfünfzig Jahre alt geworden, ehe ich sie kennenlernte, die Liebe und die Lust und die Frau. Ich war fast schon ein alter Mann, als ich jene Stunde meines Lebens erlebte, die mich von meinem Haß und meiner wütenden Verzweiflung hätte befreien können, in der in mir der Schimmer einer anderen Existenz aufleuchtete, eines Menschen, der ich auch hätte werden können. Aber ich war einundfünfzig, und Christine war neunzehn. Meine Jahre waren vergangen und hielten mich an den Ketten unserer Sterblichkeit auf meinem vergeblichen Weg.

Die Trauer über meine tote Mutter und das gewaltsame Glück unserer Körper überschwemmten meinen Kopf und durchströmten unablässig mein Gehirn. Ich saß wie ein einfältiger Trottel am Steuer meines Wagens und hätte laut aufschluchzen und singen wollen. Und doch war ich erfahren oder alt genug, daß hinter dem Horizont dieses glückseligen Kummers mich bereits das Wissen um meine erniedrigende Nutzlosigkeit bedrängte und zwang, Abschied zu nehmen von einem Glück, das ich so spät und so kurz kennengelernt hatte.

Vor dem Ortsschild von Guldenberg hielt ich den Wagen an. Wir sahen uns nicht in die Augen, als ich endlich die Kraft aufbrachte, mich auch von dieser letzten Hoffnung meines Lebens zu verabschieden.

Zu spät. Wie ein steinernes Rad drehten sich diese Worte, alles zermalmend, in meinem Kopf, zu spät.

»Du wirst mich vergessen, Christine«, befahl ich.

»Ja, Doktor«, antwortete sie folgsam.

»Du mußt mich vergessen«, wiederholte ich eindringlich.

Sie nickte und sagte nochmals tonlos: »Ja, Doktor.«

»Und du wirst uns verlassen. Du wirst dir einen jungen Mann suchen und heiraten und Kinder haben. Du wirst in deinem eigenen Haus wohnen.«

Ich versuchte, streng mit ihr zu sprechen, unnachgiebig, und doch klang meine Stimme bittend. Was ich forderte, ich erflehte es von ihr.

Christine schüttelte den Kopf. »Nein, Doktor. Ich bin bei Ihnen zu Hause. Ich werde Sie vergessen, aber ich werde Sie nicht verlassen.«

Ich war verwundert, wie freimütig und bestimmt sie mir antwortete, und wagte nicht, ihr zu widersprechen. Ich fühlte, daß ich eine nicht wiedergutzumachende Schuld auf mich lud, wenn ich Christine nicht augenblicklich wegschicken würde, und dennoch war ich nach ihrer Entscheidung erleichtert. Ich wollte sie nicht verlieren.

Christine blieb bei uns. Mehrfach noch und immer vergeblich bemühte ich mich, sie zu bewegen, uns zu verlassen. Meine Bitten wurden mit den

Jahren drängender, denn mich peinigte mein Gewissen, mich bedrückte der Gedanke, daß ich meiner Einsamkeit das Leben dieses schuldlosen Mädchens opferte. Ich liebte sie, und nichts in meinem Leben reut mich tiefer als das, was ich ihr antat. Eine wütende Sehnsucht nach Christine verzehrte mich, und diese Sehnsucht und meine unaufhörliche Scham machten mich hilfloser denn je.

Christine war zweiunddreißig Jahre alt, als ich sie das letzte Mal bat, von mir zu gehen.

»Haben Sie es immer noch nicht verstanden, Doktor«, entgegnete sie lachend, »ich kann Sie nicht verlassen.«

Seit dem Tag, an dem Mutter starb, habe ich nie wieder ihre Brüste geküßt und nie wieder meinen Kopf auf ihren Schenkeln Ruhe finden lassen. Wir leben zusammen wie ein altertümliches Brautpaar, einander versprochen und scheu jede Berührung vermeidend, füreinander bestimmt und unerreichbar entfernt. Sie verrichtet ihre Arbeit in der Praxis und im Haushalt, und nichts verrät unsere unauflösbare Gemeinsamkeit und ihre mich ängstigende Entscheidung.

Ein einziges Mal war sie nicht fähig, sich selbst so gnadenlos zu beherrschen. Es war ein Winterabend, drei Jahre nach Mutters Tod, drei Jahre nach dem einzigen glücklichen Tag meines Lebens, der mich für immer unglücklich machen sollte. Ich saß mit meiner Frau allein im Wohnzimmer, als Christine mit dem Teegeschirr eintrat. Plötzlich erhob sich meine Frau, kam zu mir, setzte sich auf die Lehne meines Sessels und küßte mich überraschend. In diesem Moment zersprang das Porzellan auf dem Fußboden. Christine hatte das Tablett fallen lassen. Als sie mit hochrotem Kopf und Entschuldigungen murmelnd aus dem Zimmer ging, um die Scherben hinauszutragen, setzte sich meine Frau in ihren Sessel und sagte spitz: »Unsere kleine Christine ist verliebt in dich.«

Ich sah sie überrascht an.

Sie lächelte nachsichtig und böse, als sie fortfuhr: »Und ich weiß, daß du sie auch liebst.«

Ihre Bemerkung brachte mich aus der Fassung. Augenblicklich war mein Mund ausgetrocknet und die Zunge schwer und dick. Etwas würgte mich, und ich versuchte zu schlucken, um sprechen zu können.

»Versuch bitte nicht, es zu leugnen«, sprach meine Frau weiter, »ich weiß es, ich bin doch nicht verblödet. Aber ich weiß auch, daß ich dich überleben werde und daß du es nie wagen wirst, dich von mir und deiner Tochter scheiden zu lassen. Dazu fehlt dir der Mut. Du bist ein Feigling. Du wirst Christine nie haben. Das verspreche ich dir.«

Ich sah sie bewegungslos an. Ihr sich offenbarender Haß ließ mein Blut erstarren, und ich verspürte den Wunsch, sie zu töten. Dieses Verlangen überfiel mich so heftig, daß sich meine Hände verkrampften. Ich wußte, daß meine Frau die Wahrheit sprach. Mir fehlte der Mut, mich scheiden zu lassen, und ich war nicht feige genug, um mich auf eine andere, grausamere Art von ihr zu befreien.

Zu spät, hämmerte es in meinem Kopf, es ist alles zu spät.

Christine, rief ich lautlos, Christine. Ich beschwor in meinem Inneren ihren Namen, um atmen zu können. Aber auch in mir fand ich keine Vergebung, und erbarmungslos tönte das Echo: Zu spät, du alter Narr, zu spät.

Gertrude Fischlinger

Er stand mit hängenden Schultern vor mir. Ratlos irrte sein Blick über die Regale.

»Haben Sie noch einen Wunsch?«

»Geben Sie mir eine Flasche Schnaps. Eine große Flasche.«

»Welchen wollen Sie?«

»Den gleichen, den ich im vorigen Jahr kaufte.«

»Voriges Jahr? Ich kann mich nicht erinnern. War es ein Korn?«

»Es ist gleich. Geben Sie mir irgend etwas. Etwas Gutes.«

Ich stellte eine Flasche zu den Tüten, Paketen und dem Wein und begann, alles zusammenzurechnen.

»Sie bekommen Besuch?«

»Ja.«

»Wieder die Zigeuner?«

»Jaja, wieder die Zigeuner.«

»Ich wollte Sie nicht kränken, Herr Gohl, ich dachte nur . . .«

»Sie haben mich nicht gekränkt.«

»Es macht zweiundsechzig Mark vierzig. Soll ichs ins Buch schreiben?«

»Nein, ich bezahle es gleich.«

»Tragen Sie nicht alles auf einmal. Ich werde Paul bitten, Sie zu begleiten. Es ist so heiß, man hat nur noch Brei im Kopf. Wir werden alle noch einen Sonnenstich bekommen.«

»Danke. Ich schaff es allein. Mich stört die Sonne nicht.«

»Es ist nicht nur die Sonne. Die Hitze läßt auch in der Nacht nicht nach. Die Milch ist schon sauer, wenn ich sie geliefert bekomme.«

»Das ist schlimm.«

»Ja. Selbst im Keller gärt und fault es. Wann hatten wir solch einen Sommer!«

»Auf Wiedersehn.«

»Auf Wiedersehn, Herr Gohl. Und vielen Dank.«

Er nahm seine Aktentasche und den Beutel auf. Ich kam hinter dem Ladentisch hervor, um ihm die Tür zu öffnen. Draußen, auf dem Bürgersteig, stellte er die Aktentasche ab, nur um die Hand frei zu haben und seinen Hut zu lüften und mir zu danken. Dann schritt er mit eingezogenem Kopf den Mühlenberg hinauf.

Herr Gohl wohnte hinter der Siedlung, in einem allein stehenden Haus, direkt am Godenholz, einem Kiefernwald. Er lebte dort mit seiner Tochter, einer erwachsenen Frau, wenn man das sagen darf, denn sie war krank, sehr krank. Sie war schwachsinnig. Sie verließ nie das Haus, und ihr Vater mußte sie versorgen.

Herr Gohl hatte keine Freunde oder Bekannte in der Stadt. Niemand besuchte ihn, und er redete mit keinem. Er war Maler und arbeitete seit ein paar Jahren in unserem Heimatmuseum. Früher hat er nur seine Bilder gemalt und sie an die reichen Kurgäste verkauft, die sich damals hier erholten. Aber die Kurgäste, die nach dem Krieg in unsere Stadt kamen, hatten selber kein Geld. So lebten er und seine Tochter von den paar Mark, die ihm die Stadt für seine Arbeit in der Guldenburg zahlte. Und von der Rente, die sie bekamen, weil seine Tochter so krank war und seine Frau von den Nazis getötet wurde.

Sein einziger Bekannter war der Zigeuner, der in jedem Sommer in unserer Stadt sein Lager aufschlug. Nur dieser Zigeuner mit seinen Frauen besuchte ihn. Ich weiß nicht, wie sie sich unterhielten, denn der Zigeuner redete kein Deutsch. Die Leute erzählten, sie würden nur trinken, und die Zigeunerweiber würden Lieder singen, fremde Lieder, die sich wie lautes, langgezogenes Jammern anhörten. Ich kümmerte mich nicht darum. Was Herr Gohl verlangte, bekam er, und wenn er die

Zigeuner in sein Haus ließ, war das allein seine Angelegenheit. Ich verkaufte schließlich auch an die Zigeuner, das war mein Recht und meine Pflicht, da mochten die Leute sagen, was sie wollten.

Verstehen konnte ich es auch nicht, wieso der Zigeuner ausgerechnet zu Herrn Gohl ging. Aber vielleicht sind die Verrückten für die Zigeuner heilige Leute. Jule hatte mir von Völkern erzählt, die die Verrückten anbeten. Aus einem kranken Kopf spreche Gott selbst, habe ihr Priester gesagt. Ich weiß das nicht, aber die schlimmen Geschichten, die sich die Leute von dem Zigeuner und seinen drei Frauen erzählten, wollte ich auch nicht glauben.

Herr Gohl lebte schon immer zurückgezogen. Auch als er noch verheiratet war, hatte er in unserer Stadt keine Freunde. Man wußte, daß er Bilder malt, und ließ ihn in Ruhe.

Seine Frau kannte ich schon, bevor er sie heiratete. Gudrun Stephanski hieß sie. Sie war Lehrerin, und Jule und ich hatten einige Jahre bei ihr Unterricht, bevor sie den Maler heiratete und die Marlene bekam, ihre Tochter. Sie hörte auf zu arbeiten, als sich herausstellte, daß ihr Kind krank war und nie ganz richtig werden würde. Damals war ich in der vierten oder fünften Klasse. Ich sah Gudrun Stephanski, oder vielmehr Frau Gohl, wie sie dann hieß, nur selten. Manchmal trafen wir sie im Wald, wenn wir Blaubeeren sammelten. Sie schob dann einen Kinderwagen vor sich her und redete auf das große, unbewegliche und teilnahmslos in die Bäume starrende Mädchen ein. Wenn wir sie grüßten, blieb sie stehen, erkundigte sich nach der Schule und sprach zu uns ein paar freundliche Worte. Vor ihrer Tochter aber gruselte uns, weil sie so merkwürdig war.

Frau Gohl war eine sehr sanfte Frau, an der die Jahre spurlos vorbeizugehen schienen. Als ich sie zum letztenmal sah, mußte sie weit über vierzig sein, und dennoch war mir, als sei sie überhaupt nicht gealtert. Sie schien noch immer die junge Frau zu sein, die vor meiner Schulbank stand, während ich mühsam und verzweifelt die Buchstaben meiner Lesefibel zu sinnvollen Worten zusammenzusetzen suchte.

Im Mai 1943 wurde ihre Tochter abgeholt. Die Gohls hatten ihr schwachsinniges Kind lange dem Zugriff des Staates entziehen können, der diese kranken Menschen in besondere Heime einweisen ließ, um nicht, wie es offiziell hieß, durch sie das Leben des gesunden Volkes zu gefährden. Die Gohls hatten ihre Tochter einige Jahre im Haus verbergen können, bis schließlich, nach einem schriftlichen Hinweis aus der Bevölkerung, die Stadtbehörde nicht mehr umhin konnte, der Gauleitung die Existenz dieses kranken Mädchens zu melden. Im Mai wurde sie abgeholt, und im September kam die Todesnachricht und eine Urne mit ihrer Asche. Es hieß, sie sei an einer Lungenentzündung gestorben, das war jedenfalls die amtliche Todesursache. Herr Gohl ließ die Urne auf dem Waldfriedhof beisetzen und einen kleinen weißen Stein aufstellen, auf dem kein Name und kein Datum eingemeißelt war. Nur ein golden ausgelegtes Kreuz war darauf.

Seitdem man ihre Tochter gewaltsam aus dem Haus geholt hatte, verließen die Gohls kaum noch ihre Wohnung. Manchmal sah man Herrn Gohl seine Besorgungen erledigen, damals kaufte er noch alles im Geschäft von Grosser, oben am Alten Viehmarkt. Oder er ging mit einem großen Paket, seinen eingewickelten Bildern, zum Kurhaus, wo er die Gemälde im Foyer ausstellte und dann den ganzen Tag geduldig neben ihnen saß, sie betrachten ließ und auf Käufer wartete. Manchmal sprachen ihn Leute aus der Stadt an, um ihn zu trösten, aber er antwortete ihnen nie. Er sah sie nur wortlos an, und seine Augen waren voll Tränen.

Zum Ende des Jahres, ein paar Monate nach der Beisetzung der Urne, tauchte das entsetzliche Gerücht zum erstenmal in der Stadt auf. Für ein paar Tage war es zum verschwiegenen, fast stummen Stadtgespräch geworden, doch ebenso plötzlich, wie es aufgekommen, war es auch wieder verschwunden. Vielleicht wußte keiner etwas Genaues, vielleicht aber war das Gerücht so grauenerregend, daß man es vorzog, ihm nicht nachzugehen und es nicht zu erwähnen. Ich glaube, man dachte in unserer Stadt nicht einmal mehr daran.

Im folgenden Frühjahr bestätigte sich aber die Wahrheit des fürchterlichen Gerüchts. Spaziergänger hatten Gohls schwachsinnige Tochter, die inzwischen zu einem erwachsenen Mädchen herangewachsen war, im Garten spielen sehen. Offenbar hatte sich vor Jahresfrist statt ihrer die Mutter abholen lassen. Frau Gohl mußte es gelungen sein, die Behörden zu betrügen und sich unter dem Namen der Tochter in eine jener Anstalten bringen zu lassen, in die der Staat alle jene Menschen einwies, über die er sein tödliches Urteil gefällt hatte: unwertes Leben.

Gohls Tochter Marlene lebte. In der Urne auf dem Waldfriedhof befand sich die Asche von Gudrun Gohl, der Mutter der Schwachsinnigen.

Wie ein Hagelschlag, eisig und alles vernichtend, traf diese Nachricht unsere kleine Stadt. Die Erleichterung, die nach der Denunziation und dem vermeintlichen Transport der Kranken in die Anstalt zu bemerken war, schlug nun um in stummes Entsetzen. Wann immer man Herrn Gohl sah oder unvermutet auf seine Familie zu sprechen kam, machte sich lähmendes Schweigen breit, als habe sich plötzlich eine lichtlose Dunkelheit über die Stadt gelegt. Und die Scham und der Schrecken waren so nachhaltig, daß über ein Jahr, bis zum Ende des Krieges, Herr Gohl und seine Tochter unbelästigt in ihrem Haus wohnen konnten. Obgleich viele in der Stadt die Wahrheit wußten, wagte es keiner, sie laut auszusprechen. Selbst unter den eifrigsten Nazis muß es Leute gegeben haben, die vom Tod der schönen Gudrun Gohl und dem unerlaubten Weiterleben der schwachsinnigen Marlene wußten, doch auch sie öffneten nicht mehr ihren Mund. Die schlechten Kriegsnachrichten, die vorrückenden Russen und die nächtlichen Bombardements deutscher Städte durch englische Flugzeuge ließen es denen, die etwas gehört oder gesehen hatten, wohl ratsam erscheinen, keine zweite Denunziation zu wagen. Wann immer Gudrun Gohl zur Behörde kommen mußte, erschien Herr Gohl und entschuldigte sie, und die Amtspersonen nahmen widerspruchslos zur Kenntnis, daß seine Frau krank oder verreist sei.

Nach dem Kriegsende, als jede Gefahr für Marlene Gohl und ihren Vater gebannt war und sie offen durch die Stadt hätten gehen können, hielten sie an ihrem Einsiedlerdasein fest. Herr Gohl besuchte keinen Menschen und empfing keinen. Seine Tochter versorgte er allein und lehnte jede Hilfe ab. Nur als ihm die Stadt das Angebot machte, als Kunstmaler im neu eingerichteten Heimatmuseum in der Guldenburg zu arbeiten, sagte er zu. Seitdem lief er auf dem Weg zum Museum und nach Hause zweimal täglich an meinem Geschäft vorbei und kam ab und zu herein und kaufte wenige Lebensmittel. Noch immer sprach er selten und war mit keinem in unserer Stadt befreundet.

Im selben Jahr, in dem er anfing, auf der Guldenburg zu arbeiten, erschienen auch die Zigeuner wieder in der Stadt. Sie kamen im Spätfrühjahr und schlugen auf der Bleicherwiese ihr Lager auf. Sie brachten eine Menge kräftiger Ackergäule mit, die sie den Bauern der umliegenden Dörfer für Geld zur Ernte überließen. Anfang Oktober verschwanden sie wieder mit ihren Pferden. Seitdem kamen sie jeden Sommer.

Das Erscheinen der Zigeuner erregte die Gemüter. In mehreren Einwohnerversammlungen verlangte man vom Bürgermeister, sie aus der Stadt zu werfen. Sie sollten auf den Flutwiesen hinter den Resten der alten Stadtmauer kampieren oder sich in einer anderen Stadt niederlassen. Dennoch kamen die Zigeuner in jedem Jahr wieder. Weder der unfreundliche Empfang noch die angedrohten Strafen der städtischen Behörde konnten sie davon abhalten, ihre Wohnwagen auf die Bleicherwiese zu stellen und in den Sommermonaten dort vor aller Augen ihr ungewöhnliches Leben zu führen.

Unter diesen Umständen war es befremdlich, daß ausgerechnet der schweigsame, ungesellige Herr Gohl sich mit den Zigeunern anfreundete. In jedem Jahr besuchte der dicke Zigeuner mit zwei oder drei seiner Frauen Herrn Gohl in dessen Haus am Stadtrand. Wie die Leute erzählten, kamen sie am Abend, der dicke Zigeuner voran und einige Schritte hinter ihm und untergehakt die Frauen. Bis weit nach Mitternacht blieben sie bei Herrn Gohl und sangen und tranken. Daß Herr

Gohl sich mit den ungebetenen Gästen einließ, empfand fast die ganze Stadt als Verrat, und das anfängliche Bedauern seines schweren Schicksals und ein gewisses Verständnis für das einsiedlerische Leben des alten Malers wichen bald der Verärgerung über sein unzugängliches Wesen und einer offenen Mißbilligung seiner rätselhaften Beziehung zu den Zigeunern.

Herrn Gohl schien dies alles nicht zu betreffen. Ich kann nicht einmal sagen, ob er die erregte Stimmung der Einwohner kannte, ihre Abneigung und ihren Groll. Wenn er meinen Laden betrat, grüßte er mich mit gleichbleibender Höflichkeit. Er verlangte, was er benötigte, und ließ sich nicht auf Gespräche ein. Wenn er hinausging, lüftete er seinen Hut und dankte mir. Ich habe ihn nie nach seiner Tochter fragen, ich habe ihm nicht einmal erzählen können, daß ich einst von seiner Frau unterrichtet wurde und sie damals verehrte und liebte. Ich denke, es hätte ihn gefreut, aber er ließ es in den vielen Jahren niemals zu, daß ich mehr als »Was wünschen Sie?« und »Ist das alles?« zu ihm sagen konnte.

Es war, als habe sich für ihn seit dem Ende des Krieges nichts geändert. Wie früher verrichtete er ohne Aufhebens seine Arbeit und lebte in unserer Stadt wie ein Besucher, fremd und zurückhaltend, verwunderlich und unberührbar, ein ständiger Gast, aber kein Mitbürger. Nur auf dem weißen Stein des Waldfriedhofes, am Urnengrab seiner

Frau, hatte er einen Namen eintragen lassen: Gudrun Gohl, geborene Stephanski, und die mit einem Gedankenstrich verbundenen Jahreszahlen 1901 und 1943. Wäre nicht diese Schrift auf dem Stein gewesen, man hätte meinen können, er halte seine Tochter und sich noch immer verborgen.

Thomas

Ich erinnere mich der drückenden Hitze eines grauen Himmels. Es war so heiß, daß die Luft sichtbar wurde. Durch die Sandalen spürte ich die versengende Glut der Pflastersteine.

In der Schule verkürzten die schwitzenden, unausgeschlafenen Lehrer die Stunden und erwarteten wohl, nicht weniger entkräftet als wir, den ersten Ferientag.

Tagsüber war die Sonne nicht zu sehen. Sie erschien nur als gleißendes, verschwimmendes Leuchten hinter einem undurchdringlichen Schleier, der sich über die Stadt wölbte und uns die Luft zum Atmen zu nehmen schien. Die Häuser, die lautlos aufstöhnten in dem schweren, dunstigen Halblicht, preßten sich an den Kirchturm. Es wurden Gewitter erwartet. Je länger die lastende Schwüle andauerte, desto gewaltigere Gewitter erwartete man.

Die Erwachsenen sorgten sich um die Ernte. In

der ganzen Stadt sprach man von der unaufhörlichen Schwüle.

Mit dem ersten Ferientag klarte es auf, und die Sonne schien nun von einem glasklaren, gleichmäßig blauen Himmel. Es war noch immer heiß, selten fielen ein paar Regentropfen, doch es war jetzt eine leichte und gut verträgliche Hitze.

In der ersten Ferienwoche besuchte ich Elske. Wir waren verabredet, mit den Fahrrädern nach Wildenberg zu fahren.

Sie wollte mir ihre Oberschule zeigen, in die sie seit zwei Jahren ging, und wir wollten ihre Freundin besuchen.

Ich ging zu ihr, um sie an unsere Fahrt zu erinnern. Ich ging zu ihr, um bei ihr zu sein. Ich sehnte mich nach ihr, und ich fürchtete mich vor ihr. Sie war so viel älter als ich, vier Jahre. Sie war so schön, und ich war nur ein kleiner Junge, der ihr nichts bedeutete. Ich wußte nicht, ob sie auch nur ahnte, wie sehr ich mich nach ihrer Anwesenheit sehnte. Ich wünschte, neben ihr zu sitzen, meinen Kopf an ihre Schulter zu lehnen, mit den Fingerspitzen ihre Brüste zu berühren, zarter als ein Windhauch sie streicheln könnte. Wenn ich neben ihr saß, wagte ich nicht einmal, nach ihrer Hand zu fassen. Ich fürchtete, sie würde mich auslachen, und ich glaubte, das nicht überleben zu können.

Ich lief wie ziellos durch die Stadt. Nur langsam näherte ich mich dem Grabensprung, wo Elske wohnte. Ich hoffte und ich fürchtete, und ich war verzweifelt, weil ich so jung war und gewiß alles falsch machte und sie mich insgeheim sicherlich auslachte.

Ich blieb vor allen Schaufenstern stehen und knabberte an meinen Fingernägeln. Auch vor Frau Fischlingers Laden verharrte ich unschlüssig und betrachtete die immer gleichen Dosen und langweiligen Tüten der kleinen Auslage. Die Ladentür öffnete sich, und Frau Fischlinger kam mit einem Eimer heraus. Sie schleppte ihn mit beiden Händen vor sich her und schüttete dann mit langsamen Bewegungen Wasser über den Bürgersteig. Die Steine dampften. Große Tropfen rollten wie graue Murmeln über das Pflaster und verrannen im Staub. Für Sekunden atmete ich gewaschene Luft. Es war, als würde die ausgedörrte Straße aufseufzen, um gleich wieder in ihre geduldige Erstarrung zu fallen.

Ich stand neben Frau Fischlinger. Gemeinsam starrten wir auf die schnell trocknenden Steine.

»Willst du etwas kaufen?« fragte sie.

»Nein.«

Sie faßte mir unters Kinn, hob meinen Kopf und sah mich an.

»Du bist der Sohn des Apothekers, nicht wahr? Du bist mit Paul befreundet?«

Ich nickte und ging einen Schritt zurück, um mich aus ihrem Griff zu befreien. Sie betrachtete mich mißtrauisch. Ihr Mund war leicht geöffnet, sie atmete schwer. Ich sah einzelne, lange Barthaare an ihrem Kinn. Neben ihrer Oberlippe hatte sie einen Leberfleck, aus dem gleichfalls ein paar Haare wuchsen, lange weißliche Haare.

»Bist du auch abends mit ihm zusammen? Was macht Paul in der Nacht?«

»Ich weiß es nicht.«

»Wann mußt du ins Bett, Junge?«

»Um acht.«

»Und du gehst natürlich auch um acht ins Bett? Du bist ein braver Junge.«

Sie sagte es kalt und erbarmungslos, so daß ich glaubte, sie mache sich über mich lustig. Sie stellte den leeren Eimer auf den Bürgersteig und schob den rechten Ärmel ihrer Kittelschürze hoch. Auf dem Unterarm war ein bläulichroter Fleck zu sehen.

»Weißt du, was das ist, Junge?«

»Nein.«

»Das war Paul. Das war dein Freund.«

Sie sagte es anklagend, als gäbe sie mir die Schuld.

»Er ist wie sein Vater«, fuhr sie dann fort, »ein schlechter Mensch.«

Sie streifte den Ärmel runter und sah mich erwartungsvoll an. Ich wußte nicht, was ich sagen sollte. Ich wollte nichts Böses über Paul sagen, er war bestimmt kein schlechter Mensch. Er war über zwei Jahre älter als ich und trotzdem mit mir befreundet. Er wußte sehr viel und brachte es mir bei. Doch ich konnte ihn auch nicht verteidigen, nicht seiner Mutter gegenüber, die mir ihren Arm vorhielt. So starrte ich schweigend auf den Ärmel, unter dem sich der handtellergroße Fleck befand. Ich hätte gern gewußt, ob Paul sie gebissen hatte, aber ich wagte nicht, danach zu fragen.

Frau Fischlinger griff nach dem Eimer und strich dabei mit der anderen Hand über ihre Hüfte.

»Laß dich nicht mit Paul ein, Junge.«

Dann wandte sie sich um und verschwand krummbeinig in ihrem Laden, über dem in verwitternden Buchstaben »Colonialwaren« stand. Durch die geöffnete Tür sah ich ihr nach. Sie stellte den Eimer hinter den Ladentisch und schlug die Klappe herunter, die den Verkaufstisch verlängerte und den einzigen Durchgang zu den Regalen mit den Lebensmitteln blockierte.

Sie stützte sich auf den Ladentisch und sah mich an. »Lauf bei dem Wetter nicht draußen herum. Du kannst das Hitzfieber kriegen.«

Langsam ging ich weiter. Ich dachte an Paul. Ich konnte nicht verstehen, wieso er seine Mutter gebissen hatte. Es erschreckte mich, aber ich bewunderte ihn auch. Ich hatte so viel weniger Mut als er. Dann dachte ich an Elske. Und ich hoffte, sie würde nicht lachen.

6. KAPITEL

Wieso ich? Warum haben Sie mich ausgesucht?

Ich habe dich nicht ausgesucht. Das warst du selbst.

Wenn Sie keinen Frieden haben, lassen Sie mir meinen Frieden.

Hast du es immer noch nicht begriffen, Junge? Du bist es, der mit den Toten nicht leben kann. Du bist es, der darüber reden muß. Die Toten haben euch vergessen, aber ihr könnt uns nicht vergessen.

Ich habe mit Ihnen nichts zu tun. Damals war ich ein Kind.

Du hast mit vielen Toten zu tun. Wie willst du mich vergessen?

Ich werde der Toten nicht gedenken.

Versuch es. Versuch es nur. Überall wirst du auf uns stoßen. Die Straßen sind voll von Toten.

Kruschkatz

Ich saß allein in der Küche und löffelte eine selbstgekochte, geschmacklose Suppe, als es an der Tür klingelte. Ich war so erschöpft, daß es mir schwerfiel, den Stuhl zurückzuschieben und zur Tür zu gehen, um sie zu öffnen.

»Guten Abend, Doktor. Kommen Sie rein.«

Er nickte nur und ging an mir vorbei.

»Ich danke Ihnen, daß Sie gekommen sind, Doktor.«

»Ich bin nicht zu Ihnen gekommen, sondern zu Ihrer Frau. Wo liegt sie?«

Ich öffnete die Tür zum Schlafzimmer. Irene schien zu schlafen.

»Dr. Spodeck ist da, Irene. Kann er hereinkommen?«

Dr. Spodeck setzte sich auf ihr Bett und griff nach ihrer Hand. »Was machen Sie denn nur, Irene?«

Ich stand noch immer in der offenen Tür.

»Brauchen Sie noch etwas, Doktor? Kann ich Ihnen irgendwie helfen?«

»Ja. Lassen Sie uns allein.«

Ich verschloß die Schlafzimmertür und ging in die Küche. Ich aß meine Suppe und spülte das Geschirr ab. Dann setzte ich Wasser auf, stellte mich ans offene Fenster und sah in den dunklen, sternenlosen Himmel. Als das Wasser siedete, brühte ich zwei Kannen mit Tee, Pfefferminztee für Irene und schwarzen für mich. Dr. Spodeck kam in die Küche und setzte sich wortlos an den Tisch. Er füllte ein Rezept aus. Dann steckte er den Füllfederhalter in sein Jackett und sah sich um.

»Was ist mit meiner Frau, Doktor?«

»Nichts weiter. Ein grippaler Infekt. Ich habe ihr ein leichtes Sulfonamid gegeben. Das hier holen Sie morgen in der Apotheke. Sie muß es zweimal täglich nach dem Essen nehmen, mittags und abends.«

Er stempelte das Rezept mit einem kleinen Taschenstempel, den er in einem Silberetui bei sich trug, und gab es mir.

»Sie ist in letzter Zeit häufig krank.«

»Das sind die Jahre, Bürgermeister. Wir werden nicht jünger.«

»Trinken Sie einen Tee mit mir?«

»Wenn Sie einen Wein im Haus haben . . .«

Ich holte eine Flasche Rotwein aus der Kammer und goß uns zwei Gläser ein. Spodeck trank in einem Zug das halbe Glas leer, setzte es ab und sah sich wieder in der Küche um.

»Sie meinen, ich muß mir um Irene keine Sorgen machen?«

»Das habe ich nicht gesagt. Ich beobachte Ihre Frau, seit Sie hier leben. Ihr Zustand beunruhigt mich. Sie verfällt hier, Bürgermeister, sie verblüht.«

»Dann helfen Sie ihr, Doktor.«

»Das liegt nicht in meiner Macht. Sie ist nicht krank, sie ist unglücklich.«

Ich goß uns Wein nach. Ich wußte, daß er recht hatte, und war doch unfähig, etwas zu verändern. Ich fühlte, wie mein Gesicht grau und leer wurde.

»Das Schlimme ist, daß ich nicht weiß, was ich tun könnte.«

»Ich weiß es auch nicht, aber ich rate Ihnen, tun Sie etwas. Um uns beide, Herr Bürgermeister, kräht kein Hahn. Aber kümmern Sie sich um Irene. Sie haben auf dieser Erde keine andere Pflicht.«

Meine Hand begann plötzlich zu zittern. Ich konnte kaum das Glas halten und vergoß Wein. Ich stand auf, holte einen Lappen und wischte den Tisch ab. Ich spürte, daß mich Spodeck beobachtete, und sagte entschuldigend: »Ich bin etwas müde. Es ist alles zuviel für mich.«

»Sie opfern sich auf, nicht wahr? Unermüdlich und selbstlos um das Wohl der Stadt besorgt.«

»Warum wollen Sie mich kränken, Doktor? Wie ein Pensionär kann ich allerdings nicht leben.«

Er lachte amüsiert auf. »Wofür vergeuden Sie Ihr Leben. Diese Stadt ist es nicht wert. Sie hätten nicht hierherkommen sollen.«

»Das geht Sie einen feuchten Dreck an, Doktor.«

»Richtig. Aber vergessen wir nicht Ihre Frau. Sie hätten sie nicht aus der Großstadt in ein verlassenes Kaff wie Guldenberg bringen dürfen. Sie braucht die große Stadt, die Abwechslung. Sie verkümmert hier. Irene ist eine ungewöhnliche Frau. Eine Schönheit, weiß Gott.«

»Man könnte annehmen, Sie haben sich ein bißchen in sie verliebt, Doktor.«

»Wundert Sie das? Ich denke, ich bin nicht der einzige Mann in Guldenberg, der in Irene ein bißchen verliebt ist. Dafür ist sie für unsere Stadt eine zu ungewöhnliche Erscheinung. Ja, ich bin ein bißchen in sie verliebt. Und darum, Bürgermeister, verüble ich es Ihnen, daß Sie diese schöne Frau nötigen, hier zu leben.«

Ich lächelte über seine eifernde Heftigkeit. »Bedauerlicherweise wurde ich Bürgermeister von Guldenberg, nicht von Leipzig.«

»Sie sind, wie ich hörte, auch Historiker?«

»Ich wars, Doktor. Ich habe nicht den Kopf für die trockenen Wissenschaften. Ich bin ein praktischer Mensch.«

»Jaja. Und vergessen wir nicht, die Karrieren der Wissenschaft führen nicht zum Thron der Macht, nicht wahr, Herr Bürgermeister?«

Ich hätte ihn ohrfeigen können. Seine Ironie traf mich um so bösartiger, als sie mich mit brutaler Gewalt daran erinnerte, in welchem lächerlichen Nest ich meine Jahre und meine Kraft vertat. Statt dessen lachte ich laut und herzlich. Das Büro hatte mich Disziplin gelehrt.

»Warum begleiten Sie Ihre Frau eigentlich nie zu den Donnerstagabenden? Es ist eine sehr anregende Gesprächsrunde. Und als ehemaliger Historiker müßten Sie . . .«

»Keine Zeit, verehrter Doktor. Ich kann es mir leider nicht erlauben, nur vier, fünf Stunden täglich zu praktizieren.«

»Sie sollten sich die Zeit nehmen. Die kleinen Vorträge Horns sind amüsant, etwas langweilig und immer lehrreich. Eine willkommene Abwechslung in einer Kleinstadt.«

Mein innerer Wecker klingelte durchdringend, und ich registrierte das aufmerksame Glitzern in den Augen Spodecks. Ich wußte, was er von mir erfahren wollte.

Mit gleichgültiger Stimme erkundigte ich mich: »Was interessiert Sie an Landes- und Regionalgeschichte, Doktor?«

»Nichts. Für mich sind die Donnerstagabende lediglich ein Training meiner kleinen grauen Zellen. Ich hoffe, die kleine Anstrengung des Geistes verhilft mir dazu, etwas weniger rasch zu verblöden.«

Er nippte an seinem Wein und sagte dann: »Sie und Horn waren in Leipzig Kollegen, wie ich hörte.«

»Das ist richtig.«

»Kollegen, aber nicht Freunde. Ist das auch richtig?«

»Horn war in Leipzig mein Genosse.«

»Jaja, Bürgermeister, aber es gab da eine böse Geschichte zwischen Ihnen und Horn?«

»Wer erzählt das? Horn?«

»Nein, seien Sie beruhigt. Horn spricht nicht darüber. Als Arzt muß ich sagen, er spricht leider nicht darüber. Das wird ihn zwei oder drei Jahre seines Lebens kosten. Er ist unfähig, aus sich herauszugehen, zu erzählen, meinetwegen zu schreien oder zu heulen. Für die Schulmedizin sind diese Burschen klassische Kandidaten für Infarkte.«

Er schwieg und sah mich erwartungsvoll an. Ich blickte ihm ruhig in die Augen und hielt seinem Blick stand.

»Sie wollen nicht darüber sprechen?«

»Es geht Sie nichts an, Doktor.«

Er nickte. Dann sah er sich wieder in der Küche um. Er betrachtete den Küchenschrank und das selbstgebastelte Holzregal so eindringlich, als wollte er das Geheimnis ihrer Konstruktion ergründen.

»Irene wird noch ein paar Tage liegen. Sie sind ein vielbeschäftigter Mann, Bürgermeister. Wenn es Sie nicht kränkt, würde ich Ihnen meine Haushaltshilfe für ein, zwei Stunden täglich schicken. Irene zuliebe.«

»Nein, Doktor. Es kränkt mich nicht, aber ich bin es nicht gewöhnt, mich bedienen zu lassen.«

Dr. Spodeck nickte, ohne eine Miene zu verziehen. Dann stand er auf und warf einen abwesenden Blick zu dem schwarzen Fenster. Seine Stimme war eindringlich mahnend, als er sagte: »Verurteilen Sie nicht Ihre Frau dazu, in dieser Stadt zu leben.«

Es fiel mir schwer, ihm zu antworten. Ich hatte das Gefühl, ich zöge mir selbst das Fleisch von den Knochen, als ich sagte: »Es ist nicht nur diese Stadt, Doktor.«

»Ich dachte es mir.«

Ich war ihm dankbar, daß er in diesem Moment nichts weiter sagte. Ich hätte eine höhnische Bemerkung, sein triumphierendes Lächeln nicht ertragen. Und obgleich ich wußte, daß er mich verachtete, glaubte ich mich in diesem Moment geborgen in der Obhut eines besorgten Freundes, und ich verspürte die grimmige Lust, mich vollends zu offenbaren. »Es würde ihr nicht helfen zurückzukehren. Sie würde nicht glücklicher werden. Und ich kann es ihr nicht gestatten, mich zu verlassen. Glauben Sie mir, Doktor, wenn ich Irene verliere, bleibt von mir nur noch ein Haufen Scheiße übrig.«

Der Arzt hustete und sah mich verwundert mit einfältigen Augen an. Er dachte nach. Dann trank er stehend sein Glas aus und kaute den Wein im geschlossenen Mund, bevor er ihn hinunterschluckte. Aus der Hose zog er ein kariertes Taschentuch und schneuzte sich ausführlich die Nase.

»Trinken Sie noch ein Glas?«

Er nickte und setzte sich wieder. Ich goß ihm Wein ein. Ich bat ihn um eine Zigarette und sog den Rauch so tief ein, daß mir für einen Augenblick schwindlig wurde.

»Glauben Sie manchmal an Gott, Bürgermeister?«

»Nein.«

»Vielleicht könnte es Ihnen helfen, Ihr Leben allein durchzustehen.«

»Danke für Ihren Rat. Aber ich lehne es ab, an einer Krücke durch die Welt zu marschieren. Vielleicht bin ich im Irrtum. Doch ich habe in meinem Leben so vieles falsch gemacht, warum sollte ich mich ausgerechnet in diesem Punkt korrigieren?«

Dr. Spodeck rieb seine geschlossenen Augen. Dann nahm er die Brille ab, wischte mit der Kante seines gebügelten Hemdes die Gläser sauber und sagte schließlich – wobei die kurzsichtigen Augen hilflos sich mühten, die Reinigungsarbeit seiner Finger zu betrachten – mit tonloser, unbeteiligter Stimme: »Ein Haufen Scheiße, wie Sie sagen, wartet auf uns alle.«

Er setzte die Brille auf und erhob sich. Ich brachte ihn zur Tür. Vor dem Haus warf er den Zigarettenstummel auf die Steinstufen und trat ihn mit der Schuhspitze sorgfältig aus. Ich streckte ihm zum Abschied die Hand entgegen. Er knöpfte den obersten Knopf seines gestärkten weißen Hemdes zu, meine ausgestreckte Hand übersah er.

»Sie bringen Ihre Frau um, Herr Bürgermeister«, sagte er, wandte sich ab und ging die dunkle Straße hinunter.

Ich klopfte leise an die Schlafzimmertür und trat ein. Irene schlief. Die Bettdecke lag halb auf dem Fußboden, ihr Nachthemd war hochgerutscht und bildete einen unförmigen Wulst um ihre Hüfte. Beim Anblick ihrer Beine und des entblößten Hinterns begannen meine Hände erneut zu zittern. Und während ich unendlich sanft die Bettdecke über sie legte, überfiel mich mit der Wucht absonderlicher, unsinniger Ahnungen die Gewißheit meines Todes.

Gertrude Fischlinger

Nach Herrn Horns Tod kam Jule zu mir, um in seinem Zimmer geistliche Exerzitien zu veranstalten, die sie ihrem Priester abgeguckt hatte. Sie wollte die Seele und die Gedanken des Toten bannen. Einen Tag später stellten wir ein paar Möbel ins Wohnzimmer zurück, und Jule nahm mir das Versprechen ab, nie mehr das Zimmer an einen Fremden zu vermieten. Wir tranken Kaffee, Jule sprach von ihrem Priester, und ich gedachte des toten Herrn Horn.

Bevor sie ging, umarmten wir uns lange und schweigend. Dann sagte ich: »Nun bin ich völlig allein, Jule, einsam wie ein Hundeschwanz. Ich sollte für mich eine Waisenrente beantragen.«

Jule runzelte die Stirn und erwiderte mißbilligend: »Du bist nicht allein, Trude, einer ist immer bei dir.«

»Ich weiß«, sagte ich, »ich wünschte nur, er hätte ein unrasiertes Gesicht und den Schweißgeruch eines Mannes.«

Jules Mund spitzte sich zu. Sie schien sich entrüsten zu wollen, brach dann jedoch in lautes Kichern aus und stürzte, noch immer vor Lachen laut prustend, davon.

Paul war am zweiten September nach Wildenberg gegangen. Er begann dort eine Lehre als Maschinenschlosser. Sein Vater hatte ihm die Lehrstelle besorgt und auch ein Zimmer, in dem er zur Untermiete wohnte. Als Paul seinen Koffer packte, war er glücklich. Er verabschiedete sich hastig und unaufmerksam von mir und ging allein zur Bahnstation. Ich durfte ihn nicht begleiten. Ich wußte, ich würde ihn monatelang nicht wiedersehen und alles, was ich von ihm zu hören bekäme, wären Geldforderungen, unter die ein liebloser Gruß geschrieben war.

Am letzten Sonntag im September besuchte mich mein Mann. Er kam, um Pauls restliche Sachen zu holen. Er hatte mir seinen Besuch auf einer Postkarte angekündigt. Als ich die Karte im Flur meiner Wohnung liegen sah und die Schrift meines Mannes erkannte, spürte ich, wie meine unförmigen, geschwollenen Beine zu Pudding wurden. Ich schaffte es nicht, in mein Zimmer zu gehen, und ließ mich, an die Wand gelehnt, auf den Boden gleiten. Wie eine alte Frau saß ich hilflos auf dem Fußboden meines Wohnungsflurs, die Beine von mir gestreckt, den Kopf an den Türpfosten gelehnt, und rang nach Atem.

An jenem Sonntag fuhr er mit einem großen Auto mittags vor mein Haus. Er kam nicht allein. Eine blondierte, etwas üppige Frau stieg mit ihm aus dem Wagen. Sie trug ein helles Kostüm, knallrote Stöckelschuhe und eine ebenso rote Lackledertasche. Ich trat vom Fenster zurück, ehe sie mich bemerkten.

Als es klingelte und ich ihnen die Wohnungstür öffnete, sagte mein Mann statt einer Begrüßung lediglich: »Das ist sie.« Dabei wies er mit dem Finger auf mich. Dann stellte er mir Moni vor, die Frau, mit der er zu mir gekommen war und die er sein Verhältnis nannte.

Ich sagte, daß ich Pauls Sachen zusammengepackt habe, und zeigte sie ihm. Aber anstatt die Kartons zu ergreifen und zu verschwinden, erwiderte er: »Du wirst uns doch nicht rausschmeißen, Trudchen? Ich dachte, wir essen mit dir.«

Er wußte, daß ich nicht die Kraft aufbringen könnte, ihm wirklich die Tür zu weisen. So ließ ich sie in Pauls Zimmer Platz nehmen und ging in die Küche, um Kartoffeln aufzusetzen und das kleine Stück Fleisch in winzige Streifen zu schneiden und mit Zwiebeln und Mohrrübenstücken zu braten. Während des Essens sprach nur mein Mann. Er erzählte, er besitze in Wildenberg einen kleinen Betrieb, der Schrott aufkauft. Er deutete an, daß er sehr gut verdiene. Später nötigte er seine Freundin, mir den Schmuck zu zeigen, den er ihr gekauft hatte. Es gefiel ihm, mit seiner Frau und seiner Freundin an einem Tisch zu sitzen.

Wenn es stimmt, daß Männer sich immer wieder den gleichen Frauentyp aussuchen, so muß mein Mann eine Ausnahme sein. Seine Freundin Moni war gänzlich verschieden von mir. Ich saß ihr bei Tisch gegenüber, und da mein Mann in seiner unbekümmert lauten Art allein die Unterhaltung bestritt, bot sich mir ausreichend Gelegenheit, sie zu betrachten. Ich sah die unablässig auf meinen Mann gerichteten Augen, ich bemerkte die leise und stetige Bewegung ihrer Hände und die häufigen und schnellen Bekundungen ihrer Zustimmung zu allem, was mein Mann erzählte. Wenn es etwas gab, worin sie mir glich, so war es das still leidende Glück und die unterwürfige Bereitschaft für die Liebkosung oder den Schlag, die mein Mann auch mich in der kurzen Zeit unserer Ehe nachhaltig gelehrt hatte.

Als ich vorschlug, nach dem Essen durch die Stadt zu spazieren, schüttelte mein Mann den Kopf. Er müsse weiterfahren. Ich wußte, daß er nicht in die Stadt gehen würde. Mit zu vielen seiner alten Saufkumpane war er verstritten, und gewiß war er einigen von ihnen noch immer verschuldet. Mit meinem Vorschlag wollte ich ihn dazu bewegen, endlich zu gehen.

Im Flur gab ich ihm die verschnürten Kartons.

»Und wie geht es Paul«, fragte ich, »siehst du ihn manchmal?«

Er nickte. »Ein prächtiges Kerlchen. Ab und zu ist er mir behilflich.«

»Du läßt ihn für dich arbeiten?« sagte ich entsetzt.

»Ach was, arbeiten. Er macht nur, was ihm gefällt. Und es gefällt ihm bei mir«, erwiderte er leichthin. Und da er mein Erschrecken bemerkt hatte, fuhr er fort: »Du hast doch nichts dagegen?«

»Allerdings«, antwortete ich, »ich habe allerdings etwas dagegen. Paul ist noch ein Kind.«

Mein Mann lachte nur.

»Er ist noch ein Kind«, wiederholte ich, »und er soll kein Ganove werden. Wie du.«

Er verzog den Mund zu einem Grinsen und lächelte seine Freundin an.

»Dumme Pute«, sagte er. Dann nahm er die Kartons auf, und beide verließen meine Wohnung. Es war das letztemal, daß ich meinen Mann sah, und es waren die letzten Worte, die ich von ihm gehört habe.

Als er gegangen war, setzte ich mich auf mein Bett und heulte. Es kränkte mich, daß mein Mann es gewagt hatte, zu mir zu kommen und auch noch diese Frau mitzubringen. Aber noch unglücklicher war ich bei dem Gedanken, meinen Sohn Paul bei seinem Vater zu wissen.

Drei Wochen später wurde Herr Horn beerdigt, und ich gab ihm mit Jule das letzte Geleit. Als man diesen merkwürdigen Mann, der fast fünf Jahre mein Untermieter war, in sein Grab legte und ich ihm drei Hände voll Erde nachwarf, fühlte ich nichts in mir als eine große innere Ruhe. Herr Horn war ein verschlossener, unzugänglicher Mann gewesen, aber ich konnte ihm leicht vergeben, denn er war unglücklich. Ich verzieh ihm, was er mir angetan hatte, denn es war nichts geschehen, was ich nicht gewollt hätte. Wenn er auch keinerlei Herzlichkeit für mich aufbringen konnte und jede freundliche Geste überdeutlich verriet, daß er lediglich höflich war, von allen Männern, mit denen mich mein Leben zusammenbrachte, hatte nur er mir das Gefühl geben können, daß ich ihm fast etwas bedeutete.

In jenem Jahr, in dem Herr Horn beerdigt wurde und ich meinen Mann ein letztes Mal wiedersehen mußte, in jenem Jahr, in dem mein Sohn auszog und mich verließ, um niemals wieder nach Guldenberg zu kommen, fühlte ich hinter aller Trauer und den dummen Tränen eines alten Weibes, wie mein Herz zu atmen begann. Die eisernen Ringe, die es ein Leben lang zusammengepreßt hatten, lösten sich langsam und unmerklich und eröffneten mir einen nie gekannten, unendlich freien Raum. Und während ich mir unter Tränen sagte, daß ich nun die Waise meines Sohnes und die Witwe meines Untermieters sei, verspürte ich trotz meiner schmerzenden Beine in mir die Kraft und unbezähmbare Lust zu leben, und mir war, als schwebe ich in eine lichtlose und dennoch sehr helle Ferne.

Thomas

Über das Rad gebeugt, drückte ich mit schwitzenden Fingern die Luftpumpe gegen das Ventil und pumpte mit heftigen Stößen. Durch die Speichen konnte ich ihre nackten Beine sehen.

»Fertig«, sagte ich, schraubte das Ventil zu und richtete mich auf. Ich klemmte die Luftpumpe an mein Rad und setzte mich neben sie in den Straßengraben. Elske umklammerte mit beiden Armen die angezogenen Beine und sang mit leiser, hoher Stimme ein Lied.

»Sing mit«, sagte sie und ließ sich leicht gegen mich fallen. Für Sekunden atmete ich den Geruch ihres Haars.

»Ich kann nicht singen«, erwiderte ich grob. Ihre Berührung, ihr Geruch, ihre kurzen dunkelblonden Haare so dicht vor meinen Augen verwirrten mich. Ich wußte, daß sie mich absichtslos angestoßen hatte und daß allein meine Fantasie mich erregte und hilflos machte.

Sie lachte, umklammerte wieder ihre Beine und sang weiter.

Ich legte den Kopf auf meine Knie. Ich sah ihren gebräunten Arm und das Haar in ihrer Achselhöhle, und ich war verzweifelt und konnte mich nicht begreifen. Ich schloß die Augen und überließ mich meiner wütenden Trauer, die mich süß und schmerzlich durchlief.

Den Tränen nahe, lauschte ich Elskes heller Stimme. »Und der dritte behaglich schlief, und sein Cymbal am Baum hing, über die Saiten der Windhauch lief, über sein Herz ein Traum ging.«

Das harte Gras stach mich bei jeder Bewegung und zerkratzte meine Beine. Ich empfand den Schmerz als angenehm, er war wirklicher als mein dummes, unklares Gefühl, eine hilfreiche Schranke, die meine grundlosen Tränen zurückhielt. Ich räusperte mich und vermied es, Elske anzusehen. Dennoch vermeinte ich unentwegt, ihr Achselhaar zu atmen.

»Schlaf nicht ein«, sagte Elske, »wir müssen weiter.«

Wir standen auf und gingen zur Straße. Als Elske ihr Fahrrad aufnahm und sich mit einer raschen Bewegung auf den Sattel setzte, leuchtete für einen kurzen Moment ihr Haar flammendrot auf, eine Feuerkrone der Sonne, die Elske nicht bemerkte und die mir die Augen versengte. Ich war verzweifelt, weil ich es nicht wagte, sie zu berühren. Ich schwang mich auf mein Rad und trat so grimmig in die Pedale, daß ich – ohne mich um Elskes Rufe zu kümmern – davonschoß.

Wir fuhren nach Wildenberg, in die Kreisstadt. Elske zeigte mir ihre Schule und das geschlossene Schwimmbad. Wir gingen Eis essen und bummelten an den Schaufenstern vorbei. Mittags aßen wir Eintopf in einer Kneipe. Zwei Männer saßen am Nachbartisch und tranken Bier. Ich spürte, daß sie über uns sprachen. Dann riefen sie mir zu, ich solle meine Schwester zu ihnen schicken. Sie lachten.

Elske legte ihre Hand auf meine und sagte nur: »Ärgere dich nicht.«

Dann besuchten wir eine ihrer Freundinnen. Ich saß auf einem mit Kissen und Plüschtieren verzierten Bett, blätterte gelangweilt in einem Buch und hörte den Mädchen zu, die sich über Klassenkameraden und Lehrer unterhielten.

Am Nachmittag liefen wir wieder durch die Stadt. Ich versuchte, so unbefangen wie Elske zu sein, doch es gelang mir nicht. Ich sehnte mich unentwegt danach, sie zu berühren.

Vor einem Schuhgeschäft regte sich ein altes Ehepaar über Elske auf, über ihre kurzen Haare und die kleinen, engen Shorts.

»Wie die aussieht«, sagte die alte Frau erbost und so laut, daß wir es hören mußten, »wie ein Junge.«

Elske lachte. Als das Ehepaar weitergegangen war, drehte sie sich zu mir und fragte: »Findest du das auch? Sehe ich wie ein Junge aus?«

Unter dem weißen Nicki zeichneten sich ihre Brüste ab und die großen dunklen Brustwarzen.

»Nein«, antwortete ich heiser. Ich hoffte, sie verstünde, was ich ihr alles mit diesem Nein sagen wollte. Aber gleich darauf wußte ich, daß sie mich nicht verstanden hatte, denn mit gleichgültiger Stimme sprach sie über die Schuhe in der Auslage. Ich hätte gern etwas über ihre Brüste gesagt, aber das eine Nein hatte bereits all meine Kraft gekostet. Ich brachte es nicht fertig, ihr zu sagen, daß ich von ihren Brüsten träumte.

Auf der Heimfahrt radelte ich schweigend hinter ihr. Ich führte stumme Gespräche mit Elske, in denen ich mich ohne jede Scheu ihr erklärte. Anfangs befürchtete ich, daß sie über mich lachen würde, und bewies ihr um so heftiger und beredter, wie wenig es bedeute, daß ich vier Jahre jünger als sie sei. Dann wurde ich sicherer und erfolgreicher, und meine Fantasie trug mich über alle Barrieren unseres Alters und meiner Befangenheit hinweg.

Als wir daheim atemlos vom Rad stiegen, war ich so wortkarg und unbeholfen wie zuvor. Ich begleitete sie auf ihr Zimmer. Elske machte uns Limonade aus Selters und Zitronenpulver, wir hörten Radiomusik, und ich hoffte, sie würde mich nochmals fragen, ob ich auch meine, daß sie wie ein Junge aussehe. Ich hoffte, ich würde dann die Kraft haben, ihr all das zu sagen, was ich ihr so oft in meinen stillen Selbstgesprächen gesagt hatte.

Als sie später mit mir herumalberte und mich in den Arm kniff und boxte, wehrte ich sie kaum ab. Doch plötzlich, und mich selbst überraschend, schlug ich mit der Faust gegen ihre Brust. Ich weiß nicht, warum ich es tat, wieso ich ihren schönen Brüsten weh tun wollte. Es war ein jäher Einfall. Und wenn ich auch behauptete, es sei aus Versehen passiert, ich hatte absichtlich und gezielt nach ihren Brüsten geschlagen.

Elske hielt mit beiden Händen meine Arme fest und erklärte mir, warum man eine Frau nicht boxen darf. Sie erklärte es mir wie einem kleinen Jungen, und ich stand mit blutrotem Gesicht vor ihr und ärgerte mich, daß ich mich so kindlich benommen hatte, daß ich ihr Gelegenheit gab, mich wie einen Fünfjährigen zu behandeln.

»Ich wollte dich nicht boxen, ich wollte nur ...«, sagte ich stockend.

Sie sah mich aufmerksam an und fragte: »Was wolltest du denn?«

Ich schloß meine Augen, und dann sagte ich sehr schnell: »Ich möchte dich streicheln.«

Elske schwieg, und ich wagte nicht, die Augen zu öffnen. Dann fragte sie leise: »Was willst du?«

Ich antwortete nicht. Ich stand schweigend vor ihr und wartete auf ihre Antwort. Ich wartete darauf wie auf einen Richtspruch.

»Was willst du denn streicheln?« fragte sie nach einer langen Pause.

Sie sprach sehr leise und sanft mit mir, und ich

fand den Mut, ihr zu antworten: »Das Haar in deinen Achselhöhlen.«

»Dann tus doch«, sagte sie und führte meine Hände immer höher, bis meine Finger das weiche, kaum fühlbare Haar verspürten. Langsam bewegte ich meine Finger in ihrer Achselhöhle, zart und langsam, um nichts zu zerstören.

»Es ist schön«, flüsterte ich außer Atem.

»Willst du nur meine Achselhöhlen streicheln?« fragte sie.

Ich spürte an ihrem Atem, daß ihre Lippen dicht an meinem Ohr waren. Ich war unfähig, ihr zu antworten, und hoffte, sie würde weitersprechen, weiter mit mir reden, damit ich nicht reden mußte.

Aber plötzlich drückte sie meine Hände runter und sagte: »Du mußt jetzt gehen, Thomas.«

Ich stand mit hängenden Armen vor ihr. Ich hoffte, sie würde mich küssen, doch sie sagte mit ganz normaler Stimme: »Geh jetzt. Ich habe noch zu arbeiten.«

Dann ging sie zum Fenster, nahm ein Buch und setzte sich in ihren Schreibtischsessel.

»Auf Wiedersehen«, sagte ich, »darf ich wiederkommen?«

»Jaja«, sagte sie gelangweilt und ohne sich nach mir umzudrehen.

Als ich die Treppe hinabging, spürte ich, wie meine Knochen sich auflösten. Ich war glücklich und unglücklich zugleich, und mir war schlecht.

Dr. Spodeck

Ende Juni lud Horn zu seinem letzten Donnerstagabend ein. Er sprach über Eroberungen und Siedlungsgewohnheiten der Wenden. Wir saßen im unteren Turmzimmer. Wie immer waren ein paar Tische mit Stühlen hingestellt, Horn saß separat an einem Tischchen in der Nähe des Flügels und las uns seinen Aufsatz vor. Er las mit gleichmütiger, einschläfernder Stimme und sah nur auf, um uns Fachausdrücke zu erklären oder andere Erläuterungen zu geben.

Nach dem Vortrag servierte eine Mitarbeiterin von Horn den Tee. Ein Fenster war geöffnet. Weich und beruhigend wehte die Nachtluft herein und ließ die Flammen der Kerzen flackern. In den alten Bäumen, die die Burg umstanden, klagte ein einsames Käuzchen. Die wehmütigen Rufe des Totenvogels waren die einzigen Laute, die aus der hellen Nacht zu uns drangen. Wann immer das Käuzchen rief, wandten alle die Köpfe zum offenen Fenster. Selbst Horn unterbrach seinen Vortrag und lauschte mit einem kleinen Lächeln, bis der Klageruf verhallt war.

Nach dem heißen Sommertag empfand ich die feuchte Kühle des dickwandigen Burgzimmers als angenehm. Ich trank den dünnen, strohig schmeckenden Tee und überließ mich meinen Gedanken. Ich hatte Horn kaum zugehört und beteiligte mich auch nicht an dem nun folgenden Gespräch, das sich müde und ohne jeden Eifer dahinschleppte. Wie immer war es das kleine Lehrerehepaar, das sich auf Horns Vortrag vorbereitet hatte und ihm jetzt Fragen stellte, der blasse, hohlwangige Mann in seinem ausgebeulten, billigen Kammgarnanzug und dem schütteren Haar, aus dem bei jeder Bewegung des Kopfes Schuppen fielen, und seine dickliche, ebenso blasse Frau mit ihrer lauten, grellen Stimme, die etwas zu kurze Röcke bevorzugte und jeden ihrer Sätze in einem gekränkten, belehrenden Ton vortrug.

Zum Abschluß des Abends las eine der älteren Damen, eine ehemalige Operettensängerin, eine kurze Novelle vor, die, wenn ich mich recht erinnere, von der Einsamkeit eines alten Mannes erzählte, einer verzweifelten und beruhigten Einsamkeit. Wir tranken still unseren Tee und lauschten der alten Dame, die uns die Sätze der Novelle präsentierte wie ein Band leuchtender Edelsteine, denen sie mit den stark wechselnden Klangfarben ihrer Stimme einen letzten, kostbaren Schliff verlieh.

Als die Operettensängerin das Buch zuklappte, verharrten alle für einen Moment in völliger Ruhe. In solchen Sekunden meine ich, das Rauschen des Weltalls vernehmen zu können. Dann stand Horn auf. Er wünschte uns einen guten Heimweg und sagte, daß der nächste Donnerstagabend erst nach der Sommerpause stattfinden werde. Am zwölften September, sagte er, werde er einen Lichtbildervortrag über historische Wassermühlen halten. Dann verabschiedete er jeden mit Handschlag.

Ich blieb mit Irene Kruschkatz in der Burgeinfahrt stehen. Wir warteten auf Horn, der die Lampen ausschaltete und die Museumsräume verschloß.

Das dünne, kalte Licht der Sterne fiel auf Irene. Es war eine warme Nacht, doch ich sah, daß sie zitterte. Ich bot ihr mein Jackett an. Sie lehnte ab und sagte, daß ihr nicht kalt sei, sie sei nur übermüdet. Ich hätte ihr gern brüderlich meinen Arm um die Schultern gelegt und etwas Freundliches gesagt, doch ich fürchtete, sie würde mich mißverstehen oder vielmehr begreifen, daß ich ihr gegenüber zu einer nur freundschaftlichen Geste nicht mehr fähig war. So stand ich verlegen wie ein Schuljunge vor ihr und erzählte gelehrte Dummheiten über den Sternenhimmel. Sie lachte über meine Scherze, und ich war so sentimental, daß mich ihr Lachen glücklich machte.

Als Horn kam, gingen wir den kleinen Burgberg auf dem sich windenden gepflasterten Weg hinunter zur Stadt. Es war so still, daß unsere Schritte laut und aufdringlich die Stille der Nacht zerklopften.

»Werden Sie im Sommer verreisen?« fragte Horn höflich. Man merkte seiner Stimme an, daß ihn bereits seine Frage zu sehr langweilte, als daß er noch Aufmerksamkeit für die Antwort hätte aufbringen können.

»Nein«, sagte Irene, »wir werden erst im Herbst Urlaub haben.«

Sie wandte sich an mich. »Und Sie, Doktor?«

»Ich fahre morgen auf mein Vorwerk. Ich wollte nur noch unseren Donnerstagabend abwarten.«

»Sehr schmeichelhaft. Danke«, erwiderte Horn. Er sagte es so schnell und schroff, daß ich mich geohrfeigt fühlte. Irene sah verwundert von Horn zu mir, ich zuckte hilflos mit den Schultern.

Schweigend liefen wir durch die Stadt. Ein paar Straßenlaternen brannten. Gelegentlich, wenn wir an einem der eingemeindeten Bauernhöfe vorbeigingen, schlug ein Hund an. Ansonsten war es still und menschenleer. An der Bleicherwiese blieben wir wie auf Verabredung stehen und sahen zum Lager der Zigeuner hinüber. Die Silhouetten der Wohnwagen waren deutlich erkennbar. Aus einem Fenster drang gedämpftes Licht und ein ruhiges Stimmengewirr.

»Was für seltsame Menschen«, sagte Irene, »ich würde sie gern verstehen, aber ich begreife sie nicht. Sie sind wie Kinder, die nicht erwachsen werden wollen.«

»Als ob das so erstrebenswert wäre«, murmelte Horn.

Er faßte in seine Jackentasche und holte Zigaretten und ein Feuerzeug hervor. Als er rauchte, sagte er: »Haben Sie denn nie das Gefühl, diese Stadt auf dem schnellsten Wege verlassen zu müssen?«

»Nein«, erwiderte Irene und lächelte, »warum

auch? Das, wovor wir davonrennen, holt uns überall ein.«

»Wenn wir nur rechtzeitig loslaufen, haben wir zumindest einen Vorsprung. Ein paar Tage, ein paar Stunden, eine kleine Atempause.«

»Sie sprechen wie eine verlorene Seele. Was quält Sie?«

»Ich bin eine verlorene Seele, Irene. – Lachen Sie nicht, Doktor.«

»Verzeihung, ich habe nicht über Sie gelacht. Ich dachte eben an die alte Zigeunerin. Sie hat vorige Woche eine meiner Patientinnen geheilt. Sie hat eine Gürtelrose besprochen, besprochen und geheilt. Ich mußte mich davon überzeugen. Vielleicht sollte ich hinübergehen und der alten Zigeunerhexe meine Aufwartung machen. Meiner Kollegin, sozusagen.«

»Der Heilerfolg der Zigeunerin verstört Sie, Doktor?«

»Nein, Irene, er verstört mich nicht. Im Grunde belustigt er mich. Meine Wissenschaft akzeptiert Hexenkünste nicht. Ich stimme darin der Schulmedizin zu, denn ich darf mich in meiner Therapeutik weder auf Gottes Hilfe noch auf die Zaubersprüche von Hexen verlassen. Ich darf es nicht, es wäre unverantwortlich meinen Patienten gegenüber. Und ich würde mich vergehen am menschlichen Verstand. Dennoch, auch wenn ich es nicht billige, ich akzeptiere das unbegreifliche, wunderliche Geschehen. Ich werde meine Wissenschaft weder verraten, weil sie mir keine Erklärungen geben kann, noch werde ich mir von der Zigeunerin das Handauflegen beibringen lassen. Akzeptieren aber kann ichs.«

Ich schwieg. Ich sah zu Horn, doch er blickte zum Lager der Zigeuner und schien nicht zugehört zu haben.

»Entschuldigen Sie, ich wollte Sie nicht langweilen«, fuhr ich fort, »ich wollte Sie nur bitten, die kleine Ewigkeit dieses Lebens hinzunehmen. Die Sanftheit einer solchen Nacht sollte Sie mit sich versöhnen. Ich bitte Sie um Ihretwillen.«

»Doktor, jetzt werden Sie unverschämt.«

Er sagte es mit leiser, geduldiger Stimme, und nur die heftige Bewegung, mit der er die Zigarette auf den Boden warf und mit der Schuhspitze austrat, verriet seinen Ärger.

»Ich wollte Sie nicht kränken . . .«

»Es ist gut, Doktor«, unterbrach er mich, »es ist genug.«

Irene Kruschkatz berührte Horns Arm. Dann zeigte sie auf den jungen Zigeuner, der in der nun offenen Tür des Wohnwagens stand. Vor dem flackernden Licht der Petroleumlampen im Wagen sahen wir nur sein Profil, das krause, sein Gesicht gänzlich umschließende Haar. Dann wandte sich Horn wortlos ab, und wir gingen weiter. Vor dem Haus des Bürgermeisters verabschiedeten wir uns von Irene. Als sie mir die Hand gab, glaubte ich in ihren grünen Augen den Hauch eines Zitterns wahrzunehmen, wie das unhörbare Flüstern einer Zärtlichkeit. Doch im gleichen Moment entzog sie mir ihre Hand, wünschte uns eine gute Nacht, wandte sich ab und schloß die Haustür auf.

Ich lief mit Horn durch die Färberstraße bis zur Molkerei, wo wir uns trennen mußten. Ich versprach, im September wieder in der Stadt zu sein, pünktlich zum nächsten Donnerstagabend.

»Ihr freundliches Interesse an meinen kleinen Vorträgen sowie an meiner Person hat etwas Kränkendes«, erwiderte Horn. »Wieso besitzen Sie den Hochmut, mit mir Mitleid zu haben?«

Ich lachte auf und legte meine Hand auf seinen Arm, und noch immer vom Lachen geschüttelt, sagte ich: »Lieber, bester Herr Horn, Sie irren sich. Wo Sie Mitleid bei mir vermuten, ist nur berufliches Interesse. Ich diagnostiziere lediglich.«

»Einen guten Urlaub, Herr Doktor.«

»Wir sollten uns nicht im Streit trennen. Wir sind erwachsene Männer.«

»Ich streite nicht mit Ihnen. Sie langweilen mich, Doktor. Sie bilden sich ein, eine unabhängige Person zu sein, frei von provinziellen Vorurteilen, unbeeindruckt von den resignierten Krämerseelen dieser Stadt. Doch Ihr Gesicht hat bereits die trostlose Farbe dieses Städtchens, den Schatten weißer Häkeldeckchen im Fenster, den Mottenpulvergeruch von verschlissenem Brokat. Beehren Sie mich nicht weiter mit Ihrem Interesse.

Es ist nichtswürdig und indiskret. Leben Sie wohl, Dr. Spodeck.«

Er wandte sich um und ging. Ich lief ihm hinterher.

»Eine Sekunde, Herr Horn. Warum dieser Haß, dieser plötzliche und mir unverständliche Haß?«

»Gehen Sie endlich. Ich will nur allein sein.«

Ich blieb stehen und sah ihm nach, bis ihn die Dunkelheit verschluckt hatte. Ich versuchte, seinen Ausbruch zu verstehen, und ertappte mich dabei, seine Worte bereits in jenem Bogen zu verzeichnen, den mein Kopf für ihn bereithielt.

»Es ist schön, euch Narren ein Vierteljahr nicht sehen zu müssen«, sagte ich laut in die von zwei armseligen Blechlampen beleuchtete, menschenleere Straße, und ich hatte das Gefühl, als würden die nachtschwarzen Häuser meine Worte aufnehmen und wie ein Echo immerzu wiederholen. Ich dachte an Irene und ihre grünen Augen, in denen ich nur jene Zärtlichkeit gesehen hatte, die ich dort zu sehen hoffte. Ich dachte an Christine und den Tod meiner Mutter. Und ich dachte an den seltsamen Museumsdirektor Horn.

Ich bin sicher, er wird sich im September bei mir entschuldigen, sagte ich mir, wahrscheinlich bereut er bereits jetzt seinen Rappel.

Ich irrte mich. Zwei Monate später, Ende August, nahm sich Horn das Leben.

7. KAPITEL

Und dann?

Es ist alles dunkel. Es verschwimmt vor meinen Augen. Auch Sie sind schon verschwunden. Tot und verschwunden.

Das mußt du nicht glauben.

Aber ich weiß es.

Und wer redet mit dir? Bin ich nichts?

Ich weiß es nicht. Es ist unbegreiflich.

Wie langweilig du bist.

Und Sie? Sie langweilen mich. Mich langweilen die Toten. Sie wollen nur Ihre Wahrheit sehen. Sie haben wenig begriffen. Sie sind ungerecht zu den Lebenden. Es ist alles schwer genug, und Sie können nur klagen.

Vielleicht, Junge, vielleicht hast du recht. Aber ich bin tot. Vergiß das nicht.

Auch ein Toter wiegt nicht mehr als die Wahrheit.

Ich bin tot.

Der Tod ist kein Beweis.

Ach, was du verstehst! Denk nicht nach. Erinnere dich.

Alles ist widersprüchlich. Verschwommen und unfaßbar. Wie hinter einem Nebel.

Erzähl! Was war dann?

Thomas

Der alte Herr Gohl war allein im Turmzimmer. Er bemalte die Wand. Weit vorgebeugt stand er in seinem weißen Malerkittel auf einem Hocker, mit der linken Hand stützte er sich gegen die Wand ab und strichelte vorsichtig Farbe in die feine Bleistiftzeichnung, die er zuvor auf den weißen Putz übertragen hatte. Er malte an einem Haselnußstrauch. Zwischen den Lippen hielt er einen zweiten Pinsel, die Farbnäpfe standen auf einer Staffelei.

Herr Gohl hatte mich nicht kommen hören, jedenfalls hatte er sich nicht umgewandt, als ich eintrat.

»Ich suche Herrn Horn«, sagte ich.

»Guten Tag«, erwiderte er gleichmütig.

»Guten Tag. Wissen Sie, wo Herr Horn ist?«

Herr Gohl strichelte wortlos weiter. Ich sah, daß am Fuchsbau nichts verändert worden war. Die kleinen Stützhölzer lagen zwischen dem eingepflanzten Heidekraut, die Fuchsgänge des Dioramas waren nur angestochen, die Kinderschippen, mit denen Herr Horn und ich arbeiteten, steckten im Sand. An dem Schaubild, das den heimatlichen

Heidewald darstellen sollte, war seit vier Tagen nicht weitergearbeitet worden.

Herr Gohl, der sich noch immer mit einem zusammengeknüllten Leinentuch an der Wand abstützte, drehte seinen Kopf zu mir. »Und wo warst du?«

»Ich konnte nicht kommen«, sagte ich und fügte hinzu: »Ich hatte Stubenarrest. Ich bin abgehauen. Für eine halbe Stunde.«

Herr Gohl nickte langsam. Dann ließ er sich bedächtig vom Hocker herab. Er sah mich an, wobei er die Augenbrauen hochzog, aber er sagte nichts. Schließlich ging er zur Bank, auf der seine Farbbüchsen standen, und wusch in einer alten Konservendose die Pinsel aus.

Ich fragte ihn nochmals, wo Herr Horn sei. Herr Gohl strich die ausgewaschenen Pinsel an dem Leinentuch ab, dann drehte er behutsam die Haarspitzen der Pinsel zwischen Daumen und Zeigefinger und steckte sie in den niedrigen Tontopf, der auf der Fensterbank stand.

»Im Büro«, sagte er endlich, »er ist im Büro.«

Ich war schon an der Tür, als er mich zurückrief.

»Bleib. Du kannst nicht zu ihm.«

Ich blieb an der Tür stehen. Ich sah zu Herrn Gohl und wartete darauf, daß er weitersprach. Der Alte schob die Töpfe auf der Fensterbank zusammen und setzte sich. Aus einem Beutel holte er sein Mittagessen, ein Stullenpäckchen, einen Apfel, die Thermoskanne. Auf sein linkes Knie legte er eine winzige Serviette, ein weißleuchtender Fleck auf dem von Farbklecksen übersäten Kittel. Mit einem kleinen Taschenmesser begann er, den Apfel zu schälen.

»Und warum nicht?« fragte ich.

Für einen Moment ging mir durch den Kopf, daß Herr Horn böse auf mich sei. Ich war vier Tage nicht auf der Burg erschienen, ich hatte mich nicht einmal entschuldigen können. Herr Gohl winkte mich zu sich. Er machte mir Platz auf der Bank und bot mir ein Stück seines Apfels an. Während er aß, betrachtete er die Wände.

»Die Dachsecke ist fertig«, sagte er und wies auf die schmale Wand neben der Eingangstür. Ich betrachtete den Dachsbau, die eingepflanzten Büsche und Kräuter, die schließlich in einen gemalten Wald an der Wand übergingen. Ich stand auf und ging zu dem Schaubild, ich beugte mich über die Absperrung, um das Wandgemälde zu betrachten.

»Fabelhaft. Es ist kaum zu erkennen, wo die echten Gräser aufhören, Herr Gohl.«

Dann ging ich zu dem alten Mann zurück und wiederholte: »Es ist fabelhaft. Ich möchte auch so gut malen können.«

Herr Gohl schnitt mit dem Taschenmesser die Kruste seiner Stullen ab und zerteilte sie in kleine Happen, die er mit dem Messer aufspießte und sich in den Mund schob. Ich stand vor ihm und wartete darauf, von ihm zu erfahren, weshalb ich nicht zu Herrn Horn gehen dürfe.

»Es ist ganz einfach«, sagte er und hielt einen aufgespießten Brothappen vor seinen Mund, »ich betrüge das Auge. Die Perspektive täuscht uns.«

Er sah zu der Wand, zu den lebensgroßen Pflanzen, den herabhängenden Ästen, dem mit Laub überdeckten Wiesenstück, das sich in der gemalten, grünen Dunkelheit des Waldes verlor.

»Ein Kunstgriff, nur ein Prinzip«, murmelte er, während er das Brot kaute, »nichts weiter. Und schon erkennen wir keinen Unterschied. Das menschliche Auge taugt nichts. Läßt sich zu leicht betrügen.«

»Warum darf ich nicht zu Herrn Horn?«

Ich wurde ungeduldig, denn ich mußte schnell nach Hause.

Der alte Mann wandte sich wieder mir zu. »Herr Horn hat Besuch. Er hat Ärger, mein Junge. Das ist nichts für dich.«

Ich schwieg und wartete, aber Herr Gohl wandte sich wieder seinen Wänden zu, der Bleistiftzeichnung, die den Putz mit einem unentwirrbaren Labyrinth von Strichen bedeckte und darauf wartete, mit Farben ausgemalt zu werden.

»Es geht deinem Herrn Horn nicht gut, Thomas«, sagte er dann, »aber wir beide können ihm nicht helfen.«

»Ist es wegen der Zigeuner?« fragte ich.

Ich wußte selbst nicht genau, wieso ich ihn das fragte.

Herr Gohl sah mich erstaunt an. »Wegen der Zigeuner? Wie kommst du auf die Idee?«

»Sie kennen doch die Zigeuner«, sagte ich.

»O ja, die Zigeuner kenne ich. Aber das hat nichts mit Herrn Horn zu tun.«

»Vielleicht doch«, beharrte ich, »und Sie wollen es mir nur nicht sagen.«

Ich hoffte jetzt, Herr Gohl würde mir etwas von den Zigeunern erzählen. Er war der einzige in der Stadt, mit dem die Zigeuner sprachen. Sie besuchten ihn sogar.

Da Herr Gohl nichts erwiderte, wiederholte ich: »Sie wollen es mir nicht sagen.«

»Ach was«, sagte er. Er nahm die Serviette vom Knie, schüttelte sie aus und faltete sie vorsichtig zusammen. Dann steckte er die Reste seiner Mahlzeit in den Beutel und stand auf. Er schob den Hokker mit dem Fuß ein Stück weiter, suchte Pinsel aus, die er in die obere Kitteltasche steckte, und begann auf einer polierten Metallplatte Farben zu mischen. Er würde mir nichts sagen.

»Ich muß jetzt gehen«, sagte ich, »bestellen Sie bitte Herrn Horn, daß ich hier war. Ich darf erst nächsten Mittwoch wiederkommen.«

»Wird erledigt, Herr Arrestant«, sagte Herr Gohl, ohne von den Farben aufzublicken.

Ich rannte die Turmstufen hinunter. Im Burghof blieb ich stehen. Ich überlegte einen Moment, dann schlich ich die Treppe zum Hauptgebäude hinauf. Als ich die große Tür leise verschlossen hatte, blieb ich stehen. Ich merkte, daß ich heftig und laut atmete, und bemühte mich, ruhig zu werden. Hinter der geschlossenen Bürotür hörte ich Stimmen. Ich stellte mich seitlich neben die Tür, um nicht überrascht zu werden. Dann beugte ich mich vor und sah durch das Schlüsselloch. Ich konnte Herrn Horn sehen. Er saß in einem Sessel an der Wand, genau zwischen den beiden großen gerahmten Fotos. Ich sah, daß er seine Lippen bewegte, aber ich konnte ihn nicht verstehen.

Herr Horn war mir unangenehm. Seine kühlen grauen Augen ängstigten mich. Er war wohl so alt wie mein Vater, dreiundvierzig Jahre, aber er wirkte viel älter, zerbrechlicher. Heute würde ich sagen, daß er verzagt und mutlos war, daß er seinem Leben nie die Kränkungen verzieh, die es ihm bereitete. Aber damals spürte ich nur die abwehrende Einsamkeit eines vergrämten Mannes. Schon als ich ihn das erstemal sah, an jenem Sonntag, an dem ich mit Vater und Bruder ins Heimatmuseum ging, empfand ich die alles zurückweisende Verschlossenheit dieses Mannes. Er sprach höflich mit Vater, aber seine kalten Augen und das zu keiner Freundlichkeit zu bewegende Gesicht signalisierten mir, wie fern er uns war. Damals schämte ich mich für Vater, weil er sich bemühte, das schnell versickernde Gespräch immer erneut zu beleben. Vater war unbefangen, und ich schämte mich, weil er sich vor dem unzugänglichen Mann erniedrigte. Später, als ich mit Herrn

Horn die Ausstellungsräume vorbereitete und aufbaute, hoffte ich, seine Zuneigung zu gewinnen, und arbeitete manchmal mehrere Wochen jeden Nachmittag in der Burg. Ich richtete mich sehr gewissenhaft nach seinen Anweisungen, aber wie sorgsam ich auch arbeitete, er nahm es wortlos zur Kenntnis und wies mich lediglich auf Fehler hin oder erklärte mir etwas. Gelobt hat er mich nie, und darunter litt ich. Selbst der schweigsame Herr Gohl war freundlicher zu mir.

Ich sah Herrn Horn durch das Schlüsselloch, sein kleines, blasses Gesicht, das schüttere, braune Haar. Ich sah seine vom ständigen Zigarettenrauchen gelben Finger, ein schmutziges, krankes Gelb, vor dem ich mich ekelte. In seiner Hausjoppe, die er stets im Museum trug, saß er auf dem Sessel und redete mit leiser Stimme. Dann sprach ein anderer Mann. Er mußte direkt hinter der Tür stehen, ich verstand jedes Wort. Er sprach sehr freundlich zu Herrn Horn, so als ob er ihn um Verständnis bitte.

»Marianne Brockmeier ist Ihre Schwester?« fragte die Stimme.

Herr Horn saß unbeweglich da. Es dauerte lange, bis er die Frage beantwortete, und wieder sprach er so leise, daß ich ihn nicht verstand. Der Mann hinter der Tür fragte weiter.

»Ihre Schwester wohnt in Westdeutschland?«

»Sie hat die Republik illegal verlassen?«

»Haben Sie irgendwelchen Kontakt mit Ihrer Schwester?«

»Haben Sie sich mit ihr im Ausland getroffen?«

Ich sah, wie sich Horns Lippen bewegten, wie er antwortete, doch ich hörte seine Stimme nicht, nur ein leises, unverständliches Murmeln. Und da er zurückgelehnt im Sessel saß und weder den Kopf noch die Augen bewegte, konnte ich seine Antworten nicht erraten.

Dann sprach wieder der Mann, der hinter der Tür stand. Er sprach freundlich, aber mit drängender Stimme, als wolle er auf eine nahe Gefahr verweisen: »Für wen arbeiten Sie, Horn?«

Ich sah, wie Herr Horn seinen Mund öffnete, ich sah sein Gesicht, das sich plötzlich rot verfärbte, eine Geste der Hand, seine gespreizten Finger. Dann wurde das Schlüsselloch dunkel. Hinter der Tür war ein Geräusch. Ich richtete mich erschrokken auf und lief zur Ausgangstür. Ich versuchte, sie geräuschlos hinter mir zu schließen. Dann stürzte ich über den Burghof. Ich wagte nicht, mich umzudrehen. Ich fürchtete, man würde mich aus dem Bürofenster erblicken und zurückrufen, um auch mich zu befragen. Mit beiden Händen zog ich an der großen, gußeisernen Klinke des Burgtors und drückte gleichzeitig mit der Schulter dagegen, um es zu öffnen. Als ich den abschüssigen Pflasterweg zur Stadt hinunterlief, betete ich flüsternd: Lieber Gott, mach, daß er mit dem Fuchsbau auf mich wartet.

Dr. Spodeck

Am dritten September brachte uns Christine die Nachricht von Horns Ende.

Sie war am Vormittag in die Stadt gefahren, um Besorgungen zu erledigen, nach der Wohnung zu sehen und die Blumen zu gießen. Mittags kam sie zurück und erzählte uns, was sie von den Leuten in Guldenberg über Horn erfahren hatte. Ich hörte ihrem Bericht zu, ohne sie zu unterbrechen oder Fragen zu stellen. Ich war über die Nachricht bestürzt, wenn ich auch sagen darf, daß ich Horns Tod vorausgesehen hatte, vorausgesehen bis in die zufälligen, trivialen und überraschenden Details.

Horn endete, wie er gelebt hatte, als ein Feigling. Er hat unwürdig gelebt, und ich würde, wenn ich nicht fürchten müßte, mißverstanden zu werden, sogar sagen, es war ein im buchstäblichen Sinne ehrloses Leben. Dies ändert nichts daran, daß ich in Guldenberg keine Handvoll Leute kannte, die ich mehr zu achten hatte als Horn. Und ein ehrloses Leben war das meine schließlich auch.

Aus Achtung vor diesem Toten drückte ich, als meine Frau mit leeren, nichtssagenden Worten Horn bedauerte und die Art seines Todes beklagte, mit einer ruhigen Bewegung des Daumens den Rand des gefüllten Suppentellers hoch, bis sich sein gesamter Inhalt über die Tischdecke ergoß und sie gelblich verfärbte. Meine Tochter lachte, und meine Frau schrie kurz auf und betrachtete mich dann mißbilligend mit herabgezogenen Mundwinkeln, wobei sie wie gewöhnlich ihre Backenzähne aufeinanderbiß. Ich stand auf, verließ das Zimmer, wobei ich, ohne jemanden anzusprechen oder anzusehen, sagte: »Ich habe keinen Appetit.«

Ich ging in mein Arbeitszimmer hinauf und setzte mich ans Giebelfenster. Ich versuchte, mich zu beruhigen. Nun wird es keine Donnerstagabende mehr geben, ging mir durch den Kopf, und der Gedanke verstimmte mich.

Horns Donnerstagabende langweilten mich, doch sie waren eine mir angenehme Abwechslung, eine nicht allzu heftige Unterbrechung meiner üblichen Beschäftigungen und eine willkommene, manchmal ersehnte Gelegenheit, aus dem Haus zu gehen. Es gab und gibt für mich wenig Gründe, meine Wohnung zu verlassen. Gewöhnlich vermeide ich es, denn es sind belästigende Störungen meiner Arbeit, meiner Mußestunden, meines gedankenleeren Dahingrübelns. Die Erfahrung lehrte mich die Begrenztheit aller Tatsachen. Die menschlichen Angelegenheiten und die Gegebenheiten der Welt sind lediglich hilfreiche Anregungen, ihr weiterer Verlauf jedoch verdeutlicht uns nur die Trivialität unseres Lebens. Es ist unterhaltsamer, die Wirklichkeit nur im reizvollen Ansatz wahrzuhaben und nicht all ihren Banalitäten nachzusteigen. Die Dinge dieser Welt, die der Menschen eingeschlossen, lassen sich besser denken.

Man kann eine solche Haltung als mystisch oder spekulativ verdächtigen, doch das träfe nicht den Kern. Wenn alle möglichen Folgen gegebener Voraussetzungen denkbar sind, und es gibt keinen vernünftigen Anlaß, dies zu bestreiten, so ist auch der einfältigste Verlauf denkbar, dem auch ich nicht meinen Respekt verweigere, da er immerhin den tatsächlichen Fakten entspricht, dem, was wir ehrfurchtsvoll die Wirklichkeit nennen.

Ich will es bei dieser Andeutung bewenden lassen, da mir weder daran gelegen ist, die Plausibilität meiner Gedanken darzustellen, noch pädagogische Neigungen zur Aufklärung des Volkes mich behelligen. Überdies war es eine Abschweifung. Ich wollte lediglich gestehen, daß ich, als Christine mir von Horns Tod erzählte, zuerst an den Verlust der Donnerstagabende dachte.

Gleichmütig griff ich nach den Blättern meiner privaten Fallstudien. Ich suchte den Bogen Horn heraus und notierte zu den früheren Aufzeichnungen abschließend die Art und die Umstände seines Todes. Dann legte ich die Papiere zwischen die rosaroten Pappdeckel, in denen ich die abgeschlossenen Krankengeschichten provisorisch aufbewahre.

Es gab nicht viele Aufzeichnungen über Horn. Er war sechsmal in meiner Sprechstunde, ausführlich notiert sind zwei Besuche, bei denen wir längere Zeit miteinander sprachen. Das letztemal besuchte er mich im März, fünf Monate vor seinem Ende. Er klagte über Appetitlosigkeit und leichte

Kopfschmerzen und bat mich, ihn gründlich zu untersuchen.

»Machen Sie eine Durchsicht der ganzen Maschine, Doktor«, sagte er, »es muß irgendwo Sand hineingeraten sein. Es knirscht gottserbärmlich.«

»Haben Sie Schmerzen?«

»Nein. Ich fürchte, die Apparatur ist insgesamt zum Teufel. Sie will nicht mehr.«

»Versündigen Sie sich nicht an der Schöpfung, Dr. Horn. Es ist eine ungemein erstaunliche Maschine, die wir darstellen.«

»Sie haben recht, Doktor. Bedauerlicherweise ist offenbar meine Garantiezeit abgelaufen, und da zeigen sich gewöhnlich ein paar irreparable Fehler. Ich will Ihrer Diagnose nicht vorgreifen, aber ich fürchte, Sie finden nur einen Haufen Schrott.«

Ich untersuchte ihn lange. Währenddessen schwiegen wir beide, und nur meine kurzen Anweisungen, sein erforderliches Zählen und Durchatmen und das klopfende Geräusch meiner Finger auf seiner Brust unterbrachen die Stille.

»Alles in Ordnung, Dr. Horn«, sagte ich, als ich mich wieder hinter meinen Schreibtisch setzte, »wenn Sie etwas auf sich aufpassen, können Sie so alt wie Ihre Burg werden.«

»Ich fühle mich bereits heute wie eins von meinen Fossilien. Aber wenn ich Sie bitten darf, nennen Sie mich nicht Doktor. Sie wissen, ich führe diesen Titel seit fünf Jahren nicht mehr.«

»Verzeihung, es geschah unabsichtlich, obgleich

ich nicht der Ansicht bin, daß irgend jemand Ihnen einen Titel absprechen kann, den Sie rechtmäßig erworben haben.«

»Der Titel wurde mir abgesprochen, und ich habe folglich kein Recht, ihn zu führen. Akzeptieren Sies bitte, Doktor, und lassen wir das Thema ruhen.«

»Schön, Verehrter, aber hier bin ich der Arzt. Ich will Ihren Beschwerden auf den Grund kommen, und ich habe ausreichend Anlaß zu vermuten, daß auch dieses Thema zu den Ursachen gehört, die Ihnen das Leben schwermachen und Sie zu mir führten.«

»Sie haben eine kleine Vorliebe für Psychologie, Doktor? Verschreiben Sie mir ein Medikament, oder erklären Sie mich zum Hypochonder, aber kramen Sie bitte nicht in meinen privaten Geschichten. Das geht Sie nichts an.«

»Ich denke doch, Herr Horn, nämlich wenn diese Geschichten der eigentliche Krankheitsherd sind.«

»Selbst dann nicht. In diesem Fall könnte ich auf Ihre Hilfe verzichten. Ich benötige keinen Arzt für Seelenweh.«

»Ihnen macht die Vergangenheit zu schaffen, Horn, damit kommen Sie nicht hin. Ihre Vergangenheit . . .«

»Ich darf mich verabschieden.«

Horn stand auf und knöpfte sein Hemd zu. Er zog sein Jackett an und einen leichten Übergangsmantel. Ich sah ihm schweigend zu. Als er nach seinem Hut griff, sagte ich: »An unserer Vergangenheit haben wir alle zu knabbern. Dem einen beschert sie schwere Träume, dem anderen einen frühen Tod. Sie haben keinen Grund, gekränkt zu sein. Setzen Sie sich wieder hin.«

Horn zog nach einer kurzen Pause, in der er mich bewegungslos fixierte, tatsächlich den Mantel aus und setzte sich.

»Wenn Sie es wünschen, können Sie rauchen«, sagte ich und schob den Aschenbecher zu ihm.

Horn wirkte abgespannt. Er hatte sich auf dem Stuhl niedergelassen, als ob er sich, von einer kräftezehrenden Anstrengung erschöpft, erholen müsse. Aus dem unteren Schubfach meines Schreibtisches holte ich eine Zeitschrift heraus, blätterte in ihr und legte sie aufgeschlagen vor ihn hin. Mit dem Finger zeigte ich auf eine kurze Notiz und bat ihn, sie zu lesen. Er drehte leicht den Kopf, und seine Augen glitten teilnahmslos über die wenigen Zeilen. Dann sah er erstaunt zu mir.

»Sie interessieren sich für Filmtechnik, Doktor?«

»Nein, nein, überhaupt nicht. Ich gehe nicht einmal ins Kino. Auf den Artikel stieß ich, als ich die Zeitschriften durchblätterte, die ich für meine Patienten abonniere. Ich las es zufällig.«

»Und was fesselt Sie so daran?« Horn beugte sich über die Zeitschrift und las mit Verachtung die Überschrift vor: »Der gebrochene Spiegel, eine Abwandlung der Schüfftan-Variante?«

»Nun, nicht der Name. Von Interesse für mich war die hinter dieser technischen Spielerei stekkende Idee, der möglich gewordene, schamlose Eingriff in eine bisher glaubwürdige Authentizität unserer Geschichtsschreibung. Das Ding hat Philosophie. Sie sind Historiker, es müßte Sie aufmerken lassen.«

»Doktor, ich kann Ihnen nicht folgen. Ich weiß nicht, wovon Sie sprechen.«

»Ich spreche von dieser Erfindung. Da haben ein paar Filmtechniker ein Verfahren ausgeklügelt, das es ihnen ermöglicht, dem Film jeden Wert eines Dokuments zu nehmen. Das ursprüngliche Bild wird auf einen in der Mitte gebrochenen Spiegel geworfen und erneut aufgenommen. Und je nachdem, in welchem Winkel die Spiegel zueinander stehen, kann man nun Teile des Bildes verschwinden lassen oder neue, nicht dazugehörige Bilder einspiegeln. Man kann somit nach Gutdünken Filmdokumente verändern und Mißliebiges gegen Beliebiges austauschen. Dem Betrachter bietet sich stets ein unverletzt scheinendes, originales Bild. Ihre Wissenschaft, Herr Horn, die Geschichtsschreibung, hat wieder einen Kronzeugen verloren. Ihnen stehen neue Fälschungen ins Haus.«

»Sie sehen zu schwarz, Dr. Spodeck. Was Sie als Fälschung bezeichnen, ist unser täglich Brot. Was ist denn Geschichte anderes als ein Teig von Überliefertem, von willkürlich oder absichtsvoll Erhaltenem, aus dem sich nachfolgende Generationen ein Bild nach ihrem Bilde kneten. Die Fälschungen und unsere Irrtümer sind der Kitt dieser Bilder, sie machen sie haltbar und griffig. Sie sind es, die unsere Weisheiten so einleuchtend machen.«

»Ich wußte nicht, daß Sie auch zynisch sein können.«

»Das ist nicht zynisch, das ist Berufserfahrung. Aber verraten Sie mir endlich, was sie wirklich in diesem gebrochenen Spiegel gefunden haben. Die Sorge um die Geschichtsschreibung wird Ihnen doch keine schlaflosen Nächte bereiten.«

»Sie haben recht. Ich muß Ihnen sogar gestehen, daß mir diese abscheuliche Erfindung gefällt. Der Film wird heute gern zum Vergleich herangezogen, wenn man das menschliche Erinnerungsvermögen beschreiben will. Tatsächlich erinnern wir uns anschaulich, bildlich. Es sind Bilder einer Kamera unseres Kopfes, die vor unserem geistigen Auge wie auf einer Kinoleinwand ablaufen. Unser Gehirn speichert vornehmlich sinnlich, nicht abstrakt. Insofern ist ein Vergleich mit dem Film nicht unzutreffend, aber ich gestehe, er befriedigte mich nie. Die kleine Erfindung dieser Filmtechniker offenbarte mir den Grund meines Unbehagens. Unsere Erinnerungen sind eben keine nüchternen Aufzeichnungen, keine Filmaufnahmen. Unser Bewußtsein arbeitet mit tausend Spiegeln, von denen jeder tausendfach gebrochen ist. Wir nehmen wahr und erinnern uns nach der genetisch bedingten Zahl dieser Spiegel und ihrer Brüche und Winkel. Bevor etwas in unsere Erinnerungen eingeht und festgehalten wird, wurde es eingreifend verändert. Was wir aufzeichnen, ist eine unseren Genen gemäße Verzerrung. Wir speichern nicht ein Geschehen, sondern unser Bewußtsein, unser Denken über ein Ereignis. Es sind persönliche Erinnerungen, was nicht weniger sagen will, als daß all unser Erinnern kein Bild der Welt liefert, sondern ein durch das Spiegelkabinett unseres Kopfes entworfenes Puzzle jenes Bildes mit unseren individuellen Verspiegelungen, Auslassungen und Einfügungen. Das mag als Bild der Welt erscheinen und dient uns auch als Weltbild, in Wahrheit ist es allein eine Darstellung unseres Bewußtseins, wie wir den gebrochenen Spiegel unseres Gehirns zu nennen pflegen.«

Horn rauchte und sah aus dem Fenster.

»Ich langweile Sie?«

Er wandte sich zu mir, antwortete jedoch nicht, sondern lächelte mich nur nachsichtig an.

»Nun, alles, was ich Ihnen sagen wollte, war, mißtrauen Sie Ihren Erinnerungen. Diese Bilder täuschen Sie.«

»Bedeutet das, Doktor, Sie raten mir, ohne Gedächtnis zu leben?«

»Nein, das wäre unsinnig, weil es uns nicht möglich ist. Ich rate Ihnen nur, Ihren Erinnerungen zu mißtrauen. Wenn Ihr Gedächtnis Sie zum Leben unfähig macht, ist es vernünftiger, Sie bezweifeln einige gespeicherte Bilder in Ihrem Kopf und nicht das Leben. Es ist vernünftiger, denn, wie ich hoffe bewiesen zu haben, wir haben keine Gewißheit darüber, daß diese Erinnerungen uns nicht gründlich täuschen.«

»Vielleicht haben Sie recht, aber wir werden mit unserem Gedächtnis leben müssen. Welch ein entsetzlicher Gedanke, ohne Gedächtnis leben zu wollen. Wir würden ohne Erfahrungen leben müssen, ohne Wissen und ohne Werte. Löschen Sie das Gedächtnis eines Menschen, und Sie löschen die Menschheit.«

»Ja, das wäre ein mögliches Extrem. Hüten wir uns aber auch vor der anderen Übertreibung: unser so fragwürdiges Gedächtnis zum absoluten Maß zu erheben. Es würde uns unfähig machen zu leben. Mißtrauen wir uns selbst. Der Hochmut des Verstandes hat keinen Humor. Unsere Erfahrungen sind unvollständig. Unsere Erinnerungen haben die Lücken und Risse des gebrochenen Spiegels. Das Fehlende ergänzen wir unbewußt nach unserer beschränkten Einsicht und laufen Gefahr, uns zu verirren.«

»Und was raten Sie, Doktor?«

»Ich fürchte, es wird Ihnen so wenig annehmbar sein wie mir. Der alte Gracian sagte: Suche in allem, die Zeit auf deine Seite zu bringen. Wenn es Ihnen gelingen könnte, die Erinnerungen danach einzurichten, es würde Ihnen leichter werden zu leben.«

Horn lachte leise und anhaltend vor sich hin. Er schüttelte sich vor Lachen, als hätte ich einen grandiosen Witz gerissen, und hatte Mühe, mir zu antworten: »Doktor, dann ist das Leben nichts als ein Haufen vergoldeter Scheiße.«

Er lachte noch, als er den Mantel anzog und den Hut nahm. Er reichte mir die Hand und sagte: »Mit solchen Weisheiten, Doktor, können Sie alt werden.«

»Ich weiß«, erwiderte ich.

Er hielt noch immer meine Hand, sah mir eindringlich in die Augen und sagte: »Das ist zum Kotzen.«

Er ging hinaus. Ich setzte mich wieder hinter den Schreibtisch und betrachtete das Zimmer, die Schränke, die Instrumente, meine Hände und sagte: »Auch das ist mir bekannt, Dr. Horn.«

Marlene

Liebe Mama! Die Zigeuner sind zu mir gekommen, aber ich habe sie nicht begrüßt. Ich werde mein Zimmer nicht verlassen, und ich werde nicht hinuntergehen. Auch nicht, wenn sie wieder singen.

Ich habe sie gesehen. Ich stand hinter der Gardine, als sie kamen. Auch Carlos ist dabei, mein schöner junger Zigeuner. Er hat so traurig ausgesehen, daß ich gleich geweint habe. Ich gehe nicht hinunter, um ihn nicht noch trauriger zu machen. Ich kann ihn nicht heiraten, Mama, denn ich bin schon verheiratet.

Mama, warum bist du nicht zu meiner Hochzeit gekommen? Ach, Mama, warum hast du mich belogen? Warum mußte ich heiraten? Warum hast du mir erzählt, es sei schön? Es war nicht schön, Mama. Ich habe geglaubt, ich sterbe. Ich habe die ganze Nacht geweint.

Warum ist man einsam, wenn man geheiratet hat? Du mußt es mir doch erklären können. Du bist doch auch einsam, Mama, und du bist meine einzige Freundin. Erklär mir, Mama, wieso sind so viele Schmerzen und so viel Blut schön, wenn ich nicht einmal gestreichelt werde? Und warum darf man es nicht erzählen, warum darf man nicht die Wahrheit sagen, sondern soll lügen und behaupten, daß es schön sei? Oder heißt schön bei euch Verrückten, daß es fürchterlich ist? Habt ihr denn auch die Worte verrückt gemacht?

Mama, es hat nur weh getan, und ich habe drei Tage im Bett gelegen und geweint. Und als ich Papa sagte, daß ich nun verheiratet bin, hat auch er geweint. Dann ist er mit mir zu Tante Hedel gegangen, und sie hat mich geohrfeigt und mir in die Muschi gefaßt, und ich habe wieder im Bett gelegen und geschrien vor Schmerzen.

Ihr müßt alle verrückt sein, wenn ihr so etwas schön nennt. Wenn ich allein in meinem Bett liege und mich streichle, dann ist es viel schöner, auch wenn ich etwas traurig bin.

Vielleicht wirst du meinen Mann nie kennenlernen, Mama. Papa sagt, er würde nicht mehr kommen, er würde mich nie besuchen. Ich weiß nicht, warum er nicht kommt. Vielleicht war es für ihn auch so fürchterlich wie für mich. Da müßte er ja so verrückt sein wie ihr, wenn er noch einmal zu mir käme.

Mama, eine Mutter sollte ihrer Tochter nicht einen solchen Katzenscheiß erzählen, wie du mir erzählt hast. Weißt du, nicht einmal die Zigeuner haben mir einen solchen Dreck erzählt. Carlos hat geweint, als ich ihm sagte, daß ich ihn heiraten werde. Er hat mir die Hand geküßt und mich Prinzessin genannt. Dann hat er getrunken und mich angelächelt, und er war viel trauriger als vorher. Die Zigeuner haben mir nie erzählt, daß Hochzeit schön sei.

Mein Mann hat mich nicht geküßt und mich nicht gestreichelt. Er hat mich gepackt und auf die Erde geworfen, daß ich glaubte, ich werde ohnmächtig. Er hat meine Kleider zerrissen, weil er rasch zu meiner Muschi wollte. Zuerst habe ich gelacht, weil er so furchtbar ulkig war, aber dann heulte ich, denn es tat weh, Mama, es tat weh. Er hat mich nicht geküßt. Er hat mir gesagt, er küsse keine Verrückte, und er hat mich mit der

Faust geschlagen, so daß mein Mund voll Blut war.

Warum bist du nicht zu meiner Hochzeit gekommen, Mama?

Eine Mutter sollte wissen, wann ihre Tochter heiratet. Auch wenn ich es nicht gewußt habe, denn ich habe nichts vorher gewußt. Ich wußte nicht einmal, daß dieser Mann mich heiraten wollte.

Nun wirst du ihn nicht mehr kennenlernen, denn ich kenne seinen Namen nicht. Ich weiß nur, daß er nach Schnaps stinkt.

Ach, Mama, wir Frauen müssen alle verrückt sein. Denn wieso heiraten wir, wenn es nur weh tut? Warum, wenn wir nicht einmal gestreichelt und geküßt werden. Es kostet nur unser verrücktes Blut und bringt uns Faustschläge.

Mama, ich gehe jetzt nachts in den Park. Vielleicht treffe ich meinen Mann noch einmal. Ich will ihn nach seinem Namen fragen. Nur seinen Namen soll er mir sagen, damit ich weiß, wie ich heiße. Eine verheiratete Frau sollte doch ihren Namen wissen.

Unten singen sie. Ich höre die Stimme von Carlos. Er wird nach seiner Prinzessin fragen und traurig sein. Die Zigeuner besuchen nur mich, mich und Papa. Sie gehen zu keinem anderen in der Stadt, nur zu mir. Sie werden sehr traurig sein, ihre Prinzessin nicht zu sehen. Aber ich kann nicht zu Carlos gehen. Schließlich bin ich eine verheiratete Frau, auch wenn ich meinen Namen nicht weiß.

Mama, wenn du ein bißchen Verstand hättest, dann hättest du deine Tochter nicht auf die Welt gebracht. Aber das hat man davon, wenn man zwei Verrückte als Eltern hat.

Kruschkatz

Nach Horns Tod bemühte Bachofen sich heftig, mich abzulösen. Er schrieb Briefe und telefonierte, er sammelte eifrig meine Minuspunkte und regte die stets brütende Unzufriedenheit der Büros an, tätig zu werden. Die Mausohren richteten sich aus, und die Schlangenzungen zischelten. Ich spürte Bachofens Erfolge im Auftreten und in den Blicken meiner Mitarbeiter. Ich fühlte, wie er vorankam, der fleißige Maulwurf, an seiner täglich heller werdenden Miene, an seiner niederträchtigen, aber erfinderischen Energie, die ihn zusehends jünger und lebenslustiger machte. Er war erfolgreich, denn ich hatte es ihm zu leicht gemacht. Das Konto meiner Vergehen und Fehler wuchs, und Horns Ende sollte, nach Bachofens Plan, den Schlußstein einer Pyramide bilden, unter der ich begraben werde.

Horn hatte mich schlachtreif gemacht. In der Ratssitzung Mitte August wurde ich wegen fehlender Wachsamkeit angegriffen. Bachofen verschanzte sich hinter dem Papier des Kreises, dem Bericht der Genossen, die den Fall Horn untersucht hatten. Man attestierte mir darin nachlässig ausgeübte Leitungstätigkeit, die feindliche Machenschaften sträflich begünstigt habe. Auch habe ich den Rat und die Hinweise wachsamerer Genossen mißachtet, damit waren Bachofen und Brongel gemeint, und gegen das Prinzip der kollektiven Leitung verstoßen. Ich mußte mich auch vor dem Stadtrat verteidigen und tat es mit dummen, hilflosen Worten. Ich war ungeschickt, weil ich Bachofen nicht als gefährlichen Gegner zu akzeptieren bereit war. Ich wollte nicht gegen eine Wanze kämpfen, nur weil sie anfing zu stinken. Dies war der größte meiner Fehler, auch dann, wenn er nicht auf Bachofens Liste verzeichnet war. Es war ein dilettantischer Fehler. Jeder Stratege hätte mir eine Fülle von Schlachten aufzählen können, die nur deshalb verlorengingen, weil ihr Sieg unvermeidlich schien. Damals lernte ich, daß man auch einer Wanze ein ebenbürtiger Gegner sein muß.

Ende September stand Bachofen kurz vor einem vollständigen Erfolg. Er war sich seines Triumphes so gewiß, daß er die Infamie besaß, in einer öffentlichen Sitzung mir auch die Schuld an Horns Selbstmord zu geben. Ich hätte das Schlimmste verhüten können, hielt er mir vor, wenn ich nicht fortgesetzt einen Klassengegner in seinem schändlichen Handwerk begünstigt und damit sowohl die

Aufklärung wie die mögliche Selbsterkenntnis und Reue verhindert hätte. Der Selbstmord sei Horns Schuldbekenntnis gewesen, ein Bekenntnis abartiger und sozialismusfeindlicher Denkungsart, und mache betroffen, weil er unsinnig und vermeidbar gewesen und nur durch einen sich blind stellenden Funktionär nahezu schicksalhaft notwendig geworden sei. Ich lehnte es ab, auf diesen schändlichen Vorwurf einzugehen, obgleich ich wußte, daß man mein Schweigen als Eingeständnis auffassen würde; daß ich mich nur auf zwei meiner Stadträte verlassen konnte; daß die Ratsversammlung zu diesem Zeitpunkt hinter Bachofen stand und ich auch in der Kreisleitung kaum noch Freunde besaß.

Am Abend dieser Ratssitzung sprach ich mit Irene über meine bevorstehende Amtsenthebung, und wir waren uns darin einig, Guldenberg umgehend zu verlassen.

Elf Tage später, zwei Wochen vor meinem Urlaub, saß ich fester denn je in meinem Sessel, und Bachofen bemühte sich demütig und winselnd, nicht aus dem Rathaus gejagt zu werden. Er hatte fleißig und rastlos seine Karriere vorangetrieben, und seine ganze Drecksarbeit verreckte an einem einzigen Brief. Nicht meine Erfahrung oder Geschicklichkeit hatten mich gerettet, sondern einer der vielen Briefe Bachofens, ein Brief, den er zuviel geschrieben hatte.

In der Nacht zum achten Oktober rief mich

Gerda Schneeberger an. Franz, ihr Mann, der frühere Bürgermeister und mein Vorgänger, war nicht nach Hause gekommen. Ich versuchte, die alte Frau zu beschwichtigen, und sagte, daß Franz gewiß mit Freunden in einer Kneipe sitze, um den Jahrestag zu begießen. Ich versprach ihr, am nächsten Tag nach Franz suchen zu lassen, falls er nicht inzwischen daheim eingetroffen sei, volltrunken und müde.

Doch auch am nächsten Morgen kam Franz Schneeberger nicht nach Hause. Man konnte mir nichts über seinen Verbleib sagen, keiner hatte ihn seit der Kundgebung am Vortag mehr gesehen. Mittags bekam ich einen Hinweis meiner Sekretärin und rief den Leiter des Untersuchungsgefängnisses in Wildenberg an. Der Genosse bestätigte, daß Franz Schneeberger in Haft genommen worden sei. Über die Gründe wollte oder konnte er mir nichts sagen. Ich fragte ihn, wieso man seine Frau nicht informiert habe. Er erwiderte, man hätte sie benachrichtigt. Ich legte den Hörer auf. Dann ging ich zu Gerda Schneeberger. Ich erzählte ihr das wenige, was ich wußte, und blieb bei ihr, bis sie sich etwas beruhigt hatte. Ich versprach, ihr ein Auto für den nächsten Tag zu besorgen, das sie nach Wildenberg fahren werde. Am Nachmittag telefonierte ich mit Genossen vom Kreis. Man sagte mir zu, alles Menschenmögliche für Franz zu tun.

Am Sonnabend, dem zwölften Oktober, fünf

Tage nach seiner Verhaftung, war Franz Schneeberger wieder daheim. Die Staatsanwaltschaft hatte die Anklage geprüft und sie als völlig unsinnig verworfen. Franz war denunziert worden, sich am zurückgelassenen Eigentum jener Bürger bereichert zu haben, die ihr Vaterland verraten hatten und bei Nacht und Nebel nach Westdeutschland geflohen waren. Tatsächlich hatte Franz Schneeberger bei einer städtischen Versteigerung von Fundsachen und beschlagnahmten Hinterlassenschaften ein Tafelgeschirr ordnungsgemäß erworben. Bachofen hatte die Denunziation ohne mein Wissen unterstützt, so daß es zu der unüberlegten, idiotischen Verhaftung Schneebergers gekommen war.

Einen Tag vor Schneebergers Entlassung ließ ich den ersten Fernseher, der nach Guldenberg geliefert wurde und der im Festsaal der Burg für die Einwohner der Stadt aufgestellt werden sollte, zu Schneebergers schaffen. Ich traf diese Entscheidung allein und ohne jemanden darüber zu informieren, obgleich die Aufstellung des ersten Fernsehers in der Stadt bereits mit Termin bekanntgegeben worden war und keiner sagen konnte, wann Guldenberg einen zweiten Fernseher bekommen würde. Ich ließ mir meine Entscheidung auf der nächsten Ratssitzung nachträglich bestätigen. Es gab keine Gegenstimmen. Auch Bachofen stimmte für das teure Geschenk an den ehemaligen Bürgermeister.

Zwei Tage vor meinem Urlaub besuchte ich die Schneebergers. Die alte Frau öffnete mir. Dann ging sie ins Wohnzimmer und sagte: »Franz, der Genosse Kruschkatz ist gekommen.«

Sie ließ mich eintreten und schloß die Tür hinter mir. Franz Schneeberger saß in einem Sessel und starrte auf den Fernseher. Er drehte sich nicht nach mir um, und er sagte nichts.

»Guten Tag, Franz.«

Er schwieg. Ich stand wie ein Idiot hinter ihm und sah auf seinen Rücken und das flimmernde Bild des Fernsehers.

»Gefällt dir Ballett, Franz?« fragte ich nach einer unerträglich langen Pause.

Endlich nahm er die Pfeife aus dem Mund und sagte: »Ist das Ballett?«

»Ja«, sagte ich schnell, »Schwanensee.«

»Wenn das Ballett ist«, sagte Franz, »dann gefällt mir Ballett.«

Danach steckte er die Pfeife in den Mund und starrte wieder schweigend auf die grauen, schemenhaften Figuren, die über das kleine Bild des Fernsehers hüpften.

»Ich schau mal nach Gerda«, sagte ich schließlich und ging in die Küche.

Gerda Schneeberger stand am Herd. Sie hielt mit einem Topflappen die Kasserolle und wartete auf das Aufbrodeln des Wassers. Ich setzte mich auf einen der mit buntem Stoff überzogenen Küchenstühle.

»Er redet nicht mit mir«, sagte ich erschöpft. Ich war so müde, daß ich am liebsten meinen Kopf auf den Küchentisch gelegt hätte.

»Er wird auch nicht mit dir reden«, erwiderte die Alte. Sie nahm den Topf vom Herd und goß etwas kochendes Wasser in die Kanne. Dann schwenkte sie die Keramikkanne und goß das Wasser in die Kasserolle zurück.

»Ja, was für eine Dummheit. Einen Mann wie Franz zu verdächtigen!«

Die Alte löffelte sorgfältig Kaffee in die Kanne. Sie zählte stumm mit, ihre Lippen bewegten sich dabei. Als sie die Kaffeebüchse wegstellte, sagte sie: »Damit bringt ihr ihn um.«

»Ach was, Gerda, die fünf Tage machen einem Kerl wie Franz nichts aus. Fünf Tage, da hat er sich nicht erst hingesetzt.«

Sie schüttelte den Kopf und wiederholte nur: »Damit bringt ihr ihn um.«

Ich sah ihr zu, wie sie eine Prise Salz in die Kanne tat und das kochende Wasser hineingoß.

»War es denn so schlimm?« fragte ich.

»Sie waren brutal«, sagte sie ruhig.

»Zum Teufel, Gerda, was redest du da!«

Ich schlug mit der Hand auf den Tisch. Der Starrsinn der beiden Alten ließ mich verzweifeln.

»Ich weiß, was ich sage, Genosse«, erwiderte sie, »ich habe Franz im Gefängnis besucht. Ich habe die jungen Männer gefragt, warum Franz verhaftet worden sei. Sie haben nur gelacht und gesagt:

Wenn es stimmt, was man Ihrem Mann vorwirft, dann kommt er hier nur mit dem Kopf unterm Arm raus.«

»Wer hat das gesagt?«

»Die beiden Schließer.«

»Ich werde der Sache nachgehen, Gerda, das verspreche ich dir.«

»Das hilft Franz auch nichts.«

Sie stellte Tassen auf ein Tablett. Dann sah sie mich an und sagte: »Franz wird nicht mehr. Ich kenne ihn doch.«

Sie ging an den Küchenschrank, holte einen Stoß Zettel heraus, blätterte darin und reichte mir dann eins der Papiere. Es war eine Quittung, die den Kauf eines Service zum Preis von einhundertzwanzig Mark bestätigte.

»Ich hatte das immer im Schrank. Man hätte mich nur zu fragen brauchen.«

Ich spürte den säuerlichen Geruch, der in der ganzen Wohnung hing.

Sie ging mit dem Tablett ins Wohnzimmer, ich folgte ihr. Wir tranken schweigend den Kaffee. Franz setzte sich nicht an den Tisch, er blieb vor dem Fernseher hocken und starrte auf das sich bewegende Bild. Seine Frau stellte ihm die Kaffeetasse neben den Sessel. Ich rührte in meiner Tasse und lauschte lustlos der Musik von Tschaikowski.

Als ich mich verabschiedete, sprach ich Franz Schneeberger noch einmal an: »Ich freue mich, daß dir der Fernsehapparat gefällt, Franz.«

»Wenn du willst, kannst du ihn wieder mitnehmen. Ich habe nicht darum gebeten.«

Im Rathaus bestellte ich Bachofen zu mir. Als er eintrat, ließ ich ihn an der Tür stehen. Ich sah ihn an und dachte darüber nach, was ihn bewogen haben könnte, seinen alten Chef derartig zu drangsalieren. Ich verstand es nicht. Ich fühlte in mir das Bedürfnis, ihn mit Füßen zu treten.

»Setz dich nicht erst«, sagte ich, »ich komme eben von Franz Schneeberger. Ich möchte dich bitten, ihn nicht zu besuchen. Es ist für Franz besser.«

Er nickte kurz und fragte mit belegter Stimme: »Ist das alles, Genosse Kruschkatz?«

»Ja«, erwiderte ich, »du bist ein widerliches Arschloch, Genosse.«

Bachofen blieb noch fünf Jahre Stadtrat in Guldenberg. Dann benutzte er eine Auslandsreise, um sich nach Westdeutschland abzusetzen. Jahre später hörte ich, daß mein ehemaliger Genosse Bachofen einen Wohnwagenverleih in Hanau besäße. Ein Jahr vor meiner Pensionierung besuchte er Guldenberg. Er fuhr mit einem großen amerikanischen Auto durch die Stadt und erzählte allen, die es wissen wollten, daß er Bürgermeister einer hessischen Kleinstadt sei.

Gertrude Fischlinger

Herr Horn wohnte das zweite Jahr bei mir, als das passierte, was Jule eine unerlaubte Beziehung genannt hätte.

Nach Neujahr schloß ich für drei Tage mein Geschäft, um Inventur zu machen. Paul hatte noch Schulferien und war zu einem Jungen in Wildenberg gefahren, bei dem er auch übernachtete. Ich kletterte den ganzen Tag die Leiter hoch und runter, um alle Tüten, Schachteln und Büchsen zu zählen und aufzuschreiben. Mittags legte ich mich im Ladenzimmer für eine Stunde hin, doch meine Füße blieben bleiern schwer, und ich fürchtete, von der Leiter zu stürzen. Mich ängstigte der Gedanke, zu fallen und hilflos in meinem Geschäft zu liegen, bis mich jemand fände. Ich schloß die Ladentür nicht zu, ich wollte nicht meiner dummen Beine wegen auf dem Fußboden, zwischen Regale und Mehl- und Zuckersäcke eingezwängt, sterben.

Am späten Nachmittag kam Jule und half mir. Sie wieselte durch das Geschäft und rief mir Stückzahl und Preise zu, und ich schrieb die Zahlen auf und konnte die Beine hochlegen. Dann tranken wir zusammen ein Glas Wein, Jule erzählte wieder von ihrem Priester, und ich hörte ihr geduldig zu, dankbar, nicht allein sein zu müssen.

Als ich nach Hause kam, hatte Herr Horn mir einen Teller mit Broten in die Küche gestellt. Er kam aus seinem Zimmer, als er mich hörte, und ging mit mir in die Küche. Ich war verlegen, er hatte mir noch nie eine solche Freundlichkeit erwiesen.

»Ich hoffe, es ist Ihnen recht«, sagte er, »Sie haben so viel zu tun.«

Ich setzte mich an den Küchentisch und aß die Brote. Es waren viel zu viele für mich, aber ich aß sie alle auf, um ihn nicht zu kränken. Er fragte nach meiner Inventur und erzählte, daß er im Museum auch jährlich den Bestand aufzunehmen habe. Als ich aufgegessen hatte, sagte er: »Darf ich Sie zu einem Glas Wein einladen?«

Ich war von seiner Einladung gerührt und nahm sie an, obwohl ich müde war und nur noch schlafen wollte. Wir gingen in sein Zimmer. Ich betrat es seit seinem Einzug zum erstenmal, da er es selbst säuberte und mich bisher nie eingeladen hatte. Ich sah mich um. Es war merkwürdig, im eigenen Zimmer zu Gast zu sein.

»Sie haben es sich schön eingerichtet«, sagte ich.

»Ich habe kaum etwas verändert«, sagte er.

»Ich sehe«, sagte ich, »aber schönere Bilder haben Sie aufgehängt. Meine Bilder gefallen mir selbst nicht mehr, aber ich komme nicht dazu, mir etwas Neues auszusuchen.«

Ich ging durch mein früheres Wohnzimmer und betrachtete die Bilder.

»Ist das ein Samowar?« fragte ich und zeigte auf ein Gerät, das auf der Anrichte stand.

»Ja«, sagte er, »ich habe ihn in Moskau gekauft.

Wollen wir ihn anstellen? Wollen Sie ein Glas Tee?«

»Nein, nein. Ich habe nur so ein Ding noch nie gesehen.«

Er erklärte mir, wie es funktioniert. Dann setzten wir uns an den Tisch. Er goß Wein ein, und wir stießen an. Wir waren beide etwas verlegen. Er lächelte und drehte sein Glas, und ich lobte mit ungeschickten Worten den Wein.

»Ich habe sicher noch . . .«, begann er, dann unterbrach er sich selbst und stand auf. Er ging zum Kleiderschrank, wühlte in einem Fach und kam mit einer angebrochenen Konfektschachtel zurück. Er stellte sie auf den Tisch, öffnete sie und sagte, ich möge mir nehmen, er esse keine Schokolade. Ich wagte nicht zu sagen, daß ich auch kein Konfekt äße, sondern nahm mir ein Stück und steckte es in den Mund. Wir lächelten uns an und wußten wohl beide nicht, worüber wir reden könnten.

Er trank nur winzige Schlucke, aber da er sein Glas immer wieder in die Hand nahm und daran nippte, war es schnell leer. Er goß sich ein und forderte mich auf, mein Glas auszutrinken. Ich gehorchte ihm. Als mein Blick auf meine Hände fiel, sah ich, daß ich dreckige Fingernägel hatte. Ich verschränkte die Finger ineinander und legte sie auf den Schoß. Ich wurde dabei rot. Er betrachtete mich. Ich hatte das Gefühl, er durchforsche mein Gesicht, und blickte wieder auf meine Hände. Als ich aufsah, streckte er seine Hand aus und streichelte mit den Fingerspitzen sacht meine Wange. Ich wußte, daß es nur aus Mitleid geschah, trotzdem schloß ich meine Augen und überließ mich einem Gefühl von Glück.

»Es tut gut, gestreichelt zu werden«, sagte ich leise.

Ich war ganz ruhig, als er ebenso leise erwiderte: »Wir brauchen wohl alle einen Menschen, der uns streichelt.«

Er nahm die Hand zurück, und wir tranken die Gläser leer. Ich hatte den Wunsch, seine Hand zu nehmen und sie fest zu drücken.

Als er aufstand, um mir wieder Wein einzugießen, wollte ich abwehren, aber statt dessen nickte ich zustimmend. Er stellte sich neben mich und goß ein, dann beugte er sich vor und küßte meine Stirn. Ich nahm alles hin wie einen Traum und wartete nur darauf aufzuwachen.

Wir tranken die ganze Flasche aus. Als ich aufstand, bat er mich zu bleiben, bei ihm zu bleiben. Er nannte meinen Vornamen.

»Schlafen Sie bei mir, Gertrude«, sagte er.

»Ich bin keine junge Frau«, sagte ich lediglich.

Er nahm meine Hand, und wir gingen zu seinem Bett. Dort setzten wir uns nebeneinander. Ich war atemlos wie ein junges Mädchen.

Unsere intime Beziehung dauerte ein halbes Jahr. Zwei-, dreimal im Monat kam er zu mir, und wir schliefen miteinander. Danach lag er noch eine halbe Stunde neben mir. Wir rauchten Zigaretten und redeten wenig und leise. Ich beobachtete ihn. Ich fürchtete, er würde meiner überdrüssig. Aber alles, was ich bemerkte, war, daß er es vermied, meine Beine anzusehen oder zu streicheln.

Unsere Beziehung erlosch nach einigen Monaten so unvermittelt, wie sie begonnen hatte. An einem Abend im Juni klopfte er an meine Zimmertür. Ich saß an der Nähmaschine, über dem Bett lagen Flicken und Nähzeug verstreut. Als er eintrat, wollte ich aufstehen. Er bat mich, sitzen zu bleiben. Ich sah ihn an, doch er stand nur schweigend vor mir, eine Hand im Nacken, und betrachtete sorgenvoll mein Schneiderwerkzeug.

»Ich bitte Sie um Verzeihung, Gertrude«, sagte er schließlich. Dann verstummte er wieder, und ich wartete darauf, daß er weitersprach. Es fiel ihm schwer, Worte zu finden. Er konnte mir nicht einmal ins Gesicht sehen.

»Es ist nicht richtig, was ich getan habe«, begann er erneut, »ich habe Sie gern, Gertrude, aber ich liebe Sie nicht. Und ich weiß, daß Sie mich auch nicht lieben. Vergeben Sie mir, daß ich an Ihnen wie ein dummer Junge gehandelt habe.«

Er war sehr ruhig, als er sprach. Ich hatte diesen Tag und dieses Gespräch seit jenem Abend im Januar erwartet. Es überraschte mich nicht.

»Ich glaube nicht, daß wir gesündigt haben«, sagte ich, »jedenfalls fühle ich mich nicht schuldig. Aber ich kann Sie verstehen.«

»Verzeihen Sie bitte«, wiederholte er gleichbleibend.

»Ich habe Ihnen nichts zu verzeihen«, erwiderte ich, »ich bin eine erwachsene Frau. Sie haben mich zu nichts genötigt. Alles, was ich tat, habe ich gewollt. Und wenn Sie schuldig sind, bin ich es nicht weniger.«

Doch er wiederholte mit unveränderter Stimme nur: »Verzeihen Sie mir, Gertrude.«

Dann drehte er sich um und ging, ohne mich angesehen zu haben, zur Tür. Ich spürte, wie meine Hände zitterten.

»Ich habe Ihnen nichts zu verzeihen, und Sie haben mir nichts zu verzeihen«, sagte ich und bemühte mich, das Flattern in meiner Stimme zu unterdrücken, »und ich denke, unser Schöpfer wird es nicht für eine Sünde ansehen, wenn zwei hilflose Wesen auf dieser Welt einander beistehen.«

Er war stehengeblieben, um mir zuzuhören. Dann öffnete er die Tür, sagte: »Gute Nacht, Gertrude«, und ging hinaus.

Ich blieb vor der Nähmaschine sitzen und streichelte unablässig den bunten Gardinenstoff, der auf meinen Knien lag. Trude, Trude, sagte ich zu mir, da bist du nun mal wieder eine verlassene Frau. Und der Gedanke stimmte mich fröhlich, und grundlos lachte ich leise vor mich hin.

8. KAPITEL

Ich habe alles gesagt.

Es ist nicht genug.

Ich will jetzt schlafen, toter Mann. Schlafen und vergessen.

Vergessen? Wie willst du das vergessen?

Warum gebt ihr keine Ruhe?

Wie könnten wir das? Warum sollten wir es?

Weil wir nicht mit den Toten leben können. Weil es nicht nur eine Wahrheit der Toten gibt. Es gibt auch eine Wahrheit der Lebenden.

Und mein Tod?

Das ist nicht die ganze Wahrheit.

Wenn ihr schweigt, dann werden die Steine schreien.

Sie sind schwer, diese Toten. So schwer.

Erinnere dich.

Und ich bin müde.

Weiter, Junge. Weiter. Weiter. Du mußt dich erinnern.

Thomas

Am letzten Ferientag kam Paul zu mir nach Hause. Wir saßen beim Mittagessen, als er klingelte. Mein Bruder ließ ihn herein. Vater fragte ihn, was er von mir wolle, und sagte dann zu ihm, er möge sich an den Tisch setzen und warten, bis wir mit dem Essen fertig seien. Dann fragte er ihn aus. Paul mußte erzählen, wer seine Eltern seien und was er später für einen Beruf ergreifen wolle. Ich spürte, daß Paul meinen Eltern nicht gefiel. Er war zum erstenmal bei mir zu Haus, und meine Eltern prüften ihn eingehend und mißtrauisch.

Mutter gab ihm eine Schüssel eingezuckerter Johannisbeeren, die Paul mit offenem Mund aß. Vater legte den Löffel beiseite und sah ihn angewidert an, aber Paul ließ sich davon nicht stören. Er bemerkte es nicht einmal.

Nach dem Essen ging ich mit Paul hinaus.

»Komm schnell«, sagte er, »ich zeig dir etwas.«

Er lief los, und ich rannte hinter ihm her.

»Wohin gehen wir?« rief ich atemlos.

»Du wirst schon sehen.«

Wir liefen zur Siedlung und weiter aus der Stadt

hinaus. Plötzlich blieb Paul stehen. »Und kein Wort, zu keinem. Verstehst du?«

Ich nickte, ohne etwas zu begreifen. Dann rannte ich wieder hinter ihm her und war zufrieden, daß Paul zu mir gekommen war, daß er mich geholt hatte, um mir etwas Wichtiges zu zeigen. An einer Eberesche bedeutete er mir stehenzubleiben.

»Warte hier. Ich bin gleich zurück.«

Er ging durch die Büsche und verschwand im Unterholz. Eine Weile hörte ich noch das knisternde Knacken von Zweigen, dann wurde es still. Durch die Wipfel der Buchen brach Sonnenlicht und ließ die roten Vogelbeeren aufleuchten. Ich klappte das Taschenmesser auf und versuchte, es auf der Fingerspitze zu balancieren. Dann warf ich es gegen den weichen Moosboden.

Ich erschrak, als Paul plötzlich neben mir stand. Ich hatte ihn nicht kommen hören. Er hielt jetzt einen kurzen Knüppel in der Hand, von dem er die Rinde abriß.

»Es ist alles in Ordnung. Wir können gehen.«

Ich ging hinter ihm her, die Büsche zerkratzten meine Beine.

»Und vergiß nicht, ich habe ihn entdeckt.«

Ich nickte, obwohl ich nicht wußte, wovon er sprach. Wir liefen gebückt durch das Unterholz, mit den Armen wehrte ich die Zweige ab. Das Taschenmesser hielt ich noch immer aufgeklappt in der Hand. Als wir uns aufrichten konnten, sagte Paul nur: »Erschrick nicht.«

Dann stieß er mich einen Schritt vor. Ich sah mich um, um zu sehen, was Paul mir zeigen wollte.

»Dort«, sagte Paul gereizt, als ich ihn fragend ansah. Er zeigte auf eine Buche. Ich sah noch immer nichts. Erst dann entdeckte ich den Mann. Er hing genau vor dem Stamm und war ebenso dunkel. Sein Gesicht war nicht zu sehen.

»Es ist Horn«, sagte Paul, »der Mann vom Museum. Ich habe ihn heute morgen gefunden.«

Wir gingen zu dem Toten. Neben ihm lag ein umgestürzter Hocker, der mit Farbflecken bedeckt war. Der Hocker war aus der Burg, ich kannte ihn, Herr Gohl hatte ihn manchmal bei der Arbeit benutzt. Dann sah ich zu dem Toten hoch. Er sah mich mit offenen Augen an, und ich trat so schnell zur Seite, daß ich über die eigenen Füße stolperte.

Es war tatsächlich Herr Horn, wenn ich ihn auch kaum wiedererkannte. Die Augen waren hervorgetreten, und die Zunge quoll breit und verfärbt aus dem Mund. Ich blickte zu Paul, um den Toten nicht ansehen zu müssen.

Paul achtete nicht auf mich. Vorsichtig stieß er mit dem Knüppel gegen die Beine des Toten, aber erst, als er noch einmal und kräftiger gegen die Leiche stieß, schaukelte sie für Momente hin und her.

»Deine erste Leiche?« fragte Paul.

Ich nickte.

»Für mich nicht«, sagte er. Dann stieß er wieder

den Knüppel gegen den toten Herrn Horn, um ihn schaukeln zu lassen. Ich wollte ihn davon abhalten, aber ich sagte nichts.

»Ein scheußlicher Anblick«, sagte Paul. Er ging an ihn heran und faßte ihm in die Jackentasche. Ich stand wie gelähmt und sah ihm zu.

»Wir müssen zur Polizei gehen«, sagte ich endlich.

Paul griff behutsam in die andere Jackentasche. Mit dem Knüppel schlug er das offene Jackett des Toten zurück, aber er wagte wohl nicht, auch die Innentaschen zu kontrollieren. Dann setzte er sich auf einen Baumstamm, schlug mit dem Knüppel auf den Waldboden und schaute zu dem toten Herrn Horn.

»Du hast recht«, sagte er, »gehen wir, bevor ihn andere finden.«

Wir liefen zurück. Ich dachte den ganzen Weg über an den beschmierten Hocker aus dem Museum. Ich hatte auch schon auf ihm gestanden, wenn ich Herrn Horn half, die tiefen Schautische einzurichten.

»Ob es dafür eine Belohnung gibt?« fragte mich Paul.

»Ich weiß es nicht«, erwiderte ich.

Wir gingen zum Polizeirevier, aber sonntags war dort niemand. Dann liefen wir zur Molkestraße, wo Herr Lamprecht wohnte, einer der Polizisten. Nur seine Frau war zu Hause. Sie sagte uns, daß ihr Mann im Garten arbeite, und beschrieb uns den Weg dorthin. Als wir Herrn Lamprecht gefunden hatten, war es schon vier Uhr. Der Polizist hörte sich Pauls Bericht an, und dann gingen wir zusammen zu seiner Wohnung und anschließend zum Revier. Dort mußte ich vor der Tür warten. Paul hatte ihm gesagt, daß nur er Herrn Horn gefunden habe und ich bloß mitgelaufen sei. Deshalb sagte Herr Lamprecht, ich solle draußen bleiben.

Nach einer halben Stunde kamen sie wieder heraus. Paul sagte nichts zu mir, und er blickte mich auch nicht an. Er lief neben dem Polizisten, ohne sich nach mir umzusehen. Ich rannte ihm hinterher, aber bevor ich ihn etwas fragen konnte, sagte er, ich solle verschwinden. Er müsse Herrn Lamprecht die Leiche zeigen, und das sei nichts für mich.

Ich verstand nicht, wieso er mich wegschickte. Vielleicht hatte es der Polizist von ihm verlangt, oder er wollte die Leiche ihm allein zeigen wegen der Belohnung. Ich verstand ihn nicht und war sehr enttäuscht. Dann dachte ich an Herrn Horn und daran, daß noch keiner in der Stadt wußte, daß er tot war. Ich wollte nach Hause gehen, um es Vater zu erzählen, aber dann ging ich doch zu Elske.

Sie begrüßte mich freundlich, doch ehe ich ihr von dem Leichenfund erzählen konnte, bat sie mich, ihr einen Gefallen zu tun. Sie gab mir einen Brief, den ich Klemens bringen sollte.

»Beeil dich«, sagte sie, »es ist dringend. Klemens fährt morgen früh nach Hause.«

Klemens war ein Oberschüler aus München, der hier in den Ferien bei seiner Großmutter wohnte. Den ganzen Tag über stand er an den Buden der Schausteller auf dem Anger und erzählte. Ich konnte ihn nicht ausstehen, obwohl wir nichts miteinander zu tun hatten. Er sprach nie mit mir, nur mit den Mädchen und den älteren Jungen.

Ich lief mit Elskes Brief zum Anger. Klemens lehnte an einem Stand mit Luftgewehren. Zwei Mädchen standen vor ihm und hörten ihm zu.

»Ich habe einen Brief für dich«, sagte ich und gab ihm den Umschlag.

Er nahm ihn nachlässig entgegen.

»Einen Moment«, sagte er zu den Mädchen. Dann drehte er sich um, riß ihn auf und las ihn. Die beiden Mädchen guckten ihm über die Schulter und versuchten, den Brief auch zu lesen.

»Und wer bist du?« fragte Klemens, als er sich wieder umwandte, »ihr Bruder?«

»Nein«, sagte ich.

»Elskes kleiner boyfriend, was?« sagte Klemens grinsend.

Die Mädchen kicherten. Ich starrte ihm in die Augen, ohne mit der Wimper zu zucken. Er drehte sich wieder um, schrieb etwas auf den Brief und steckte ihn in den aufgerissenen Umschlag.

»Bring ihn Elske«, sagte er, »und sag ihr, sie soll pünktlich sein.«

Er gab mir den Brief. Ich steckte ihn gleichgültig in die Hosentasche und ging los.

»Warte einen Moment«, rief Klemens.

Er kam mir hinterher, legte eine Hand auf meine Schulter und sagte: »Du liest den Brief nicht, hast du verstanden.«

»Wen interessiert schon dein Brief!«

»Gut«, erwiderte er, »ich verlasse mich darauf, daß du ihn nicht liest.«

Wütend lief ich vom Anger. Vor der Molkerei blieb ich stehen und holte den Brief hervor. Ich hatte ihm versprochen, den Brief nicht zu lesen, und ich wollte mein Versprechen halten. Ich zerriß ihn in tausend Fetzen und verstreute das Papier über den Bürgersteig. Dann rannte ich nach Hause und stürzte in mein Zimmer. Ich warf mich aufs Bett, ich dachte an Elske und ärgerte mich über mich selbst. Mutter kam herein und sagte, Vater wolle mich sprechen. Ich stand auf und ging zu Vaters Arbeitszimmer. Ich klopfte bei ihm an. Er hieß mich eintreten.

»Setz dich«, sagte er, ohne aufzusehen. Dann legte er den Füllfederhalter beiseite und sah mich finster an. »Was ich dir sagen wollte, Thomas, deine Freunde mißfallen mir sehr. Dieser Paul ist kein Umgang für dich. – Sieh mir in die Augen, wenn ich mit dir rede.«

Ich sah ihn an und stotterte verzweifelt: »Herr Horn hat sich aufgehängt.«

Dann schlug ich die Hände vors Gesicht und

heulte. Ich heulte laut und anhaltend, ich heulte wegen Elskes Verrat und weil Paul mich nicht mitgenommen hatte, ich heulte wegen des schrecklichen Gesichts des toten Herrn Horn und weil ich erst zwölf Jahre war.

Vater stand auf und kam zu mir herüber. Er drückte meinen Kopf gegen seinen Körper und sagte mitfühlend: »Das ist ja schrecklich. Ich wußte gar nicht, daß du so sehr an ihm hängst.«

Ich schüttelte wütend und verzweifelt den Kopf. Ich wollte ihm erklären, daß ich nicht wegen des toten Herrn Horn heulte, nicht nur seinetwegen. Aber ich brachte kein Wort heraus. Ein heftiger Schluckauf überfiel mich, und ich schluchzte unbeherrscht und krampfhaft und drückte meinen Kopf fest gegen meinen Vater.

Kruschkatz

Es ist Januar. Von meinem Fenster aus sehe ich den schweren dunklen Schneeregen, der auf den Dächern gegenüber liegt. Kalt und unfreundlich schimmert er zu mir herüber. Der Himmel dahinter ist eine graue wässrige Pappe, ohne Licht, ohne Sonne. Ich beklage mich nicht, ich bin es gewohnt. Hinter meinem Fenster ist es stets unerträglich. Zu grau, zu kalt, zu naß, zu dunkel, zu heiß. Ich habe ein anderes Zimmer verlangt, aber man kommt mir mit immer neuen Ausflüchten. Man belügt mich, man lacht hinter meinem Rücken über mich, aber man fürchtet mich auch. Aus Furcht haben sie mir das schlechteste Zimmer gegeben, das schlechteste des ganzen Hauses. Hier scheint nie die Sonne, hier ist nichts Grünes. Kaltes Grau, heißes Grau, damit habe ich mich abzufinden. Wenn ich ans Fenster treten würde, könnte ich nur die großen, schweren Mülltonnen sehen. Diese Aussicht gab man mir aus Furcht, aus Furcht und Haß. Aber ich beklage mich nicht. Nicht, solange man mir nicht einen dieser Greise ins Zimmer stecken will. Oh, diese bösartigen, geschwätzigen Greise, die immerzu vor meinem Zimmer herumlaufen. Immer auf und ab, tap, tap, tap, tap. Dazu ihr unausstehliches, widerliches Gefasel, honigsüß und hinterhältig.

»Schlecht sehen Sie aus, mein Lieber, sehr schlecht. Wieder eine schlimme Nacht gehabt, wie?«

»Scheren Sie sich zum Teufel.«

»Hihi, warum so böse? Sterben müssen wir alle, früher oder später.«

»Lassen Sie mich zufrieden.«

Diese glatzköpfigen, zahnlosen Idioten mit den unrasierten, eingefallenen Wangen und den glitzernden, aufmerksamen Augen, die alles fleißig registrieren. Wenn ich einen von ihnen sehen wollte, könnte ich mir gleich einen Spiegel im Zimmer aufhängen. Mein Zimmer wird keiner von ihnen betreten, nicht einer. Ich will sie nicht sehen. Ich kann sie nicht ausstehen.

In mein Zimmer kommt niemand. Ich habe keine Menschen, die mich besuchen könnten. Und ich will auch keinen. Warum sollte ich mich nach einem von draußen sehnen. Ich will sie nicht, diese mitleidigen Heuchler, die kaum Zeit finden, ihre Mäntel auszuziehen, und die mit verstohlenem Blick die Tassen nach Schmutz absuchen. Die nur warten, bis ich endgültig die Augen schließe, um dann rasch, rasch nach dem Sparbuch zu suchen.

Meine Tür bleibt geschlossen.

Wie viele Jahre sitze ich in diesem Zimmer? Wie viele Jahre werde ich noch hier sitzen, den grauen Beton und den grauen Himmel vorm Fenster?

Aber was bedeutet das schon. Es ist alles zu lange her. Alles ist lange dahin.

Es werden sieben oder acht Jahre sein, die ich hier wohne. Ich erinnere mich nicht mehr. Ich war vierundsechzig Jahre alt, als ich mein Amt niederlegte und um meine vorzeitige Pensionierung bat. Es war eine schnelle und wohlüberlegte Entscheidung. Ein Jahr später wurde ich hier eingewiesen, bekam ich, was mir zusteht.

Damals, vor vielen Jahren, als ich Guldenberg endlich verlassen konnte. Ich erinnere mich an meinen Abschied. Im September weihte die Stadt ihr neues Spritzenhaus ein. An einem Sonnabendnachmittag führte die freiwillige Feuerwehr auf der Bleicherwiese ihre Übungen vor. Mit ihrer vollständigen Ausrüstung rannten die Männer über den Platz, überwanden Hindernisse, fällten Baumstämme, die zuvor in die Erde gerammt waren, erstiegen aufgestellte Barackenwände und löschten einen kleinen künstlichen Brand. Abends fand im »Schwarzen Löwen« das Spritzenfest statt. Die Stadt hatte ihre Feuerwehr eingeladen, und als Bürgermeister mußte ich an dem Fest teilnehmen. Es gab Schlachteplatten und viel Bier, ein paar Reden wurden gehalten und einfältige, grobe Witze erzählt. Ich war heiter und ruhig, ich fühlte mich wohl an dem Tisch dieser vergnügten, lärmenden, jungen Leute. Man forderte auch mich auf zu sprechen, und angeheitert vom Bier und der eigenen guten Laune, ließ ich mich nicht lange bitten. Ich erzählte, wie ich in diese Stadt kam, ich sprach über Schneeberger und Bachofen, über Martens und Brongel, ich erzählte von Horn und von den Zigeunern. Und ich erzählte ihnen von Irene. Plötzlich bemerkte ich, daß die um mich entstandene Stille nicht der Aufmerksamkeit, sondern der Langeweile geschuldet war. Ich verstummte. Ich sah die jungen Leute der Reihe nach an. Mitleid und nachsichtige Gleichgültigkeit las ich auf ihren Gesichtern.

»Ich fürchte, ich habe Euch sehr gelangweilt«, sagte ich lächelnd, »alte Männer reden gern, aber leider wenig Kluges.«

Das Schweigen bestätigte meine Worte.

Ein junger Dummkopf wollte sich vor mir hervortun und widersprach: »Ganz im Gegenteil, Herr Bürgermeister, es war sehr interessant für uns. Ich erinnere mich auch noch. Hatte nicht dieser Mann, der sich im Wald aufhängte, eine Schwachsinnige als Tochter?«

Ich schüttelte nur behutsam den Kopf.

»Lassen wir diese alten Geschichten. Heben wir die Gläser und trinken wir auf das schöne Spritzenhaus.«

Ich stieß mit den neben mir Sitzenden an, trank das Glas in einem Zug leer und lehnte mich zurück. Ein paar Minuten später war der Raum wieder von lauten, munteren Stimmen erfüllt.

Zwei Tage später, am Montagmorgen, schrieb ich mein Rücktrittsgesuch und bat um meine vorzeitige Pensionierung. Gleichzeitig forderte ich einen Platz in einem Altersheim in Leipzig, meiner Heimatstadt. Im Oktober erhielt ich meine Entlassungsurkunde und die jämmerliche Medaille, die meine Verdienste um die Stadt würdigen sollte und die ich selbst unzählige Male geschmeichelten Mitbürgern übergeben hatte. Ich dankte schweigend, ich ließ mich zu keiner Rede nötigen. Ich hatte in den langen Jahren meiner Amtstätigkeit die Worte so oft und zum Guten wie zum Schlechten zerkaut, daß ich nun fürchtete, sie würden mir wie Erbrochenes aus dem Mund fallen. Ich schwieg. Nunmehr gab es nichts zu sagen.

Ich schweige noch heute. Schweigend sitze ich

in meinem Zimmer und bemühe mich, die Erinnerungen zu verscheuchen, die sich Nacht für Nacht auf meine Brust hocken, um in mich einzudringen. Träume um Träume, ein ganzes Leben, das sich in Ewigkeit wiederholt. Mich ängstigt die hereinbrechende Nacht, die mir den Schlaf bringt, den schlimmen Bruder des Todes. Wenn ich doch sterben könnte, um allem zu entgehen. Sterben, um nicht zu träumen.

Ich beschwöre dich, Irene, laß mir meinen Frieden. Geh, verlaß mich, suche mich nicht weiter heim. Bei meiner Liebe und bei dem, was ich dir einmal bedeutete: verschone mich. Ich liebte dich aufrichtig, aber ich ertrag dein Traumgesicht nicht, deine Liebe, die mit der Finsternis kommt und sich wie ein Alp auf meine Brust setzt und nach meinem Herzen greift und es würgt und würgt. Geh.

Geht, Nacht und Traum, geht, erbarmt euch meines Alters, meiner Hinfälligkeit, erbarmt euch und geht. Laßt mich traumlos, lichtlos, erinnerungslos. Ich warte auf euren sanfteren süßen Bruder, ich warte, ich warte.

Gertrude Fischlinger

Herr Horn wurde an einem kalten, regnerischen Oktobertag beerdigt. Ich hatte mir von der Sekretärin des Bürgermeisters eine Schließgenehmigung für mein Geschäft ausstellen lassen, um jenen Mann zum Grab zu geleiten, den sie ungebeten vor mehr als vier Jahren zu mir geschickt hatte, damit ich ihn bei mir wohnen lasse.

Meine Freundin Juliane begleitete mich. Wir liefen gemeinsam den weiten Weg zum Waldfriedhof hinaus. Jule plapperte, und ich hoffte im stillen, daß meine Beine den Weg hin und zurück schaffen.

Vor der Leichenhalle neben der Kapelle des Waldfriedhofes stand die Trauergemeinde, etwa vierzig Leute. Ich sah den Bürgermeister und seine schöne Frau, Herrn Puls, den Apotheker, Doktor Spodeck und Angestellte aus dem Rathaus und vom Museum. Auch drei Fremde waren gekommen, die nicht in Guldenberg wohnten. Dann wurde der Sarg aus der Halle geholt und auf ein Wägelchen gesetzt. Das Grab von Herrn Horn war in der ehemaligen Selbstmörderecke des Waldfriedhofs. Seit es keine Selbstmörderecke mehr gab, wurden dort die Atheisten beigesetzt. Und natürlich auch die Selbstmörder.

Die Beerdigung war sehr unfeierlich und hastig. Herr Banier, der Festredner, dem der »Krumme Krug« mit der Kegelbahn gehörte, hielt eine kurze Ansprache. Er sagte, Herr Horn sei unermüdlich gewesen und unersetzbar, ein später, aber verdienstvoller Bürger unserer Stadt. Seinen Tod nannte er ein tragisches Geschehen. Ich glaube, er hatte Herrn Horn nie gesehen.

Danach traten alle nacheinander an die offene

Grube und warfen Blumen und Erde hinunter. Jule ging hinter mir. Als ich wieder an meinem Platz stand, sah ich, daß Jule Erde aus der kleinen Holzschale genommen hatte, diese aber nicht hineinwarf, sondern sich hinter dem Grab aufstellte. Ihr Benehmen war so merkwürdig, daß alles zum Stehen kam. Und dann sang Jule. Mit ihrer dünnen Altweiberstimme sang sie zittrig und sehr selbstbewußt die Strophe eines Kirchenliedes: »Es kann vor Nacht leicht anders werden, als es am frühen Morgen war, solang ich leb auf dieser Erden, leb ich in steter Todsgefahr. Mein Gott, mein Gott, ich bitt durch Christi Blut: Machs nur mit meinem Ende gut.«

Ich stand wie versteinert, ich schämte mich in Grund und Boden. Ich bemerkte die Unruhe der Trauergemeinde, ich sah, wie einige Mühe hatten, ein Lachen zu unterdrücken. Jule reckte ihren Kopf starrsinnig hoch und sah geradeaus, ohne jemanden anzusehen. Als sie ihren Gesang beendet hatte, warf sie die Handvoll nasser Erde in die Grube und trat stolz neben mich. Jetzt kam wieder Bewegung in die Trauergemeinde. Man trat zum Grab, griff in die Schale und warf drei Hände Erde auf den Sarg des Toten.

»Du bist nicht der Herrgott, Jule«, zischelte ich leise, »du hast ihn nicht zu verurteilen.«

Als ich zu ihr blickte, hatte sie die Lippen fest aufeinandergepreßt, ihre Nase wurde ganz spitz davon.

»Ich weiß, was ich weiß«, flüsterte sie dann schnippisch zurück.

Auf dem Heimweg liefen wir im Regen lange schweigend nebeneinander. Als wir die ersten Häuser erreichten, konnte ich nicht länger an mich halten.

»Entschuldige, Jule, aber manchmal bist du wirklich eine dumme Kuh.«

Anstatt entrüstet oder beleidigt zu sein, kicherte Jule nur und stieß mir vergnügt ihren Ellbogen in die Seite.

»Was wird bloß dein Hochehrwürden sagen«, fuhr ich fort, »wenn er hört, daß du eins seiner heiligen Lieder am Grab eines ungläubigen Selbstmörders gesungen hast?«

»Es war keins der heiligen Lieder«, erwiderte Jule erfreut. Sie zog ein verschlagen schlaues Gesicht, daß ich darauf verzichtete, weiter zu fragen. Ich wußte nun, daß sie sich wieder mal eine windige Erklärung zurechtgelegt hatte und nur darauf wartete, mir ihre Spitzfindigkeiten unter die Nase zu reiben.

Vor meinem Laden verabschiedeten wir uns. Ich ging hinein, wechselte mein schwarzes Taftkleid gegen die Kittelschürze aus und räumte auf. Mittags machte ich mir die Bohnensuppe vom Sonntag warm und aß sie in dem abgedunkelten Laden. Dann brachte ich Kartons in den Keller, wischte mit dem Staubtuch die Regale ab und füllte sie. Um zwei entfernte ich die angeheftete Schließgenehmigung aus dem Glasfenster der Tür, zog die Rolladen des Schaufensters hoch und schloß die Ladentür auf. Ich nahm den kleinen Henkeltopf mit der weißen Kreidefarbe, ging hinaus und schrieb an die Glasscheibe: Frisches Sauerkraut, Frische Eier. Dann setzte ich mich hinter den Ladentisch und wartete. Ich dachte an Herrn Horn, der nun endlich Ruhe in seinem Grab gefunden hatte. Es regnete noch immer. Manchmal wehte der Wind Regentropfen gegen die Schaufensterscheibe. Sie liefen schnell das Glas hinunter und verwischten die frische Schrift.

Es muß scheußlich sein, bei Regenwetter begraben zu werden, dachte ich. Ich sah auf die Straße hinaus. Die Mauern der Häuser waren noch grauer als sonst. Schulkinder mit Kapuzen rannten an meinem Geschäft vorbei. Ich stand auf, holte die elektrische Sonne aus der Kammer und stellte sie hinter dem Ladentisch auf. Ich streckte die Füße aus und ließ mich von den rotglühenden Drähten wärmen.

Du mußt dein Testament machen, sagte ich mir. Bei solchem Wetter will ich nicht beerdigt werden. Sie sollen mich verbrennen. Ich habe mein ganzes Leben lang kalte Füße gehabt, da will ichs wenigstens warm haben, wenn ich tot bin.

Die Ladentür öffnete sich. Zwei Schulkinder mit Ranzen auf dem Rücken traten ein. Regenwasser tropfte auf den sauberen Fußboden. Ich stand auf und fragte, was sie kaufen wollten.

Dr. Spodeck

Am dreißigsten September verschloß ich das Vorwerk und fuhr in die Stadt zurück. Bereits nach dem Frühstück war Christine mit meiner Frau abgefahren, um die Wäsche und jenen Teil des Haushalts nach Guldenberg zu bringen, den wir in der Stadtwohnung benötigten. Nachdem sie abgefahren waren, ging ich in mein Arbeitszimmer, um meine Bücher und Aufzeichnungen einzupacken. Dann sah ich nach Johanna, die im Wohnzimmer saß und Puppenkleider nähte. Ich sagte ihr, daß ich für eine Stunde spazierengehen würde, und verließ das Haus.

Ich lief einmal um das Vorwerk herum und ging dann in den Wald. Ich spazierte die Waldwege entlang und genoß zum letztenmal in dem Jahr die arglose, anheimelnde Verlassenheit der Natur. Ich lauschte dem Gesang der Vögel und betastete Farnkräuter und Moos, ich roch an harziger Baumrinde, streichelte das lebendige Holz und zählte an den geschnittenen, aufgestapelten Stämmen die Jahresringe. Als ob ich von meinem Ende wüßte, so tief und süchtig atmete ich den Geruch des Waldes ein. Ich überließ mich den süßen und schmerzlichen Gefühlen des Abschieds, eines Abschieds vom Wald und Sommer und einer friedlichen Stille. Nun konnte ich beruhigt in die Stadt zurückkehren. Was immer in diesem Jahr geschehen war, nichts hatte mich überrascht, und was immer noch geschehen sollte, ich war darauf vorbereitet, es gleichmütig hinzunehmen.

Mittags kam Christine zurück, um meine Tochter und mich abzuholen. Als wir gemeinsam nochmals durch die Räume gingen und die verschlossenen Fenster kontrollierten, scherzte ich mit Christine, und sie lachte glücklich. Dankbar streichelte ich ihre Wange, als sie plötzlich meine Hand ergriff, sie heftig küßte und dann auf ihre Brust legte. Wir standen uns gegenüber und sahen uns in die Augen. Ich spürte ihre zärtlichen Brüste und das jagende Herz und war unfähig, ihr meine Hand zu entziehen.

»Bitte nicht, Christine«, bat ich flüsternd.

»Ja, Doktor«, sagte sie und ließ meine Hand fallen.

Wir stiegen mit Johanna ins Auto und fuhren nach Guldenberg. Am Ortseingang lenkte Christine den Wagen von der Straße, um den Zigeunern Platz zu machen, die mit ihren Wohnwagen und Pferden die Stadt verließen. Die Männer saßen auf den Kutschböcken und hielten nachlässig die Zügel. Hinter dem letzten Wagen trabte eine Koppel Pferde. Ein Zigeunerjunge saß barfuß und ohne Sattel auf einer braunen Stute. Auch er beachtete uns mit keinem Blick. Als sie an uns vorbeigezogen waren, fuhren wir in die Stadt hinein, zu meinem Haus am Markt, in dem meine Frau auf uns wartete.